ABBY

Abby Clements a travaillé dans l'édition avant de se lancer dans l'écriture. Elle vit à Londres, adore ne rien faire les dimanches après-midi, et affectionne les films des années 1980. Elle est l'auteur de trois romans : *La Merveilleuse Boutique de crèmes glacées de Viviane* (2014), *Les Divines Glaces à l'italienne d'Anna* (2016) et *Le Charmant Cottage d'Amelia* (2016), tous publiés aux Éditions Prisma.

LES DIVINES GLACES À L'ITALIENNE D'ANNA

DU MÊME AUTEUR
CHEZ POCKET

LA MERVEILLEUSE BOUTIQUE DE CRÈMES GLACÉES DE VIVIANE

LES DIVINES GLACES À L'ITALIENNE D'ANNA

ABBY CLEMENTS

LES DIVINES GLACES À L'ITALIENNE D'ANNA

Traduit de l'anglais
par Maryse Leynaud

EDITIONS PRISMA

Titre original :
THE HEAVENLY ITALIAN ICE CREAM SHOP

MIXTE
Papier issu de sources responsables
FSC® C003309

Pocket, une marque d'Univers Poche, est un éditeur qui s'engage pour la préservation de son environnement et qui utilise du papier fabriqué à partir de bois provenant de forêts gérées de manière responsable.

First published in 2015 by Simon & Schuster UK Ltd, England.

ISBN : 978-2-266-27573-6
Dépôt légal : avril 2018

À mes nièces, Penny et Eloise

Prologue

Vendredi 7 novembre, 1 h 30 du matin

Imogène dormait profondément, blottie contre la poitrine de Finn sous deux couettes et une couverture en laine, quand son téléphone sonna. Le son strident pénétra dans son rêve – elle prenait un bain de minuit dans une mer tiède, entourée de phosphorescences éparpillées telles des lucioles. L'espace d'un instant, elle était revenue en Thaïlande. Elle rabattit son oreiller sur sa tête pour étouffer le bruit et tenta d'y retourner. Les plages infinies de sable blanc, les poissons et les oiseaux, l'endroit où elle s'était sentie le plus vivante, où elle avait trouvé l'inspiration pour les photos qui avaient lancé sa carrière. Le téléphone continuait obstinément de sonner. À contrecœur, elle souleva l'oreiller et se redressa. Le givre sur la fenêtre de la chambre lui rappela qu'elle se trouvait à Brighton, dans la maison sur la plage qu'elle partageait avec Finn, au milieu d'un hiver anglais glacial. Elle fronça le nez devant la cruelle réalité.

Elle tendit la main vers le plancher et tâtonna maladroitement. En plissant les yeux, elle distingua le nom de son beau-frère, Matteo, sur l'écran. Le visage de sa sœur, Anna, surgit dans son esprit. Grande, les cheveux châtain foncé, sa silhouette élancée déséquilibrée ces derniers temps par l'imposante bosse d'une grossesse avancée. Son cœur battit plus vite.

— Oui ? fit-elle dans le téléphone.

— C'est Anna, répondit Matteo.

Il s'empressa de la mettre au courant. Une certaine panique remplaçait son flegme habituel.

— On arrive, lui assura Imogène, désormais bien réveillée et pleine d'enthousiasme.

Elle raccrocha et réveilla Finn.

— Ça a commencé, annonça-t-elle.

— Quoi ?

Les cheveux blond foncé de Finn étaient en désordre, sa voix, rauque de sommeil. Imogène se sentit attirée. En d'autres circonstances, elle aurait été sérieusement tentée de ne pas quitter le lit. Mais l'adrénaline qui courait dans ses veines lui rappelait que ces circonstances-ci étaient bien particulières. Il s'agissait de son unique sœur, au bord d'un événement qui allait changer sa vie, et que tous attendaient.

— C'est Anna. Le bébé arrive.

Finn s'assit dans le lit et se frotta les yeux.

— Sans blague ?

— Évidemment ! rétorqua-t-elle en enfilant en toute hâte un jean et des bottes fourrées. Lève-toi, ajouta-t-elle en lui lançant un pull. C'était Matteo. Ils ont besoin d'aide.

Elle attacha en queue-de-cheval ses cheveux châtains, éclaircis par un récent voyage.

— Bon…, commença Finn, l'air inquiet.

— Pas pour l'accouchement. En tout cas, ce n'est pas prévu. Ils ont besoin qu'on les emmène à l'hôpital. Apparemment, le taxi qu'ils avaient appelé a refusé de la laisser monter.

Imogène jeta quelques affaires dans son sac : de quoi grignoter, de l'argent, des bouteilles d'eau… puis remarqua que quelque chose manquait.

— Tu as vu les clefs de la camionnette ?

Finn semblait cloué sur place.

— Le problème, c'est que… Je croyais qu'elle ne devait pas accoucher avant décembre ?

— Quand le bébé arrive, il arrive, commenta Imogène en haussant les épaules. Où sont les clefs ? On doit partir tout de suite.

— J'ai déposé la camionnette au contrôle technique hier.

— Ce n'est pas vrai ! s'écria Imogène, le souffle coupé.

Il hocha la tête.

— Oh, mon Dieu ! Anna compte sur nous pour l'emmener.

— Il y a une autre possibilité.

— Tu ne penses pas…, commença Imogène, lisant dans ses pensées, le cœur lourd.

— Il est toujours là, depuis qu'on l'a repeint.

Imogène haussa un sourcil. Par la fenêtre, elle contempla le camion de glaces vintage garé à quelques mètres de leur maison. Le vert pistache et le rose pâle de sa carrosserie étaient visibles à la lueur d'un réverbère. Elle l'avait acheté pour la boutique, celle de leur grand-mère Viviane, dont elle avait hérité avec sa sœur, et qu'Anna et Matteo dirigeaient maintenant ensemble. Imogène, désormais, se concentrait sur son œuvre photographique, mais elle continuait à les aider, en les remplaçant au comptoir de temps en temps et en s'occupant du camion. Le véhicule était devenu très populaire dans les festivals gastronomiques locaux, mais Imogène était pratiquement sûre que sa sœur ne serait pas enchantée de le voir cette nuit-là.

— C'est mieux que rien, observa Finn.

Imogène secoua la tête.

— OK. On y va. Mais Anna va nous tuer.

En pleine nuit, Imogène et Finn partirent pour le front de mer. Le vieux camion prit de la vitesse dans un concert de grincements. Devant eux, la route était dégagée, luisante de givre.

— Tu peux lire le texto ? demanda Imogène en désignant son téléphone qui bourdonnait sur le tableau de bord.

Finn prit l'appareil.

— « Contractions espacées de deux minutes. Où êtes-vous ? » Et la dernière partie est en majuscules.

Imogène pensa à Anna, qui les attendait. Sa sœur aînée, toujours calme et maîtresse d'elle-même. Elle fonçait dans l'inconnu. Anna avait toujours été là, avec ses sages conseils et son oreille attentive, à chaque revers d'Imogène. Maintenant, c'était elle qui avait besoin de soutien. Imogène appuya sur l'accélérateur et le compteur grimpa encore de deux crans. Elle apercevait l'immeuble de sa sœur, au loin, un imposant bâtiment victorien avec vue sur la mer.

— Dis-lui qu'on arrive.

— Voilà, c'est fait. J'ajoute un *smiley* ?

— Je ne crois pas que ce soit une bonne idée.

Quelques instants plus tard, Imogène et Finn se garaient devant l'immeuble. Anna et Matteo attendaient sous le porche principal, un gros sac à leurs pieds. Matteo, grand et brun, vêtu d'un épais manteau pour se protéger du froid, agita la main. Il entoura de son bras les épaules d'Anna et lui fit descendre les marches du perron avec précaution. Une main sur le ventre, Anna pâlit en apercevant le camion. Imogène ouvrit la portière et sauta à terre.

— Pas question qu'on y aille là-dedans, décréta Anna.

— Bien sûr que non, répondit Imogène. On ne rentrerait pas tous. Finn nous retrouvera là-bas, d'accord ?

— Bien sûr, dit Finn.

— Mais j'ai peur que toi, tu n'aies pas le choix, poursuivit Imogène. (Elle tendit la main pour aider sa sœur à monter.) Allez, en route pour l'hôpital, que je puisse faire la connaissance de mon neveu ou de ma nièce.

— Pas question, Imo ! protesta Anna, les yeux brillants de colère. Dis-lui, Matteo. (Elle se tut et retint son souffle.) Aaaah !

Sous l'effet d'une nouvelle contraction, elle agrippa la main de Matteo.

— Mon amour, je crois qu'on devrait y aller, s'inquiéta Matteo.

— Vous êtes au bon endroit, assura la sage-femme. Et apparemment, vous n'aurez plus longtemps à attendre avant de faire la connaissance de votre petit.

— Bon, souffla Anna, cramoisie, cramponnée aux montants du lit dans sa chambre individuelle de la maternité.

Ses cheveux bruns étaient attachés en queue-de-cheval, mais des mèches humides lui collaient aux joues.

— Ça va aller, je crois.

— Bien sûr que ça va aller, rétorqua Imogène en croisant le regard de la sage-femme. Continue, Anna, tu y es presque.

— Vous avez un plan de naissance ? s'enquit la sage-femme.

— Matteo ! appela Anna.

Il se tenait près de la fenêtre, téléphone à l'oreille.

— *Si, mamma*, à l'hôpital.

— Matteo ! répéta-t-elle d'un ton plus pressant.

Il couvrit l'appareil de sa main.

— *Mamma* veut savoir si tu as essayé l'ananas. Je lui ai dit que c'était ça qui avait déclenché le travail.

— Le plan de naissance ! cria-t-elle.

Il dit quelque chose en italien, puis posa son téléphone.

— Oui, fit-il en fouillant dans le sac pour en sortir une feuille de papier pliée qu'il tendit à la sage-femme. Voilà.

Une voix féminine s'éleva du téléphone qu'il reprit.

— *No, mamma*...

— Raccroche, ordonna Anna fermement.

Il leva un doigt pour signaler qu'il en avait pour une minute.

— Dis-lui d'arrêter de parler à sa mère, sinon je le tue ! chuchota Anna à sa sœur.

— Je crois qu'il vaudrait mieux que tu raccroches, conseilla Imogène.

— Désolé, s'excusa Matteo en rempochant son téléphone. Elle est surexcitée, c'est tout.

— Oh, Seigneur ! s'écria Anna en se crispant et en se tenant le dos. Je pourrais avoir quelque chose contre la douleur ?

— Tu es sûre ? objecta Matteo. J'ai apporté la lavande. Ou alors, je peux te faire un massage, si tu veux ?

Anna lui lança un regard noir.

— Pas de lavande. Et n'essaie même pas de me toucher.

Imogène était stupéfaite du changement survenu chez sa sœur, d'ordinaire si douce et si polie.

— D'accord. (Matteo s'approcha de sa compagne et lui prit la main, puis l'embrassa doucement sur le crâne.) Je dois être un peu anxieux.

— C'est toi qui es anxieux ? grogna Anna.

— Vous allez lui donner quelque chose contre la douleur ? demanda Imogène à la sage-femme.

— Ça ne servirait plus à grand-chose. Je vois la tête du bébé.

Imogène prit la main de sa sœur et la serra doucement. Anna la regarda, les yeux écarquillés. Pour la première fois, Imogène y lut de la panique. Elle aurait fait n'importe quoi pour soulager Anna, pour traverser l'épreuve à sa place.

— Je ne vais pas y arriver, Imogène, gémit Anna, les yeux pleins de larmes. Je crois vraiment que je ne vais pas y arriver.

Elle serra de toutes ses forces la main de sa sœur.

— Mais si, répondit Imogène avec calme et douceur, en lui écartant les cheveux du visage. Tu vas y arriver, Anna. Faisons la connaissance de ce bébé.

En larmes, Anna hocha la tête.

La sage-femme ordonna fermement :

— Anna, il est temps de pousser.

Isabella McAvoy Bonomi naquit à 4 h 30 du matin. Après les examens de rigueur, la chambre se vida. Anna et Matteo purent passer un moment seuls avec leur tout nouveau bébé.

En tenant son enfant dans ses bras, Anna se sentit submergée d'amour. Quand elle avait rencontré Matteo deux ans plus tôt, elle avait cru impossible de tenir à quelqu'un plus qu'elle ne tenait à lui. Mais cette petite fille aux mains et aux pieds arrondis, aux joues roses, était si parfaite au commencement de son voyage dans le monde. Ses yeux bleus, grands ouverts, se tournaient vers son père et sa mère. Elle était à eux, sinon pour toujours, du moins pour quelque temps.

Puis vint une nouvelle vague d'émotion, qui prit Anna complètement par surprise. Le sentiment de responsabilité lui parut écrasant. Épuisée par le travail, elle avait déjà du mal à ordonner ses pensées, alors prévoir comment s'occuper de Bella… Et si elle s'y prenait mal ?

Matteo l'entoura de son bras et lui embrassa la joue. Apparemment, il comprenait intuitivement ce qu'elle traversait.

— Nous serons toujours là pour elle, lui chuchota-t-il.

— Tu crois qu'on va y arriver ? À être les parents dont elle a besoin ?

— Bien sûr.

Anna essuya ses larmes, mais d'autres surgirent.

— Je ne sais pas pourquoi je suis si bouleversée. Je crois que je ne m'attendais pas à l'aimer autant. Pas si vite.

Un sourire se fit un chemin à travers ses larmes.

Matteo effleura le visage de sa fille.

— Elle est magnifique. Je suis si fier de toi, Anna.

Jan et Tom, les parents d'Anna, arrivèrent. Imogène et Finn revinrent avec des cafés, et la chambre fut envahie d'agitation et de bavardages. Le moment de tranquillité entre Anna et Matteo était passé, mais quand Anna le regarda parler avec animation à ses parents, l'intimité entre eux deux, le sentiment d'entamer une aventure commune, perdurait.

— Tu as réussi, ma chérie, s'exclama Jan, rayonnante. Je te l'avais bien dit !

Elle serra doucement contre elle sa fille aînée.

— Comment tu te sens ?

— Ça va, répondit Anna, les joues rougies. Fatiguée, mais heureuse.

— Rien ne te prépare vraiment à ça, n'est-ce pas ? Quand je t'ai eue, Anna… C'était il y a trente ans, d'accord, mais je me rappelle encore chaque instant. La plus grande fierté de toute notre vie, pas vrai, Tom ?

Le père d'Anna hocha la tête.

— Merci, Maman, la taquina Imogène.

— Oh, c'est encore bien la seconde fois, concéda Jan. Mais la première naissance a quelque chose de spécial.

— Anna a été extraordinaire, déclara Matteo en souriant fièrement à sa compagne avant de lui embrasser le sommet du crâne.

Tom contempla le berceau avec une expression très douce.

— Notre petite-fille…, murmura-t-il. Elle est enfin là. J'ai du mal à y croire. (Il s'interrompit.) Est-ce que c'est moi ou… ?

— Non, Papa, intervint Anna en souriant.

Elle savait exactement ce que son père avait en tête. Les cheveux de Bella étaient d'un noir de jais, comme ceux de son Italien de père, mais ses yeux et sa bouche provenaient clairement de l'héritage familial d'Anna.

— Ses yeux, reprit Tom d'une voix douce.

— C'est le portrait craché de Mamie Viv, confirma Anna.

Son regard croisa celui de son père.

Elle revit sa grand-mère, ses cheveux argentés retenus en arrière, ses yeux bleus étincelants, soulignés d'un trait d'eye-liner. Elle souriait, dans une robe bordeaux et un gilet crème, chaussée de sandales à bride. Hepburn, son teckel, se tenait à ses côtés.

Anna eut un pincement au cœur à la pensée que sa grand-mère n'était plus là pour partager cet instant, mais sa tristesse passa comme elle était venue. Elle demeurait auprès d'eux, dans leurs pensées et leurs souvenirs. Même maintenant, Anna se sentait galvanisée par les paroles d'encouragement et de fierté de sa grand-mère. Elle le serait toujours.

PREMIÈRE PARTIE

Chapitre 1

Lundi 8 février (quinze mois plus tard)

La pluie, éclairée par les lumières floues du parc d'attractions sur la jetée de Brighton, cinglait les fenêtres de l'appartement d'Anna et Matteo, au dernier étage de l'immeuble, sur Marine Parade. Bella, installée entre ses parents sur sa chaise haute, mâchonnait une tétine. Ses cheveux bruns bouclaient sur ses tempes et ses joues étaient encore roses de sommeil. Hepburn, le teckel noir et feu de Viviane, désormais adopté par la famille d'Anna, se jetait sur les miettes tombées sous la chaise haute.

— Des cannoli, déclara Matteo, l'œil rêveur. On devrait ajouter des cannoli au menu d'hiver de la boutique. Une pâte sucrée fourrée de crème à la ricotta bien fraîche. C'est parfait avec le café, un jour comme aujourd'hui.

— D'accord, ça me paraît une bonne idée, acquiesça Anna.

Elle se rappela les délicieuses pâtisseries qu'elle avait partagées avec Matteo au petit-déjeuner, à Florence, où ils s'étaient rencontrés lors d'un stage de fabrication de glaces, et où ils étaient tombés amoureux. Cela paraissait si loin maintenant. La propriétaire de leur *pensione* leur avait apporté les cannoli sur la terrasse, tout chauds sortis du four et irrésistiblement réconfortants. Mais depuis qu'ils étaient devenus parents, ils avaient de la chance s'ils parvenaient à avaler une tasse de thé avant de courir ouvrir la boutique. L'année écoulée les avait rapprochés ; en voyant Matteo chanter pour leur fille, rire avec elle, Anna éprouvait pour lui un amour encore plus profond qu'auparavant. Pourtant, entre la succession de nuits de sommeil entrecoupé, les télescopages entre leurs devoirs de parents et la gestion de la boutique, et les entassements de linge et de vaisselle sales qui envahissaient la maison, elle avait l'impression que le romantisme de cette époque où ils s'étaient vus pour la première fois appartenait à un passé lointain, et révolu.

Bella jeta sa tétine et se mit à taper des mains sur sa chaise avec des cris ravis.

— On ferait bien de se préparer, déclara Anna. Il ne nous reste que vingt minutes.

Elle sortit Bella de sa chaise haute et tenta tant bien que mal d'enfoncer ses pieds récalcitrants dans une paire de chaussures.

— Je vais appeler Carolina pour avoir la recette, décida Matteo en saisissant son téléphone.

— Quelle recette ? interrogea Anna en se débattant avec les Velcro sur les chaussures de Bella.

— Les cannoli.

— Ah oui, très bien.

Carolina, la sœur de Matteo, conservait chez elle, à Sienne, le livre des recettes familiales des Bonomi.

— Au fait, comment va-t-elle ?

— Bien. Filippo et elle viennent de se faire installer une piscine. Apparemment, les ventes de cette année ont atteint des records.

— Waouh, impressionnant !

Son regard se dirigea vers la photo encadrée de la famille de Matteo, accrochée au mur de la cuisine. À part lui, toute la famille vivait à Sienne où se trouvait l'entreprise familiale, une grande *gelateria*. Installée depuis longtemps, elle attirait des clients de tout le pays.

Carolina posait près de son frère. Leurs parents, Elisa et Giacomo, se tenaient derrière eux. Carolina était une femme élégante d'une trentaine d'années, aux longs cheveux noirs qui lui arrivaient à la taille. Elle et Matteo étaient très proches, ils avaient moins de deux ans d'écart et avaient passé beaucoup de temps ensemble durant leur enfance, en Italie. Tous deux étaient grands et possédaient le même teint mat et les mêmes yeux profondément enfoncés. Elisa était un peu plus petite que ses enfants. Ses cheveux étaient teints d'un brun-roux profond et elle se maquillait beaucoup. Anna avait fait de grands efforts pour s'entendre avec son exigeante belle-mère – vraiment. Mais elle avait fini par admettre que leur relation demeurerait plus saine à petites doses.

Giacomo, le père de Matteo, était un homme grand aux cheveux gris, un bourreau de travail qui en général se taisait pendant que le reste de la famille discutait avec animation du dernier scandale.

À côté de Carolina se tenait Filippo, son mari, un *self-made man* qui avait fait fortune dans le secteur de l'huile d'olive. C'était un homme charismatique qui avait tendance à dominer son environnement. Carolina ne semblait pas s'en laisser imposer, mais ces derniers temps, Anna se demandait si elle n'avait pas perdu de son assurance depuis qu'elle avait abandonné sa carrière pour se consacrer à son foyer.

— Au moins, il y aura quelqu'un pour s'occuper de nos parents dans leurs vieux jours, remarqua Matteo avec un sourire un peu jaune. On a une minute, non ? demanda-t-il en faisant défiler son carnet d'adresses sur l'écran de son téléphone.

— Pas vraiment…

— Caro ?

Il se mit à parler à toute vitesse en italien.

Anna haussa un sourcil et désigna la pendule.

— Une minute ! articula-t-il silencieusement.

Anna regarda Bella, le visage toujours parsemé de miettes de biscuit, et avec une seule chaussure. Ils devaient la déposer chez Imogène avant d'ouvrir la boutique, et le temps filait.

— *Si, si*, approuvait joyeusement Matteo.

Il passa dans le séjour pour poursuivre sa conversation.

Anna voulut insister, mais se ravisa. Elle pouvait parler à sa famille presque tous les jours, tandis que celle de Matteo vivait dans un autre pays. Les moments qu'il passait à échanger des nouvelles avec ses parents et sa sœur étaient précieux. Bella et elle pourraient toujours partir avant lui si nécessaire.

— Bon, Bella, soupira Anna en regardant autour d'elle. Si on arrive à partir, il nous faudra ton manteau. Il pleut des cordes.

— Là, fit Bella en désignant le dos de la porte.

Anna sourit, étonnée.

Le petit anorak jaune était bien là, suspendu à sa place, à la patère. Au moins, un des membres de cette famille ne se laissait pas submerger.

Les spécialités hivernales de Viviane :
Gaufres avec pralines et crème Chantilly
Churros espagnols accompagnés de leur chocolat chaud épais
Choix de crêpes garnies de glace gourmande

— Deux crêpes avec glace au chocolat et noisettes, annonça Matteo cet après-midi-là en passant à Anna les deux assiettes qu'il venait de préparer. Avec supplément de sauce au chocolat.

Anna apporta les deux crêpes garnies aux clients qui attendaient. Ils reçurent leur assiette avec plaisir.

— Génial ! commenta la jeune femme. C'est l'idéal par ce temps.

Il faisait froid et humide à Brighton, mais la boutique sous les arcades constituait un havre, abrité du vent du sud glacial et de la pluie. L'intérieur, peint en rose pâle et vert pistache, avec ses grands miroirs, ses tabourets de bar et ses banquettes années 1950, était vintage et tonique. Imogène et Anna avaient refait la décoration en reprenant l'établissement. À la belle saison, le comptoir pistache souligné de métal chromé était pris d'assaut.

L'année précédente, à l'arrivée de l'automne et des soirées plus courtes, Anna et Matteo avaient décidé d'effectuer quelques changements saisonniers. Anna avait réchauffé l'intérieur de rideaux faits maison, de guirlandes lumineuses aux murs et de coussins éparpillés sur les banquettes. Elle avait disposé livres de poche et jeux de société sur les étagères. Les habitués du quartier avaient continué de venir pendant les mois d'hiver habituellement tranquilles, et ces modifications avaient attiré de nouveaux clients dans la boutique familiale. Depuis trois ans qu'elle la tenait, d'abord avec sa sœur et désormais avec Matteo, Anna avait appris qu'elle ne pouvait rester les bras croisés. Innover et s'adapter, ajouter de nouvelles recettes aux classiques sur le menu, voilà ce qui entretenait l'afflux de clients et faisait parler d'eux.

Anna jeta un regard derrière elle, vers Matteo qui préparait des assiettes sur le comptoir en prenant le temps de soigner la présentation, les sourcils légèrement froncés, concentré sur sa volute de sauce caramel. Quand il avait débarqué à Brighton, en déclarant qu'il pensait toujours à elle après leur séjour commun à Florence, et qu'il était prêt à s'installer en Angleterre pour vivre avec elle, Anna avait su qu'elle prenait un risque. Mais elle avait bien fait. Elle adorait Imogène, mais quand elles avaient dû travailler ensemble au début, en héritant de la boutique décrépite de leur grand-mère, leur relation avait été mise à rude épreuve : elles avaient frôlé la faillite, éreintées par la critique, avant de refaire surface avec un commerce solide, mais les nerfs un peu à vif.

Les ambitions d'Imogène résidaient ailleurs, depuis toujours, et quand elle était partie voyager avec son petit ami Finn, pour se constituer un book de photos de nature, la transition s'était faite tout naturellement. Au fond, cela avait été un soulagement pour toutes les deux quand Anna avait repris seule les rênes. Désormais, Anna et Matteo, avec leur passion partagée pour la création de glaces et de sorbets aux textures envoûtantes et aux parfums gourmands, tenaient la boutique ensemble. Et à l'exception de quelques récriminations de pure forme sur la météo, Matteo paraissait satisfait de tous les aspects de son nouveau chez-lui.

Imogène fit son entrée dans une bouffée d'air froid.

— Salut, sœurette ! lança-t-elle gaiement.

Ses cheveux châtains étaient rassemblés sous un chapeau turquoise dont quelques mèches s'échappaient. Même dans son duffle-coat, elle dégageait une impression estivale, avec sa peau bronzée et son nez constellé de taches de rousseur. Bella la suivait d'une démarche encore mal assurée, coiffée d'un béret rouge à pompon, les mains protégées de moufles.

— Mes deux visiteuses préférées ! les accueillit Anna avec un grand sourire.

— Maman ! cria Bella.

Anna souleva sa fille dans ses bras et la serra contre elle en embrassant sa joue fraîche.

— Alors, Bella, tu as été sage avec Tatie Imogène ?

Bella ouvrit ses poings serrés et montra à sa mère les coquillages spiralés rose et gris qu'elle y cachait.

— On s'est promenées sur la grève, expliqua Imogène en s'asseyant sur un tabouret devant le comptoir. On est allées jusqu'à la jetée. On a trouvé ces coquillages au bord de l'eau.

— Ils sont magnifiques. On les mettra dans la salle de bains, pour que tu puisses les admirer en barbotant.

Bella la regarda et hocha la tête, comme si elle comprenait.

— Papa ! cria-t-elle en se précipitant vers la cuisine, à la recherche de Matteo.

— C'est la seule personne que je connaisse qui ait autant d'énergie que toi, soupira Anna. Merci de l'avoir gardée ce matin.

— Pas de problème. Maman vient prendre la relève dans une minute. Pour moi, ce sera une gaufre avec plein de chantilly. Les bonnes baby-sitters coûtent cher, ajouta-t-elle avec une lueur dans l'œil.

— Tu l'as bien méritée.

Anna gagna la cuisine, où Matteo tenait Bella en l'air et lui soufflait à grand bruit sur le ventre.

— Tu pourrais préparer une gaufre à la chantilly pour Imogène ?

— Bien sûr, dit-il en reposant sa fille.

— Merci.

— Hé ! la rappela-t-il.

Il l'attira doucement contre lui et l'embrassa. Elle sentit son doux parfum de cannelle, et celui des crêpes qu'il venait de préparer, qui se mêlaient.

— On devrait faire ça plus souvent, remarqua-t-elle en s'écartant à regret.

— Oui. Ça me manque. S'il n'y avait pas les clients…

— Maman ! piailla Bella en lui tirant la jambe.

— Bella, répondit-elle en la prenant dans ses bras.

— Anna ! appela Imogène depuis la salle. Dépêche-toi, je meurs de faim !

— Et quelques autres détails, compléta Matteo en riant.

— On prendra le temps, bientôt, promit Anna en effleurant tendrement le visage de Matteo.

En revenant près de sa sœur, elle trouva leur mère, Jan, qui l'avait rejointe.

— Salut, Maman, l'accueillit Anna en l'étreignant.

Jan embrassa Bella et la cala contre sa hanche.

— Comment va ma petite-fille préférée ? s'enquit-elle.

— Bien, répondit Anna. Elle a passé une matinée géniale à la plage. Un bon bol d'air frais.

Bella gargouilla de satisfaction.

— Je vais l'emmener à la maison d'hôtes cet après-midi, annonça Jan. Votre père y est déjà, dans le jardin, et je sais qu'il a hâte de la voir.

— Merci, Maman, dit Anna. Comment ça se passe là-bas ?

— Bien, je crois. Un peu lentement à mon goût, mais les chambres sont très réussies. Martin a fait du bon travail.

Quelques mois plus tôt, toute la famille avait pu se concentrer sur un nouveau projet : Martin, l'oncle d'Anna et Imogène, s'activait à transformer la demeure victorienne de Viviane en une maison d'hôtes qui devait ouvrir au début du printemps. Les parents d'Anna et Imogène l'aidaient, bien que leur père, Tom, parût encore un peu réticent. Tête brûlée dans sa jeunesse, il avait parcouru l'Asie à moto et s'était lancé dans des projets artistiques, mais avec l'âge, et la mort de ses parents, il trouvait les changements plus pénibles.

— Papa s'est beaucoup impliqué ? demanda Imogène.

— Pas vraiment. Mais tu le connais, il va s'y mettre.

À la mort de Viviane, tous avaient été très affectés. Tom était très proche de sa mère, il la voyait régulièrement. C'était lui que sa disparition soudaine avait le plus touché. Il aurait eu besoin de temps pour la pleurer en paix, mais avait subi des pressions concernant la succession. L'ex-femme de Martin, Françoise, femme de tête qui ne s'embarrassait guère de sentiments, leur avait imposé un stress supplémentaire cet été-là. Elle insistait pour que la demeure familiale sur Elderberry Avenue, à Hove[1], soit vendue au plus vite, ouvrant ainsi une faille entre Martin et Tom. Puis elle s'était évertuée à empêcher Imogène et Anna de reprendre la boutique de glaces. Elle avait ses propres vues sur les biens de Viviane, et s'était efforcée d'en obtenir la part du lion pour elle et Martin. Tom avait dû enfouir son chagrin au fond de lui.

De plus en plus éloigné de son frère, acculé à des décisions qu'il n'approuvait pas, il avait sombré dans la dépression. Jan, dont il avait toujours été le roc, peinait à s'adapter à cette nouvelle situation, et se sentait incapable de le soutenir. Un jour, Imogène avait trouvé son père au plus mal, enfermé dans son atelier au fond du jardin, où il avait brisé plusieurs de ses sculptures bien-aimées dans un accès d'intense désespoir. Elle avait dû lui parler à travers la porte verrouillée. Peu à peu pourtant, la lueur d'une fragile guérison était apparue.

De petits détails l'avaient aidé, comme répandre les cendres de Viviane dans la mer, pour que tous aient désormais un endroit où penser à elle. Chacun d'eux prenait le temps de se recueillir seul, dans une

1. Brighton et Hove, autrefois deux villes distinctes, ne forment désormais plus qu'une même agglomération (*NdT*).

tranquillité contemplative, devant le coin de mer que Viviane avait choisi comme lieu de son dernier repos. À la fin de l'été, tandis que Finn et Imogène partaient pour la Thaïlande, Tom et Jan s'étaient retrouvés, dans une relation à l'équilibre modifié. Avec l'aide de ses filles, Jan avait commencé à comprendre qu'elle était capable de soutenir son mari, et lui avait permis de trouver le traitement approprié. En prenant la mesure du comportement destructeur de sa femme, Martin avait décidé de se séparer d'elle. Après son divorce, il était revenu à Brighton. Il voulait habiter dans la maison d'Elderberry Avenue, mais pas tout seul ; ainsi était née l'idée de la maison d'hôtes.

Maintenant que Tom était plus fort mentalement, toute la famille espérait que la boutique de crèmes glacées et la maison d'hôtes constitueraient un legs durable qu'il pourrait contempler chaque fois que sa mère lui manquerait. Déjà, Tom et Martin avaient retrouvé l'amitié fraternelle qui les unissait jadis, avant que tout ne dérape.

Matteo apporta sa gaufre à Imogène et fit la bise à Jan.

— Du thé ? proposa-t-il.

— Non, merci. Je ne reste pas longtemps.

— Génial, j'en rêvais, dit Imogène en avalant une bouchée de sa gaufre.

— C'est vrai ? persifla Anna. À Zanzibar, tu rêvais de gaufres ?

— D'accord, pas tout le temps ! rit Imogène. (Elle était revenue de son voyage professionnel deux jours plus tôt et, en pensée, elle était encore un peu là-bas, dans la chaleur et les couleurs vibrantes.) C'était tellement beau : les plantes, les animaux… Incroyable !

Je me levais à l'aube pour prendre autant de photos que je pouvais.

— Tu te levais à l'aube ? Toi ? s'écria Jan, incrédule.

— Oui, Maman. Je t'assure.

Imogène leva les yeux au ciel avec bonne humeur. Sa mère avait encore le pouvoir de l'énerver comme personne, même si dans l'ensemble leurs relations s'étaient beaucoup détendues depuis qu'Imogène s'était installée de nouveau à Brighton. Malgré tout, si Tom soutenait la carrière de photographe de sa fille, Jan, de son côté, se montrait plus réservée.

— J'ai fait la plupart des clichés commandés par l'agence de voyages les deux premiers jours, et j'ai pu profiter du reste de mon séjour pour enrichir mon book.

— Et ensuite ? demanda Jan.

— Tu te rappelles ce projet au Brésil dont je vous ai parlé, cette femme qui a passé des années à étudier une colonie de dauphins roses de l'Amazonie, et qui prépare un livre ?

— Oui, dit Anna. Ça paraît extraordinaire.

— Oui, bien sûr. Qui pourrait résister à des vacances exotiques ? intervint Jan. Mais quand même…

— Maman ! fit Anna en lui donnant un coup de coude.

Imogène ignora le commentaire de sa mère.

— Eh bien, j'ai discuté avec Sally, l'auteure, et apparemment elle est presque certaine que je pourrai l'accompagner lors de son voyage final. On attend les derniers détails. Maintenant, je vais faire un saut au studio de Lauren pour travailler sur les photos de Zanzibar dans sa chambre noire. Je revois Sally dans une quinzaine de jours et je veux avoir quelques clichés à lui montrer.

— À ce rythme, tu auras bientôt besoin de ta propre chambre noire, remarqua Anna.

— Espérons. Mes finances sont un peu trop instables pour ça.

— Si tu m'écoutais…, commença Jan.

— Maman, tu ne disais pas que tu devais filer à la maison d'hôtes ? coupa Imogène.

— Papy ! s'exclama Bella, ravie.

— Oui, c'est vrai, répondit Jan en vérifiant l'heure. J'ai dit à Tom que je ne serais pas longue. À plus tard, les filles. (Elle les embrassa.) Je la déposerai à dix-huit heures, promit-elle à Anna.

Après le départ de Jan et Bella, Imogène poursuivit :

— Elle ne prendra jamais mon travail au sérieux. Bref, comme je disais, Lauren est super sympa de me laisser me servir de son matériel au studio.

— Écoute, avant que tu ne disparaisses encore, chez Lauren ou ailleurs, ça vous dirait, à Finn et toi, de venir dîner dimanche soir ? proposa Anna.

— Pour qu'on puisse chuchoter dans le salon devant nos verres de vin en essayant de ne pas réveiller Bella ? commenta Imogène en haussant un sourcil. Le jour de la Saint-Valentin ?

Anna se mordit la lèvre.

— Ah, zut, j'avais complètement oublié… Bon, si vous avez quelque chose de plus romantique en vue, je comprends très bien.

— Mais non ! Ce sera super de passer la soirée ensemble. Dix-neuf heures trente ?

— Parfait. C'est noté.

Matteo passa près d'Anna avec une assiette. Il fit un sourire amical à Imogène et désigna, à travers la vitrine, un groupe de touristes qui approchait.

— On dirait qu'on va avoir du mouvement.

— Il a raison, dit Anna à sa sœur. Je ferais bien de me remettre au travail.

— Et dire que tu avais peur que l'hiver soit calme !

— Je sais. Ça a été l'inverse, heureusement. Notre seul problème, c'est de faire face. Ça va ? s'enquit-elle après avoir refait sa queue-de-cheval.

Imogène sourit.

— Oui. Juste un détail. (Elle tendit la main et passa le doigt sur le coin de la bouche d'Anna.) Sauce au chocolat, expliqua-t-elle.

— Ah ! Merci. Je me demande depuis combien de temps je l'avais sur la figure. Nouvelle recette. J'ai fait du contrôle qualité avec Matteo ce matin.

— Dans ces moments-là, je regrette presque le temps où je travaillais ici, soupira Imogène.

Chapitre 2

Dans la pénombre de la chambre noire de Lauren, Imogène fit un pas en arrière pour examiner les photos de Zanzibar qu'elle venait de développer. Pour l'instant, elle ne pouvait qu'imaginer les couleurs – elle se souvenait encore des verts les plus somptueux et des jaunes les plus vibrants –, mais ce qu'elle voyait s'annonçait déjà vraiment prometteur.

Ce voyage avait renouvelé son énergie, comme toujours, et rallumé son esprit d'aventure. L'inspiration était venue. Et maintenant, en Angleterre, les fleurs et les animaux qu'elle avait admirés reprenaient vie.

Finn lui manquait rarement pendant ses périples, ou seulement par intermittences fugitives. Ses voyages étaient si brefs et si débordants d'activité qu'elle n'en avait guère le loisir. Mais au retour, quand elle l'avait retrouvé à l'aéroport, son cœur avait bondi. En l'embrassant, en bavardant dans la camionnette sur le chemin de la maison, en échangeant les dernières nouvelles, elle avait senti une part d'elle-même reprendre sa place.

Son téléphone bourdonna, annonçant un nouveau message.

« Surf au soleil couchant ? Bises. »

Son message la fit sourire. Elle pianota une réponse :

« Rendez-vous à 16 h 30 aux arcades. Bises. »

Imogène sortit du studio en contournant le jeune couple qui posait avec son pékinois.

Elle se réjouissait que Lauren, une camarade d'école qu'elle revoyait depuis peu, possède désormais son propre studio et reçoive tant de clients – et encore plus qu'elle prenne plaisir à ces séances de pose. La seule idée de passer ses journées enfermée à mitrailler nouveau-nés et animaux de compagnie donnait à Imogène l'impression d'étouffer. Toutes ces mises en scène, ces enfants et ces animaux récalcitrants... Elle n'aurait pas aimé être à sa place. Après une scolarité difficile et une longue période de recherche d'emploi en sortant de la fac, Imogène avait enfin trouvé sa voie.

Cet après-midi-là, en quittant le studio de Lauren dans le quartier de North Laine, elle gagna les arcades pour la deuxième fois de la journée. Cette fois-ci, elle passa devant chez Viviane, puis devant la boutique de souvenirs tenue par l'amie de leur grand-mère, Evie, avant de s'arrêter devant l'école de surf. À l'intérieur, Finn fermait le local avec son ami et associé, Andy.

— Salut, Andy ! le salua Imogène.

— La baroudeuse est de retour, constata joyeusement Andy.

Imogène embrassa Finn.

— Tu lui as drôlement manqué, tu sais, taquina Andy.

— Ah bon, c'est vrai ?

— Ne crois pas un mot de ce qu'il dit, intervint Finn.

— Il était insupportable, il faisait la tête tout le temps, persista Andy.

— Alors, tu es prête ? demanda Finn avec un regard noir pour son ami.

— Oui.

Elle contempla les caisses de matériel qui remplissaient la salle où Finn et Andy dispensaient leurs cours théoriques, avant d'emmener les élèves sur la plage.

— Vous commencez à être à l'étroit, non ? observa-t-elle.

— C'est justement ce qu'on se disait, soupira Andy. On a beaucoup d'élèves qui voudraient acheter leur planche et leur matériel chez nous, mais on n'a pas la place ici.

— Vous êtes victimes de votre succès !

Imogène suivit Finn qui se dirigeait vers sa camionnette.

— Vous devriez peut-être penser à vous agrandir, suggéra Imogène en se retournant vers le local.

Finn avait ouvert son école à vingt-cinq ans, une décennie plus tôt, bien avant de rencontrer Imogène. Ces dernières années, l'entreprise avait vraiment décollé. Elle était située à quelques portes de la boutique de crèmes glacées de Viviane, sous les arcades du front de mer, à Hove, un alignement de boutiques et de cafés à l'atmosphère chaleureuse et amicale. Les différents propriétaires – Anna et Matteo, Finn, Evie et quelques autres – se voyaient régulièrement et s'entraidaient. Ils s'apportaient des boissons chaudes, des friandises, et s'arrêtaient pour bavarder. L'été, l'endroit fourmillait d'activité. Fêtes autour du kiosque à musique, barbecues, kermesses au profit d'œuvres de charité... L'esprit communautaire dans lequel Viviane et Evie s'étaient tant investies au fil des années restait vivace.

— Mais si on s'agrandit, où est-ce qu'on va aller ? Je n'ai pas envie de déménager, mais sous les arcades, personne n'a l'air décidé à nous laisser sa place.

— Il doit bien y avoir un endroit, dit Imogène en réfléchissant à la question.

Ils montèrent dans la camionnette. Finn s'engagea sur la principale route côtière. Tandis que le soleil hivernal brumeux descendait dans le ciel, ils se dirigèrent vers leur plage habituelle, une petite anse abritée à une demi-heure de la ville.

Elle contempla par la vitre la baie sablonneuse dont ils approchaient.

— On sera seuls aujourd'hui. C'est parfait.

Finn gara la camionnette et elle bondit de son siège. Ils descendirent leurs planches du toit, puis enfilèrent leurs combinaisons.

— Premier arrivé ! défia Imogène qui courait déjà avec sa planche.

Finn la rattrapa dans les vagues et la fit tomber dans l'eau. Elle émergea en crachotant et éclata de rire.

— Vas-y, montre-moi ce que tu sais faire !

Finn s'éloigna vers le large, mais Imogène resta plus près de la plage. Elle s'arrêta et attendit la bonne vague. Elle n'était pas tentée de rivaliser : Finn surfait depuis l'enfance alors qu'elle ne pratiquait que depuis leur rencontre, moins de trois ans auparavant. Elle était contente de ne plus avoir besoin de ses leçons. Il lui avait enseigné les bases, mais ensuite elle s'était perfectionnée toute seule, en répondant aux mouvements de la mer, guidée par la nature. La plongée lui avait appris à connaître l'océan. Nager en profondeur, pour photographier la vie marine et le corail, était autrefois sa seule expérience de la mer. Et sous la surface, c'est elle qui ouvrait la voie à Finn.

Elle enfonça la tête sous l'eau jusqu'à ce que son visage, ses cheveux et son cou soient totalement immergés. Le froid réveillait ses sens. Finn n'était plus qu'un point au loin. Elle remplit ses poumons d'air marin, repéra une vague et bondit sur ses pieds avec célérité et adresse. Elle surfa jusqu'au sable. Elle était si concentrée qu'elle sentait à peine le froid. Savoir que Finn, là-bas, pensait à elle, lui donnait des ailes.

Elle l'avait rencontré quand elle travaillait à la boutique de glaces, et après un été à se côtoyer sous les arcades, ils s'étaient rapprochés lors d'une fête sur place. Imogène ne cherchait pas à nouer une relation – la rupture avec son ex, Luca, avait été douloureuse –, mais le lien s'était créé. À leur premier baiser, dans un coin tranquille de la plage, elle avait éprouvé un frisson d'exaltation, mais aussi un déchirement. Elle ne voulait pas se réinstaller à Brighton, alors qu'il restait tant d'endroits du monde à explorer. Quand le moment avait été venu pour eux de prendre une décision, elle l'avait persuadé de l'accompagner en Thaïlande. Ainsi, il s'offrirait une pause dans sa vie professionnelle, et elle pourrait mener à bien son projet photographique.

Son séjour à New York, où une amie, devenue son agent, lui avait organisé une exposition, avait changé la vie d'Imogène. C'est dans cette ville, pendant un été humide, que son rêve de devenir photographe professionnelle avait fini par se concrétiser, et les propositions de travail avaient afflué. Après des études difficiles, parce que sa mémoire visuelle et sa façon particulière de voir le monde la pénalisaient, ces mêmes particularités l'emmenaient désormais plus loin qu'elle ne l'aurait jamais cru possible.

Quand ils étaient rentrés à Brighton et s'étaient installés dans la maison de Finn, elle avait travaillé dur pour maintenir ses contacts. Elle avait décidé de se séparer de son agent et de se débrouiller seule. Tout semblait bien marcher, elle recevait nombre de propositions préliminaires pour de nouveaux projets, à l'étranger pour la plupart. C'était ce qu'elle désirait. Elle avait beau aimer Brighton, c'est quand elle était ailleurs que les aubaines se présentaient à elle. Il en avait toujours été ainsi.

Quand Finn arriva sur la plage, sa peau à la teinte ordinairement chaude avait pâli, ses lèvres viraient au bleu. Elle les embrassa pour tenter de les réchauffer. Tous deux frissonnaient.

— Pub ? proposa Imogène. Je crois qu'on a besoin de se réchauffer.

— Bonne idée.

Une demi-heure plus tard, ils entraient au *Rose*, leur pub habituel, au début du quizz hebdomadaire. Entre habitués, les conversations allaient bon train. Finn et Imogène saluèrent le barman et quelques voisins, puis s'installèrent à l'écart du bruit, dans un recoin confortable aux sièges en bois, séparé de la salle par une vitre ancienne en verre dépoli.

Les mains et les pieds gelés d'Imogène commençaient à retrouver quelques sensations.

— C'était génial, ce soir, dit-elle. J'adore quand il n'y a personne à part nous.

— C'était vraiment paisible. Et c'est bien plus sympa de surfer avec toi que de sauver de la noyade un groupe de débutants, c'est certain. Je suis content que tu sois rentrée.

Il l'étreignit et l'embrassa. Elle lui rendit son baiser.

— Au fait, je voulais te demander, ça te dirait qu'on aille dîner chez Anna et Matteo dimanche soir ?

— Bien sûr. Attends, ce n'est pas la Saint-Valentin ?

— Si, mais c'est une journée comme une autre en fait, non ?

— Sûrement. Si ça te va, ça me va. Ce sera sympa de les voir.

— Super ! Parce que j'ai plus ou moins déjà dit oui.

— D'accord ! fit-il en riant. D'autres décisions dont tu voudrais m'informer ?

— Non. Enfin, il y en aura bientôt, j'espère. La semaine prochaine, je dois aller voir cette auteure, Sally, à propos du voyage en Amazonie.

— La femme aux dauphins roses ?

— Oui. Elle a passé deux ans à les étudier. C'est incroyable tout ce qu'elle sait sur eux. Elle travaillait sur son livre en même temps. Et elle cherchait le photographe idéal pour l'accompagner en Amazonie dans son dernier voyage d'études.

— Elle n'a pas pris de photos elle-même là-bas ?

— Les éditeurs n'étaient pas très satisfaits de leur qualité. Apparemment, ils voient les choses en grand pour ce livre. Ils veulent en faire leur produit phare de l'année prochaine, du coup elle semble certaine d'obtenir le budget nécessaire pour m'emmener là-bas.

— Ça paraît génial. Combien de temps ?

— Je ne sais pas. Quelques semaines, quelques mois peut-être, répondit Imogène, qui s'y voyait déjà. Elle pourra m'en dire plus quand on se verra.

— Bon. Donc, tu iras te faire bronzer en Amérique du Sud pendant que j'affronterai la Manche glaciale avec des surfeurs débutants en combinaison.

— Je reviendrai vite pour te raconter, promit Imogène gaiement, en lui plantant un baiser sur les lèvres. Et je penserai à t'envoyer une carte postale.

Le dimanche soir, Imogène et Finn étaient chez Anna et Matteo, attablés devant un bon plat italien revigorant, fait maison, et un excellent vin rouge.

— Les pâtes sont délicieuses, Anna, complimenta Imogène en enroulant ses tagliatelles sur sa fourchette.

— Merci. Je commence à maîtriser la machine à pâtes que Matteo m'a offerte pour mon anniversaire. C'est un peu compliqué, mais je crois que ça en vaut la peine.

— Regarde-toi, tu fais tout à partir de rien, s'exclama Imogène en riant. Où est-ce que tu vas t'arrêter ? Je suis à peine capable de faire cuire un œuf.

— Oh, arrête ! Tu cuisines très bien maintenant !

— Ah bon ? intervint Finn avec un sourire malicieux.

— C'est Finn qui cuisine la plupart du temps, reconnut Imogène.

— Et toi ?

— Je me charge de l'animation.

— Alors, ça n'a pas beaucoup changé depuis notre enfance.

— Tu as vu Papa et Maman ces jours-ci ?

— Oui, on est passés à « Elderberry House » hier soir.

— Comment ça se passe là-bas ?

— Bien, je crois. C'est encore un peu le chaos, avec les travaux de décoration, mais ils avancent. Martin a prévu d'ouvrir fin mars, alors ils ont à peine plus d'un mois pour tout finir.

La maison d'Elderberry Avenue était depuis toujours un lieu où l'on se sentait bienvenu. Viviane avait l'habitude d'accueillir avec chaleur ses amis, nouveaux ou anciens, et même de les héberger quelque temps. Elle était généreuse de nature et, après la mort de son mari, appréciait la compagnie.

— Papa y va souvent ?

— Franchement, je ne suis pas sûre qu'il participe énormément, en réalité. Il fait des sculptures pour le jardin, et aide à fabriquer quelques rangements, mais je crois qu'il rêvasse beaucoup.

— Ça, c'est Papa tout craché. Ça ne doit pas être facile pour lui de voir la maison de Mamie Viv changer. J'espère que ça ne le démoralise pas trop d'être entouré de tant de ses affaires, et de voir la maison familiale transformée en autre chose.

— Je me posais la même question, répondit Anna, sourcils froncés d'inquiétude. Maman dit qu'il n'est même pas encore entré dans toutes les pièces.

— À long terme, ce sera bien pour tout le monde : pour nous tous, d'avoir la maison d'hôtes, et pour Papa, de la voir revivre. Après tout, on ne peut pas revenir en arrière. On a tous des souvenirs, non ?

— Tu te rappelles les soirées pyjamas, tout en haut ? Mamie faisait semblant de ne pas nous entendre.

— Mais quand on ouvrait la porte à minuit, elle nous avait déposé des friandises, pour qu'on puisse se régaler, sourit Imogène.

— Papa et Martin doivent tous les deux avoir un million de souvenirs de ce genre. Ils ont grandi dans cette maison. Ils y ont été enfants, adolescents. Papa habitait là quand il a acheté sa première moto. Mais la seule façon de préserver ces souvenirs, c'est de garder cet endroit vivant, plein de gens, d'amour, de rires.

— Espérons que Papa finira par s'habituer, soupira Imogène. Mais s'il continue à traîner les pieds, je lui parlerai. Maman en a parlé ?

— Elle l'encourage à faire une vraie visite, mais elle ne veut pas le forcer. De toute façon, elle est très occupée avec l'inauguration. Elle se charge des communiqués de presse et des médias régionaux.

— Pour une retraitée… Je savais bien qu'elle ne resterait pas longtemps les bras croisés.

— Ma mère est pareille, dit Matteo. Elle n'est jamais plus heureuse que lorsqu'elle travaille.

— Ta famille devrait revenir nous rendre visite, suggéra Imogène. Quand la maison d'hôtes aura ouvert, on aura bien plus de place, ils n'auront pas à s'entasser dans la chambre d'amis chez nos parents.

— C'est vrai, acquiesça Matteo. La maison d'hôtes « Elderberry House », ça sonne bien. Aussi anglais que le *fish and chips*. Je suis sûr que mes parents et ma sœur vont adorer.

Anna lança un regard à sa sœur et Imogène regretta aussitôt ses paroles. Le Noël précédent avec la famille de Matteo n'avait pas été un succès fracassant. La semaine leur avait paru longue à tous. La mère de Matteo, Elisa, femme sûre d'elle et déterminée, avait tout pris en main, et fait plus d'une remarque à Anna et Matteo parce qu'ils n'étaient toujours pas mariés. Elle avait aussi inondé sa petite-fille de cadeaux, bien que Bella, à un an, ne s'intéressât guère qu'au papier qui les enveloppait. Le jour du départ d'Elisa, Giacomo et Carolina, ils avaient tous poussé un soupir de soulagement. Elisa débordait de bonnes intentions, mais à la vérité, Anna avait bien du mal à s'entendre avec elle.

Consciente du malaise de sa sœur, Imogène s'empressa de faire marche arrière :

— Enfin je veux dire, plus tard, l'année prochaine, ou à un autre moment. Après tout, la maison n'est même pas encore ouverte.

Un petit cri s'éleva de la chambre de Bella, puis le silence retomba.

Anna alla dans le couloir tendre l'oreille.

— Laisse-la, Anna, elle dort, dit Matteo. Ne t'inquiète pas.

— Tu as raison. Je n'entends plus rien. J'ai cru qu'elle s'était réveillée. Tu sais comme elle aime voir du monde.

— Dans son cœur, c'est une Méditerranéenne, déclara Matteo d'un ton affectueux. Elle resterait debout jusqu'à minuit si on la laissait faire.

— Ta mère dit que tu étais pareil, ajouta Anna en se rappelant les histoires que lui avait racontées Elisa à Noël.

— C'est vrai. Avec Carolina, on courait partout les soirs de fête, on jouait avec les autres enfants et on se cachait sous les tables. Personne ne s'indignait qu'on veille tard.

— Pas question d'essayer ça avec Bella, décréta Anna en secouant la tête. Elle serait impossible le lendemain.

— J'aime bien l'idée, déclara Imogène, dont l'imagination s'était éveillée au récit de Matteo. Ça me paraît une merveilleuse façon de grandir, cette liberté. Frayer avec des enfants d'âges différents. C'est bien mieux que chez nous. Au lit à dix-neuf heures, qu'on soit fatigué ou pas. Pour toi, Anna, ça allait. Tu fourrais ton nez dans un bouquin, mais je me rappelle avoir cru mourir d'ennui quand je n'avais pas sommeil. Je pense que la méthode méditerranéenne est bien plus favorable aux enfants.

— Tu vois, Anna, renchérit Matteo avec un gentil coup de coude. Les arguments ne manquent pas en faveur des manières italiennes. Se coucher tard une fois de temps en temps ne ferait aucune différence pour Bella.

Imogène remarqua l'expression d'Anna et en conclut qu'elle avait dû toucher un point sensible.

— Je ne parle pas forcément pour Bella, mais de façon générale.

— Je sais, dit Anna. Je me demande si elle n'est pas plutôt italienne, de cœur. Mais c'est ici qu'elle grandit.

Matteo et elle échangèrent un regard. Finn, sentant la tension, s'empressa de changer de sujet :

— Comment ça se passe à la boutique ?

— Très bien, répondit Anna. Le menu d'hiver est un succès, même si je crois qu'on attend tous les deux le printemps avec impatience, pour revenir aux sorbets.

— Je me rappelle ce premier été, sourit Finn. Je cherchais tout le temps des prétextes pour venir à la boutique discuter avec elle…

Il se tourna vers Imogène.

— Alors, ce n'étaient pas seulement les glaces qui t'attiraient ? fit Anna en haussant les sourcils.

— Non, rit Finn en secouant la tête.

— Je ne pensais pas qu'elle rencontrerait un homme qui lui donnerait envie de rester dans le coin, dit Anna.

— Eh bien, tout finit par arriver, enchaîna Imogène d'un ton détaché. Anna, tu ne disais pas que tu avais une nouvelle recette à tester sur nous ?

Le visage d'Anna s'éclaira.

— Si ! Bien sûr, j'ai failli oublier. Vous allez vous régaler. Viens, Matteo, on va préparer le dessert.

Anna et Matteo revinrent quelques minutes plus tard avec des mugs fumants.

Imogène reconnut les effluves dans l'air.

— Du chocolat chaud ?

— Oui, mais avec un plus, annonça Anna en déposant les tasses. J'espère que vous êtes prêts à servir de cobayes.

— Toujours ! dit Finn.

— Une glace chaude, expliqua Matteo. Notre révolution glacière hivernale. Pour la Saint-Valentin.

— Un chocolat chaud maison, énonça Anna, avec une boule de glace au praliné et une au chocolat noir, le tout parsemé de noisettes finement hachées.

— Donne-moi ça ! exigea Imogène. Ça m'a l'air à tomber !

Elle passa son mug à Finn.

Tous deux trempèrent les lèvres dans le mélange.

— Oh ! s'exclama Finn. C'est une tuerie.

— Mettez-le tout de suite sur le menu. Il n'y a pas à hésiter, trancha Imogène.

— Je suis toujours emballé par vos créations, soupira Finn. Mais une vie entière consacrée aux glaces… Vous n'en avez pas marre ?

— Impossible ! répondit Matteo. Mais parfois, il faut oser mélanger les genres. Chez Viviane, on peut faire des expériences.

— Je ne sais pas trop ce que penserait Mamie Viv si elle voyait la boutique maintenant, intervint Imogène. Ces granités, ces sundaes… Elle s'en tenait plus ou moins aux glaces toutes faites, non ?

— La passion de Viviane, c'étaient les gens, pas la cuisine ou les finances, expliqua Anna à Matteo. À la fin, elle gérait la boutique un peu comme un centre social. Elle s'occupait de tous ceux qui passaient. Je crois que son amour du commerce l'avait un peu abandonnée quand Papy est parti.

— Cela a dû être difficile pour elle de continuer à tenir la boutique après sa mort. Ils s'aimaient vraiment, n'est-ce pas ? commenta Matteo.

— Oui, répondit Anna. Ils faisaient tout ensemble, à la boutique et au-dehors. Ils finissaient même les phrases de l'autre.

— Je crois qu'ils n'ont été séparés que pendant le voyage de Viviane et Evie en Italie, intervint Imogène. Ils s'appuyaient l'un sur l'autre. Quand il est mort, elle était effondrée.

— Je crois qu'elle ne s'en est jamais remise, ajouta Anna. Pas vraiment.

Chapitre 3

Le jeudi suivant, Anna était à la boutique en train de préparer de la glace au chocolat blanc et à la noisette pour le sundae de la semaine. La clochette tinta, annonçant un nouveau client, et en levant les yeux elle découvrit Evie, vêtue d'un blouson en jean bleu, ses cheveux roses rassemblés en chignon lâche. Anna sourit. La vue de la meilleure amie de sa grand-mère la réconfortait toujours et, sa boutique étant située à deux pas de là, elle leur rendait de fréquentes visites.

— Salut, Evie. L'eau était bonne, ce matin ?

— Très revigorante, merci, répondit Evie en s'asseyant devant le comptoir. L'avantage de cette saison, c'est que j'ai la mer entière pour moi toute seule.

Anna éclata de rire.

— Parce que tu es la seule assez folle pour t'y baigner !

— Viviane m'accompagnerait si elle était encore là, c'est sûr. Rien n'aurait pu la détourner de son bain matinal.

— Je crois qu'elle a transmis son amour des baignades hivernales à Imogène. Mais pas à moi en tout cas.

— Elle a sauvé un petit garçon de la noyade ici, une fois. Elle te l'avait raconté ?

— Non, je ne savais pas. Qu'est-ce qui s'est passé ?

C'était typique de Viviane. Elle avait tant de facettes. Anna s'était habituée à apprendre des anecdotes de diverses personnes, qui éclairaient des aspects de sa personnalité qu'elle et Imogène ne connaissaient pas.

— C'était un garçon d'environ cinq ans qui promenait son chien avec ses parents. Quand le chien s'est jeté à l'eau, le petit l'a suivi et le courant l'a entraîné. Ses parents ne sont pas arrivés à le rejoindre à temps, mais Viviane était là. Elle l'a attrapé et l'a ramené sur la plage. Le chien est revenu peu après, sans se soucier le moins du monde des tracas qu'il avait causés.

— C'est incroyable, dit Anna, remplie de fierté.

— C'est passé dans le journal. Je dois avoir l'article quelque part. Je le chercherai.

— Oui, s'il te plaît. On pourra peut-être le faire encadrer pour la maison d'hôtes. Ça ferait plaisir à Papa. En attendant, qu'est-ce que je peux t'offrir pour te réchauffer ?

— Il te reste de ces pâtisseries ?

Anna cria vers la cuisine :

— Matteo, il reste des cannoli pour Evie ?

— Oui, je viens d'en refaire une fournée.

— Fantastique ! se réjouit Evie.

— Tu veux un expresso ? Je sais que tu préfères le thé, mais avec ces gâteaux, il faut du café.

— D'accord. Mais je vais me transformer en moulin à paroles et tu devras me supporter !

— Alors, comment vont les affaires ? s'enquit Anna en tassant le café et mettant la machine en marche.

— Bien, répondit très vite Evie.

À cet instant, Anna remarqua que la lumière qui brillait généralement dans ses yeux était absente, et qu'Evie semblait avoir vieilli. Elle paraissait d'ordinaire plus jeune que son âge, mais ce jour-là, elle faisait ses presque soixante-dix ans.

Anna comprit aussitôt qu'Evie ne se montrait pas totalement honnête. Elle haussa un sourcil interrogateur.

— Oh, tu sais ce que c'est de tenir son propre magasin. On a toujours des soucis. Ces temps-ci, ça me donne des cheveux blancs.

Elle toucha ses cheveux qu'Anna avait toujours vus teints en rose pâle.

— C'est vrai ? la taquina Anna.

— On verra ce que tu diras quand je ne pourrai plus me payer le coiffeur.

— Ça va si mal que ça ?

— Les affaires marchent mal depuis longtemps. L'hiver, c'est toujours difficile, tu le sais aussi bien que moi, dans une ville comme celle-ci. Normalement, je gagne assez pendant l'été pour boucler mon budget. Mais cette année, je dois reconnaître que je m'en sors à peine.

— Tu crois qu'en renouvelant ton stock, ça irait mieux ?

— J'ai essayé, Anna. J'ai pratiquement tout essayé, mais les profits continuent de chuter.

— Je suis désolée.

— Merci. Mais c'est peut-être un signe. Je ne suis pas du genre à renoncer facilement, mais il est peut-être temps pour moi de passer à autre chose. De vendre la boutique et changer d'activité.

Les yeux bleus d'Evie, habituellement si brillants, semblaient las, et sa voix était triste.

— Tu es sûre ?

Voir Evie si abattue peinait Anna. Quand elle et Imogène trimaient pour lancer leur commerce, Evie avait été présente à chaque étape, avec ses conseils et son soutien. Et voilà que sa boutique périclitait. Cela semblait injuste. Si Viviane avait été encore en vie, elle aurait fait tout son possible pour s'assurer du bien-être d'Evie, et Anna se sentait investie de la même responsabilité, de la même loyauté envers la meilleure amie de sa grand-mère.

— Parfois, j'en suis sûre, parfois moins. C'est une décision difficile, après tant d'années. Je n'ai jamais fait autre chose que vendre des souvenirs, en réalité. Enfin, en dehors des voyages.

— Tiens, dit Anna en déposant devant Evie sa tasse de café et la pâtisserie toute chaude que Matteo avait apportée. Je suis désolée. Ça ne résout rien, mais…

Evie mordit dans son cannolo et hocha la tête en signe d'approbation.

— Mais ça aide, c'est certain.

Anna sourit.

— Ce gâteau me rappelle le voyage que j'ai fait avec Viviane, à Sorrente, sur la côte amalfitaine. Ça doit faire trente ans. On passait l'après-midi à une terrasse de café, avec la mer qui miroitait devant nous et rien à faire sinon attendre que le soleil baisse avec un bouquin.

— Ce devait être merveilleux, soupira Anna avec une pointe de nostalgie au souvenir de son séjour insouciant à Florence, avant la naissance de Bella.

— Tu te plairais là-bas, assura Evie.

— Un jour, peut-être.

— Cet endroit avait une place à part dans le cœur de ta grand-mère. (Elle s'interrompit, parut revisiter cette époque en pensée.) On riait tellement, en ce temps-là.

Cet après-midi-là, Jan entra dans la boutique avec Bella. Toutes s'embrassèrent. L'air froid avait rafraîchi les joues de Jan.

— Je me suis dit que j'allais passer te dire bonjour.

— Salut, Jan, cria Matteo depuis la cuisine.

— Ton père et Martin bricolent à la maison d'hôtes, alors Bella et moi allons au parc. Tu veux nous accompagner ?

— Matteo, ça t'ennuie si je m'absente un moment ?

— Pas de problème.

Anna emballa quelques pâtisseries invendues.

— Du carburant, expliqua-t-elle.

Elles marchaient sur les galets de la plage sous un froid soleil hivernal. Anna tendit un gâteau à sa mère.

— Comment ça se passe là-bas ? s'enquit-elle.

— Bien, je crois. Oh, il reste beaucoup à faire, mais tu sais comment sont les McAvoy quand il s'agit de tout boucler à la dernière minute. C'est notre point fort.

Anna éclata de rire.

— Oui. Rien de tel qu'une date butoir. Mais il paraît que Finn a presque terminé le site web.

— Oh, il est merveilleux ! s'exclama Jan. J'ai jeté un coup d'œil à une version antérieure et il fait vraiment vivre la maison. J'adorerais y séjourner. Et tu sais comme je suis difficile pour ces choses-là.

Anna rit.

— Comment va Papa ?

— Il fait un peu l'autruche. Je lui ai dit qu'il était temps de faire le tour de la maison. Il ne reste qu'un mois avant l'ouverture, après tout. Ta sœur a dit qu'elle passerait samedi après-midi pour lui apporter un peu de soutien, au cas où. Tu es libre ?

— Oui, je crois. Je viendrai.

— Ta sœur a vraiment trouvé la perle rare, avec Finn. Il lui fait un bien fou. Je suis tellement contente qu'elle mûrisse un peu, qu'elle choisisse les choses et les gens qui sont bons pour elle, enfin. Tu te rappelles, la première fois qu'elle est allée en Thaïlande ? À son retour, elle parlait d'une espèce de clochard de plage. Je crois qu'il était américain.

— Luca.

Elle ne l'avait jamais rencontré, mais avait vu des photos de lui. Brun et séduisant, bronzé. Imogène était revenue emplie d'émotions mitigées, pour assister aux funérailles de Viviane. Puis l'inquiétude que lui inspirait son père l'avait poussée à rester. À l'époque, elles avaient toutes les raisons du monde d'être tristes, et pourtant Imogène conservait en elle cette légère sensation de vacances. Elle paraissait toujours s'éveiller à la vie, quand elle était loin. Ce n'est que lorsqu'elle et Luca avaient rompu pour de bon – quand Imogène avait appris qu'il sortait avec une de ses amies – qu'elle était vraiment redescendue sur terre.

— J'avais presque perdu espoir à l'époque, reprit Jan. Ton père a toujours eu l'esprit d'aventure, et il a beaucoup bourlingué dans sa jeunesse. Mais quand il m'a rencontrée, il a su saisir sa chance, s'installer pour de bon. D'après ce que m'a dit Imogène, c'est-à-dire pas grand-chose, je l'admets – tu la connais –, je ne crois pas qu'elle aurait trouvé ça avec aucun des hommes avec qui elle est sortie avant Finn.

— Elle n'avait que vingt-trois ans à l'époque, lui rappela Anna. Je ne crois pas qu'elle était prête.

— J'étais déjà installée avec ton père à cet âge.

— Imogène est très différente de toi. Tu le sais bien, Maman. Je me demande si elle serait davantage prête à se poser maintenant, franchement. Vingt-six ans, c'est encore très jeune, de nos jours.

— Tous ces voyages qu'elle s'est mis dans la tête… Je ne sais pas si je comprendrai un jour. Mais je suis bien contente qu'on t'ait, Anna, qu'on puisse se dire qu'au moins une de nos filles reste auprès de nous. Parce que ça représente beaucoup. Tu comprendras combien c'est important, quand Bella grandira.

— Les voyages rendent Imogène heureuse, Maman.

— Pour le moment, peut-être.

— Tout comme ton travail te rendait heureuse.

— Oui, dit Jan en baissant les yeux.

— Ça te manque ? demanda Anna d'une voix douce.

Jan releva la tête et leurs regards se croisèrent.

— Ça paraît stupide, non ? Mais sans doute. Je m'imaginais, à la retraite, passer des journées de détente dans le jardin, faire des promenades avec ton père, inventer des pâtisseries merveilleuses. Mais au lieu de ça, en dehors d'un peu de publicité pour la maison d'hôtes, j'ai l'impression de végéter. Ton père a ses propres activités à mener, et la vérité, Anna, c'est que sans Bella je ne saurais pas trop quoi faire.

Jan serra plus fort la main de sa petite-fille.

— Mamie, cria Bella. Mouah ! fit-elle en soufflant un baiser.

Sa grand-mère le lui rendit.

— En tout cas, on a une montagne de grands événements en vue pour cet été, pas vrai ? dit Jan à sa petite-fille. Des soirées chez Papy et Mamie, notre pique-nique annuel dans le bois aux jacinthes… (Jan se tourna vers Anna.) Ce sera la première fois que Bella assistera vraiment à notre grande réunion familiale, non ?

— Si. Ce sera merveilleux.

Tous les ans, les McAvoy invitaient toute la famille pour un pique-nique dans les bois près de chez Jan et Tom à Lewes, dans l'East Sussex, au moment où les jacinthes sauvages fleurissaient. Ces sorties constituaient pour Anna quelques-uns de ses meilleurs souvenirs d'enfance, et elle voulait les partager avec Bella.

— Cette petite nous aide à nous concentrer sur l'essentiel, tu ne trouves pas ? demanda Jan.

Anna vit dans les yeux de sa mère l'importance qu'elle attachait à ce pique-nique – avoir sa famille près d'elle, pouvoir être la grand-mère qu'elle rêvait d'être. Après les années qu'Imogène avait passées à l'étranger, les McAvoy étaient à nouveau réunis, et tous en étaient très heureux.

Ce soir-là, Matteo et Anna dînèrent dans la cuisine. Bella dormait dans sa chambre.

— Délicieux, commenta Anna en désignant les pâtes qu'il avait préparées.

— Merci.

Les yeux sombres de Matteo restaient baissés.

— Ça va ? demanda-t-elle doucement en posant la main sur son bras. Tu as l'air ailleurs.

— Moi ? Ça va, répondit-il en secouant la tête. C'est… Ce n'est rien.

— Dis-moi.

— Il s'est passé quelque chose aujourd'hui qui m'a fait réfléchir, c'est tout.

— Oui ?

— Ça ne vaut pas la peine d'en parler.

— Ça concerne le vieux monsieur avec qui tu discutais cet après-midi ?

— Oui, plus ou moins.

— Qui est-ce ?

— Il est originaire de Sienne, mais il tient un *fish and chips* à Hove depuis des années. Il a entendu parler de mes cannoli et il est venu les goûter. Je lui ai fait découvrir quelques glaces. Tu aurais dû le voir, il était tellement heureux. Dans un autre monde.

— C'est génial, commenta Anna.

C'était ce qui la passionnait dans son travail, voir le visage des clients s'éclairer lorsqu'ils savouraient l'une de leurs créations.

— On s'est mis à parler de Sienne et de la cuisine de là-bas. Il m'a dit combien ça lui manquait.

— Qu'est-ce qui l'a attiré ici ?

— Il est tombé amoureux. Trente ans plus tard, il est encore là. Il a toujours eu l'intention de repartir, mais les années ont passé, comme il dit.

Le ton de sa voix inquiéta Anna.

— Tu penses beaucoup à ton pays ces temps-ci, n'est-ce pas ?

Elle sentit son cœur se serrer. Elle avait conscience d'aborder un sujet – le seul, peut-être – qui pourrait les éloigner l'un de l'autre.

Matteo hocha la tête sans un mot.

À son silence, Anna mesura la profondeur de sa tristesse. Au début de leur relation, il plaisantait sur ce qui lui manquait de l'Italie. Il énumérait ses plats favoris dans les restaurants florentins avec une nostalgie rieuse. Cette fois, c'était différent.

— Tu peux tout me dire, tu sais, l'encouragea-t-elle.

— Il y a tant de choses qui me manquent. Pouvoir discuter dans ma propre langue, pour commencer. Je me perds encore parfois en anglais, même avec toi. Et puis il y a ce sentiment de connexion. Parfois, je le ressens ici, mais à d'autres moments…

— Tu veux qu'on parte là-bas ?

Il secoua la tête.

— Toi et Bella, vous êtes ce qui compte le plus pour moi, et en arrivant je t'ai fait une promesse : on vivrait ici, où tu as ta famille, la boutique… Je ne romprai pas cet engagement. Je ne te demanderai pas de quitter tout ça.

— Mais comment rester, alors que je sais qu'au fond de toi tu n'es pas heureux ? demanda-t-elle d'une voix brisée.

— Je suis heureux, Anna, vraiment…

Il s'interrompit, et elle comprit qu'il lui cachait quelque chose.

— Mais ?

— La vérité ? Je me sens déchiré, admit-il, les yeux remplis de tristesse. Je ne veux pas devenir cet homme, Anna.

Chapitre 4

Le vendredi soir, Finn et Imogène se détendaient chez eux, dans le canapé d'angle. On apercevait la mer tumultueuse par la baie vitrée, mais le grand tapis blanc, les coussins éparpillés et les photographies prises en Thaïlande par Imogène adoucissaient l'aspect minimaliste de la pièce.

Finn montrait à Imogène le site web qu'il avait conçu pour la maison d'hôtes. Il lui passa sa tablette pour qu'elle puisse regarder plus confortablement.

— J'ai fait une page d'accueil simple, mais on peut cliquer sur toutes les portes pour avoir un aperçu des chambres. Regarde, là, dans la chambre *Vacances romaines*…

Il cliqua sur la porte blanche et démarra la visite virtuelle de la pièce que Tom et Martin avaient décorée de gravures et bibelots d'inspiration italienne, en référence au film préféré de Viviane, avec Audrey Hepburn.

— Là, tu as le bar de la prohibition, et tu vois, il donne sur la salle *Gatsby le Magnifique*…

Il guida Imogène sur l'écran, à travers ce qui avait été la cuisine et le salon de sa grand-mère.

— C'est génial, s'enthousiasma Imogène, remplie de fierté, en le serrant dans ses bras. Merci. Papa et Martin vont adorer. (Elle brûlait d'impatience de montrer le site à sa famille.) J'y vais demain. Papa va faire sa première visite complète, et j'ai promis à Maman que je serais là. Anna a dit qu'elle viendrait aussi. Il ne reste qu'un mois avant l'ouverture, alors je crois que Maman lui a balancé assez fermement qu'il ferait mieux de s'habituer aux changements, et de formuler ses objections maintenant, tant qu'ils ont encore du temps devant eux. Je crois que Martin a peur qu'il déteste.

— Je suis sûr que non. C'est magnifique, et ton père est un type raisonnable. Mais en tout cas, c'est bien que vous y soyez toutes les deux.

— Ce dont je suis sûre, c'est que Mamie aurait adoré. Tu te rappelles comment elle était. Elle recueillait toujours les laissés-pour-compte, invitait ses amis. Elle n'aurait pas voulu voir la maison vide.

Imogène se remémora le temps où Anna et elle étaient petites. Elles jouaient dans le jardin, se poursuivaient dans l'escalier. À mesure qu'elles grandissaient, leur relation avec leur grand-mère changeait. Elles parlaient davantage avec elle. Imogène avait toujours adoré leurs conversations. Viviane était pleine de sagesse, elle était positive, l'encourageait à suivre ses rêves à tout prix. Imogène se mordit la lèvre pour s'empêcher de pleurer. Trois ans après la mort de sa grand-mère, la tristesse l'envahissait encore de temps en temps.

— Avec mon voyage en Amazonie, je risque de rater l'inauguration, remarqua-t-elle. C'est triste.

Le lendemain, Imogène arriva chez son oncle.

— Salut, tout le monde !

Son père se tenait dans l'entrée, l'air un peu mal à l'aise. Il semblait se demander quelle était sa place dans cette maison où il avait grandi, maintenant transformée en autre chose. Imogène s'approcha et l'embrassa.

— Anna est déjà là ?

— Elle a dit qu'elle viendrait, répondit sa mère en secouant la tête, mais je ne sais pas où elle est. On dirait qu'elle a éteint son téléphone.

— C'est bizarre. (Imogène tenta de l'appeler, mais tomba sur sa boîte vocale.) Elle doit être en route. En attendant, regarde, j'ai encadré quelques-unes de mes photos pour l'entrée. Ça l'égayera, ajouta-t-elle en les sortant de son sac afin de les montrer à Martin et ses parents. (Elle les souleva devant le mur, pour juger de l'effet.) Et j'ai mis le prix dessus. J'espère que ça ne t'ennuie pas.

— Je suis sûr qu'elles auront du succès, déclara doucement Tom.

— Il ne faut jamais laisser passer une occasion, répliqua Imogène dans un éclat de rire.

Elle regarda son père contempler la maison de son enfance. Ses yeux se posaient là où meubles et bibelots de sa mère se trouvaient autrefois, et son visage s'emplit de tristesse.

— Faisons le tour, proposa-t-elle.

Elle l'entraîna dans l'escalier pour visiter les chambres, puis ils redescendirent.

À leur retour, Martin observa avec anxiété l'expression de son frère qui réfléchissait aux changements. Imogène lui lança un coup d'œil. Tous avaient conscience que Tom, si affecté par la perte de sa mère, risquait d'avoir du mal à accepter que la maison entre dans une nouvelle ère.

Après ce qui leur parut une éternité, il se tourna vers eux.

— Je trouve que c'est très bien, commenta-t-il.

Sobrement, il saisit la main de son frère, puis l'étreignit.

— Tu as fait un travail magnifique, Martin. Je crois que ça aurait plu à Maman, non ?

— Je dois dire que je suis soulagé, soupira Martin. Maintenant, on n'a plus qu'à se soucier d'attirer les clients.

— Tout ira bien, promit Imogène.

— La presse régionale s'est beaucoup intéressée au projet, renchérit Jan.

— C'est exactement ce qu'il nous faut, reprit Imogène. Un chez-soi abordable loin de chez soi. Avec de la classe, pas un piège à touristes. La fête d'inauguration du mois prochain fera aussi parler de nous.

— Tout à fait, approuva Jan.

Tom sortit en silence. Martin et Jan échangèrent un regard, hésitants. Imogène suivit son père dans le jardin.

Il disposait ses sculptures d'oiseaux autour du bassin. Il se retourna et la vit l'observer.

— Qu'est-ce que tu en penses ? demanda-t-il en désignant les oiseaux.

— C'est très beau.

— Je ne veux pas me tromper. Pour le jardin. C'est la première chose que verront les clients. Cela aurait compté pour Maman.

— Ça te paraît bizarre, tout ça ?

— Je sais que c'est le mieux à faire, acquiesça-t-il en hochant la tête, mais ça me fait quand même un drôle d'effet, l'idée que des gens vont payer pour séjourner ici.

Imogène s'approcha et ils s'étreignirent.

— Je dois simplement m'habituer pas à pas, ajouta-t-il. Ça ira.

— Bien sûr. C'est ce qu'elle aurait voulu, tu sais. Que sa maison soit habitée et appréciée.

— Je sais. Tu as raison. Tu deviens sage dans ton grand âge, ajouta-t-il en la dévisageant avec fierté.

Elle lui donna un coup de coude joueur.

— Arrête ça, Papa, je n'ai que vingt-six ans.

— Attends, je voulais te montrer quelque chose, déclara Tom en allant chercher sa sacoche.

Il en sortit une plaque ronde en céramique, avec les mots « Elderberry House » inscrits en vert clair.

— Je l'ai cuite ce week-end.

— C'est magnifique !

— Tu m'aides à l'accrocher ?

— Bien sûr, Papa, accepta-t-elle en glissant son bras sous le sien.

Chapitre 5

On était samedi après-midi, et Anna marchait sur la plage de galets, à Hove. Elle longeait une rangée de barques en bois tirées au sec. À sa droite, les cabines de bain aux couleurs vives s'alignaient devant d'élégants hôtels de style Régence. Le paysage de Brighton et Hove lui était vraiment familier, et elle savait où aller pour retrouver sa sérénité. Elle avait quitté la boutique sous prétexte de racheter du lait, mais en réalité elle avait besoin de temps pour réfléchir. Les paroles de Matteo, qui révélaient son mal du pays, l'avaient profondément troublée.

D'habitude, se promener sur cette plage lui clarifiait presque immanquablement les idées, mais ce jour-là, le brouillard persistait. Elle ne pouvait que ressasser les mots de Matteo : « Je ne veux pas devenir cet homme, Anna. » Jusque-là, elle croyait le rendre heureux – c'était ce qu'il lui disait toujours –, mais au cours de la conversation, elle avait discerné en lui une tristesse lancinante. Et elle n'y pouvait rien. Pire : par son désir de rester en Angleterre, elle en était la cause.

Mais partir ? Quitter ses parents, et Imogène, leur commerce, leur appartement, pour tout un été ou – et à cette idée, son estomac se noua – pour toujours ? Cela paraissait impossible à envisager, surtout maintenant qu'ils avaient Bella. Il lui en demandait trop. Et pourtant, maintenant qu'il l'avait dit, elle ne voyait pas comment revenir en arrière. Elle se demanderait toujours quelle insatisfaction se cachait sous la surface. Ce qui pourrait surgir, dans un an, dans cinq ans, quand Bella aurait grandi. C'était une fissure dans la structure de leur foyer. Elle pouvait tenter de l'ignorer, éviter de regarder dans ce recoin. Mais le jour où elle regarderait, la fissure se serait tant élargie qu'Anna ne pourrait plus la réparer.

Un couple avec un enfant marchait vers elle. À leur approche, elle reconnut son ancien compagnon, Jon, avec Mia et leur fils Alfie. Elle fut submergée d'émotion en constatant combien l'enfant, âgé maintenant de cinq ans, avait grandi. Mais dans ses bottes en caoutchouc jaunes et son manteau rouge, il ressemblait encore un peu au garçonnet qu'elle avait tant aimé.

— Anna ! cria Alfie.

Il courut vers elle, bras ouverts, et elle sentit son cœur se gonfler d'amour. Elle avait une envie folle de le prendre dans ses bras, comme elle l'aurait fait avec Bella, mais elle se retint. Tout avait changé. Tout avait changé depuis qu'elle avait découvert l'infidélité de Jon et retracé la piste de ses mensonges jusqu'à Mia, son ex-femme. Furieuse, elle avait rompu.

Anna regarda Mia. Celle-ci, à contrecœur, hocha la tête, autorisant Anna à serrer l'enfant contre elle. Quand elle et Jon vivaient ensemble, Alfie passait les week-ends avec eux, et pendant un temps elle s'était sentie presque comme une seconde mère pour lui. Mais après leur séparation, le lien s'était rompu.

Quand Jon et Mia s'étaient réconciliés, brisant la confiance d'Anna et, croyait-elle alors, son cœur, Jon n'avait pas été le seul à sortir brusquement de sa vie. Son fils avait disparu également.

Elle sentit une bouffée d'affection en serrant Alfie contre elle. Il avait grandi et ses cheveux bruns frisés avaient poussé, mais au fond il restait le même, avec son rire gargouillant et l'odeur familière de son shampooing. Anna le lâcha et se redressa. Sa main resta posée sur les cheveux d'Alfie, qu'elle caressait doucement, jusqu'à ce qu'un regard noir de Mia lui enjoigne de reculer.

— Salut, Anna, dit Jon avec froideur.

Anna hocha la tête en guise de bonjour. Tous trois restèrent silencieux un pénible moment. D'ordinaire, le bord de mer était pour Anna comme un second foyer. Au cours de ses promenades, elle croisait des visages familiers et amicaux, d'autres commerçants des arcades, d'anciens camarades d'école, des amis de ses parents ou de Viviane. Mais voir Jon et Mia la ramenait brutalement sur terre. Partout où l'on a une histoire, on risque de trouver des traces de temps plus sombres, des problèmes résistant à toute résolution, des émotions et des gens qu'on préférerait oublier. Un instant, en regardant dans les yeux de Jon, elle fut ramenée à cette époque où elle imaginait un avenir avec lui et se demandait si, peut-être, ils auraient un enfant ensemble, un frère ou une sœur pour Alfie. Elle se rappela le choc et la douleur en découvrant qu'il lui mentait, que tout ce en quoi elle avait cru, ce en quoi elle s'était investie, n'était que faux-semblants.

Alfie regarda ses parents, puis Anna, et prit la parole :

— Ça fait des siècles que je ne t'ai pas vue, Anna ! déclara-t-il en étirant le mot « siècles ». Elle est où, Bella ?

La dernière fois qu'ils s'étaient rencontrés, Bella venait de naître, et Anna la promenait dans un porte-bébé. Alfie s'était émerveillé de la voir ainsi nichée dans l'étoffe, comme un petit pois dans sa cosse.

— Elle est à la crèche aujourd'hui. Elle a beaucoup grandi. Elle marche. Elle arrive même à prononcer un ou deux mots.

— Super, dit Alfie en donnant un coup de pied dans un galet. Je l'aime bien.

— Comment ça va, Anna ? demanda Mia avec un sourire forcé. J'ai entendu dire que la boutique marchait bien.

Mia n'y avait jamais mis les pieds, et n'y entrerait sans doute jamais. Les deux femmes s'évitaient. Après sa rupture avec Jon, Anna était venue jouer avec Alfie de temps en temps, mais ces visites s'étaient espacées – Anna ne pouvait qu'y voir l'œuvre de Mia. Elle comprenait. Au moins, Jon et Mia étaient toujours ensemble, et Alfie avait sa famille. Toute cette douleur n'avait pas été vaine.

— Oui, les affaires vont bien, merci.

La conversation languissait péniblement, et Jon lança un regard autour de lui, mal à l'aise.

— Bon, je ferais mieux d'y aller, dit enfin Anna. La journée est chargée et on sera bientôt en panne de lait. Mais c'était sympa de vous voir.

Elle se baissa vers Alfie. Quand il la regarda, les yeux écarquillés, Anna sentit son cœur se serrer. Elle aurait fait n'importe quoi pour pouvoir passer une heure à jouer avec lui, comme autrefois.

Elle se représenta la chambre de Bella. À une époque pas si lointaine, elle avait été celle d'Alfie. Elle et Jon l'avaient décorée pour lui. Elle pensait qu'il ferait partie de sa vie pour toujours. C'était encore douloureux de savoir qu'il n'en serait rien. Elle l'étreignit et se mordit la lèvre pour ne pas pleurer.

En revenant à la boutique, elle sentait ses idées s'embrouiller. Revoir Jon et Alfie avait ravivé des souvenirs, plus ou moins bienvenus. Matteo s'activait en cuisine, et Anna se rendit compte qu'une partie d'elle évitait de lui parler. Quand elle avait repris la boutique avec Imogène, elle pensait que Jon et Alfie représentaient tout ce qu'elle désirait. Elle s'était trompée et, depuis qu'elle vivait avec Matteo, elle n'avait jamais regardé en arrière. Mais remuer ces pensées paraissait une petite trahison.

Elle vit le visage d'Imogène à la porte de la boutique, et son moral remonta en flèche. Elle contourna le comptoir pistache souligné de métal chromé et accueillit sa sœur d'une étreinte chaleureuse.

— Viens t'asseoir.

Elle l'entraîna vers les tabourets du comptoir.

— D'accord, mais d'abord dis-moi ce qui se passe. Je m'attendais à te voir à la maison d'hôtes, tout à l'heure.

— Oh, mon Dieu ! J'ai complètement oublié, s'exclama Anna en portant la main à son front. (Les remords l'envahirent. Elle était si préoccupée par ses propres pensées qu'elle avait oublié sa promesse.) Pardon. Comment ça s'est passé ? Comment a réagi Papa ?

— Ça s'est bien passé. Papa a eu un moment de flottement, mais c'était prévisible. Il a l'air d'aller beaucoup mieux maintenant.

— Super, soupira Anna, soulagée. Et comment s'annonce l'inauguration ?

— Très bien. Finn a terminé le site web. Tu l'as vu ?

Elle sortit son téléphone pour le montrer à sa sœur, mais celle-ci semblait distraite.

— Ça va, Anna ? s'inquiéta Imogène en rangeant son téléphone. Tu as l'air ailleurs. Tu as des soucis ?

— Non, tout va bien. Mais je viens de voir Alfie et ça m'a un peu secouée.

Elle se mordit la lèvre, au bord des larmes.

— Il doit te manquer, compatit Imogène en lui touchant le bras.

— Mon Dieu, oui. Et à des moments comme celui-ci, une part de moi se dit que ce serait peut-être plus facile si on n'habitait plus au même endroit.

— Les ex devraient quitter la ville automatiquement. Je crois que c'est une bonne règle générale, plaisanta Imogène.

— Toi, tu t'es débrouillée pour semer les tiens un peu partout sur la planète !

— Exactement. C'est le résultat d'un plan soigneusement préparé. Encore que Finn et moi soyons quand même allés en Thaïlande, où j'avais rencontré Luca. Heureusement, il était déjà parti depuis longtemps.

— Vous êtes toujours en contact ?

— Non, dit Imogène en secouant la tête. C'est plus simple comme ça.

Anna se tut un moment.

— Bon. C'est vraiment à cause de Jon et Alfie ? Parce que ça n'explique pas pourquoi tu n'es pas venue tout à l'heure. Il y a autre chose ?

Anna lança un regard derrière elle, vers la cuisine.

— En fait, oui. Matteo et moi, on a parlé hier soir. On n'était… pas d'accord.

— Vous vous êtes disputés ? Mais vous ne vous disputez jamais !

— Non, ce n'était pas une dispute. Mais c'était déstabilisant. Imogène, je crois que c'est grave, poursuivit Anna d'une voix fêlée. Il veut retourner en Italie.

— Vraiment ? demanda Imogène en posant la main sur l'épaule de sa sœur. C'est un sacré revirement, non ?

— Oui. Il a toujours dit qu'il était heureux ici. Que tant qu'on y retournait en visite de temps en temps, tout irait bien. Mais avec Bella, notre vie a été chamboulée de fond en comble. Je ne devrais pas m'étonner qu'il éprouve des sentiments différents, maintenant.

— Ce ne serait peut-être pas une mauvaise idée.

— C'est ce que je commence à me dire. Au début, j'étais vraiment contre, et puis, tout à l'heure, je me suis souvenue que j'ai une longue histoire ici. Certaines parties sont merveilleuses, et d'autres difficiles. Un changement nous ferait peut-être du bien. Si même Evie y pense, à son âge…

— Evie ?

— Oui, pardon, je croyais t'en avoir déjà parlé. La boutique ne marche pas très bien. Je crois qu'elle va vendre, ce n'est qu'une question de temps.

— Je ne m'en étais pas aperçue. Pauvre Evie, dit Imogène, attristée un moment. Mais pour en revenir à toi… Je n'ai aucune envie que tu t'en ailles, crois-moi. C'est la dernière chose que je veux. Mais je me rappelle, la dernière fois que tu es revenue d'Italie, après le stage où tu as rencontré Matteo. Tu avais l'air si pleine d'énergie, si heureuse.

— Je l'étais sans doute, acquiesça Anna en remuant ses souvenirs.

— Tu avais adoré. Pourquoi ne pas y retourner ?

— Je ne sais pas… C'est juste… J'ai quelques raisons d'hésiter.

— Par exemple, la famille de Matteo… Et puis aussi la famille de Matteo ? avança Imogène.

— Ce sont de braves gens. Et je serai toujours reconnaissante à sa mère de l'avoir élevé comme elle l'a fait. Mais on est différentes. Elle est vraiment despotique. Je ne crois pas que ça marcherait si on habitait à côté de chez eux.

— Vous êtes obligés d'aller à Sienne ? Il y tient ?

— Non. Il n'a rien dit là-dessus.

— C'est grand, l'Italie. Pourquoi ne pas proposer un autre endroit ? Ce serait quand même bien plus facile pour sa famille de vous rendre visite, mais vous auriez votre propre espace.

— Pourquoi pas ? déclara Anna après un instant de réflexion. Je vais lui en parler.

— Bonne chance, Anna. Je suis sûre que vous allez trouver une solution.

Ce soir-là, quand Bella fut couchée, Anna se tourna vers Matteo. Elle avait repensé à sa conversation du matin avec Imogène, et elle avait compris que le principal obstacle, en réalité, était la famille de Matteo et sa crainte de perdre leur indépendance. Pas le déplacement en lui-même.

— J'ai réfléchi à ce que tu as dit, à propos de l'Italie. (Les yeux de Matteo s'éclairèrent.) Ce n'est qu'une idée, s'empressa-t-elle de préciser pour calmer ses espoirs. Si on devait partir, je dis bien « si », ce ne serait pas pour toujours ?

— Quelle que soit la durée, deux mois, plus, ce serait merveilleux. Je ne m'attends pas à ce que tu déménages. Ce ne serait pas juste, après ce que je t'ai promis.

— On pourrait essayer un endroit nouveau ?

— Autre que Sienne ?

— Oui. Ce n'est pas que je n'aime pas Sienne, c'est une belle ville, mais on a notre propre famille à présent, et si on doit avoir notre propre affaire, je pense que ce serait bien de…

Elle s'interrompit, cherchant ses mots, craignant de le blesser.

— De ne pas être dans l'ombre de ma famille, tu veux dire ? Je n'y vois pas d'inconvénient.

— Je pensais à la côte. On aime tous les deux le bord de mer, et Bella adorerait.

— Sûrement. Mais où ?

— La côte amalfitaine ? Sorrente, peut-être, proposa Anna, se rappelant les paroles d'Evie qui disait qu'elle et Viviane avaient été très heureuses là-bas. Je sais que c'est loin de Sienne, mais ta famille pourrait quand même venir facilement. Ce serait notre endroit à nous. Notre nouveau départ.

Il étudia la question.

— Le paysage est magnifique, commenta-t-il.

— Ça te paraît envisageable ?

— Oui, bien sûr.

— Alors si on commençait à chercher où aller, en gardant l'esprit ouvert ?

— Entièrement d'accord, approuva-t-il avec un large sourire.

Chapitre 6

Finn et Imogène étaient installés au *Rose*, le pub où ils avaient leurs habitudes le dimanche midi quand ils étaient tous deux en ville. Dehors, le temps était gris et maussade, mais à l'intérieur il faisait bon. Ils se détendaient devant un verre de vin et une assiette de rôti de bœuf accompagné de Yorkshire pudding.

— Comment allait Anna quand tu l'as vue ? demanda Finn.

— Pas mal. (Elle se tut, se rappelant leur conversation.) Enfin, elle était un peu déroutée. Apparemment, Matteo a envie de retourner en Italie, et j'ai l'impression que j'ai persuadé Anna d'accepter.

— Quoi ? Ils partiraient tous les trois là-bas ?

— Oui. Enfin, rien n'est décidé. Elle hésitait beaucoup. Mais je crois que je l'ai peut-être convaincue d'y réfléchir sérieusement.

L'idée lui avait paru lumineuse quand elle en discutait avec Anna, mais le lendemain, la réalité reprenait ses droits. Que ferait-elle à Brighton, sans Anna ? Elle faisait autant partie de sa vie que… la photographie, l'oxygène, les gâteaux au chocolat. Bella aussi. Si elles partaient, elles laisseraient un trou béant dans la vie d'Imogène, et elle n'osait même pas penser à la réaction de ses parents.

— Je veux qu'elle et Matteo soient heureux, et je crois qu'ils le seraient sans doute, si l'endroit leur convenait. Mais en vérité, je n'ai pas envie qu'elle s'en aille.

Imaginer que ce projet puisse se concrétiser la bouleversait.

Finn posa la main sur la sienne. Leurs yeux se croisèrent. Elle se sentit instantanément apaisée, par son contact, la fermeté de son regard. Il lui donnait de l'assurance, le sentiment d'être complète.

— À moi aussi, ils me manqueraient. Mais je crois que je peux comprendre le point de vue de Matteo. Il doit avoir envie que Bella voie une partie du pays où il a grandi. Je m'imagine à sa place, si on avait un enfant…

— Oui, oui, fit Imogène, pressée de changer de sujet.

— À ton avis, quelles sont les chances qu'ils partent ?

— Je ne sais pas. Rien n'est encore planifié.

— Ils prendront la bonne décision pour eux. Moi, je trouve ça génial que tu la soutiennes. Et si elle part, je suis sûr que vous trouverez une solution pour la boutique.

— Oui, acquiesça Imogène, le cœur lourd. Dieu sait ce qu'on va faire de la boutique.

— Anna sait que tu pars au Brésil ?

— Oui. Et même sans ça, elle sait que j'en ai fini pour de bon avec les glaces.

— En parlant de projets…, reprit Finn. J'ai un peu réfléchi à ce dont on parlait. D'agrandir l'école.

— Ah bon ?

— J'ai vraiment l'impression qu'il est temps de nous développer. En plus des cours de surf, j'aimerais avoir un espace pour passer des vidéos. On pourrait filmer les élèves pendant qu'ils surfent pour qu'ils voient de quoi ils ont l'air sur leur planche. Ça nous permettrait d'améliorer leur technique. Et puis, avec Andy, on parlait aussi d'une boutique, pour vendre des planches, des maillots de bain, des combinaisons…

— Bonne idée.

— En fait, je suis allé visiter quelques locaux aujourd'hui, poursuivit-il en sortant des brochures de sa sacoche. Ils ont construit un nouveau bâtiment sur la côte, à une demi-heure d'ici. Le loyer ne serait pas donné, mais on aurait beaucoup de place.

Imogène jeta un coup d'œil aux photos des nouvelles unités commerciales du front de mer, dont le verre et l'acier miroitants contrastaient avec les cabines de plage colorées et les maisons de style georgien des alentours.

— Qu'est-ce que tu en penses ? s'enquit Finn, hésitant.

— Franchement ?

— Bien sûr. C'est pour ça que je te pose la question. Tu sais que j'attache de l'importance à ton opinion sur ces sujets.

— Je les trouve horribles, dit-elle en fronçant le nez. Désolée. Froids, impersonnels. Ça ne vous ressemble pas du tout.

— Je suis d'accord. Dommage, j'espérais que tu me contredirais.

— Il doit bien y avoir d'autres endroits.

— Oui, j'en suis sûr. On va continuer à chercher, avec Andy. Mais ce sera dur de quitter les arcades. C'est là qu'on a démarré, et on n'a pas vraiment envie de déménager.

— Il y a compromis et compromis, lança Imogène en refermant les brochures pour les rendre à Finn. Ça, ça va vraiment trop loin.

La récente conversation avec sa sœur lui revint à l'esprit.

— À quoi tu penses ? demanda Finn.

— Tu devrais peut-être discuter de tout ça avec Evie.

— Evie ? Pourquoi ?

— Vous pourriez vous aider mutuellement. Anna m'a dit qu'elle avait des problèmes d'argent avec sa boutique et qu'elle envisageait de la vendre. Vous pourriez peut-être lui faire une offre.

— Tu vois, c'est une des nombreuses raisons pour lesquelles je t'aime. Tu as toujours de bonnes idées. Et tu dis toujours les choses comme elles sont.

— C'est à ça que je sers.

Il l'embrassa.

Malgré le plaisir de ce baiser, de ce moment d'intimité avec Finn, elle éprouva un sentiment de culpabilité, parce que, même en cet instant, une partie d'elle était ailleurs. Elle rêvait déjà de voyages, de soleil éclatant, d'aventures, de couleurs qu'elle n'avait encore jamais vues… Elle espérait simplement que cela ne se voyait pas.

Le lendemain, Imogène téléphona à Anna et à Evie, et, dans l'après-midi, elles se retrouvèrent toutes trois, avec Finn, à la boutique de glaces.

Quand Anna eut apporté les boissons, Imogène alla droit au but :

— Bon. Evie, Finn, dit-elle en les désignant du doigt. Vous travaillez côte à côte, et pourtant, il y a quelque chose de très important dont je ne crois pas que vous ayez déjà discuté. Alors j'ai pensé qu'il serait utile qu'on se voie.

Evie dévisagea Imogène, intriguée, mais Anna croisa son regard, l'incitant à la patience.

— Écoute-la, je crois que ça pourrait te rendre service.

— Finn veut développer son école, mais pas n'importe où, pas vrai ?

— Exactement, acquiesça Finn avec douceur. (Imogène comprit qu'il ne voulait pas mettre Evie mal à l'aise.) En fait, dans l'idéal, Andy et moi aimerions bien rester sous les arcades. Mais c'est une question de…

Il n'acheva pas sa phrase.

— Eh bien, j'ai l'impression qu'Anna t'a déjà parlé, sans quoi on ne serait pas là, dit Evie. J'en suis arrivée à la conclusion qu'il était temps de prendre un nouveau départ, d'arrêter les frais. La boutique de souvenirs m'a bien servie toutes ces années, mais les temps ont changé, et je dois changer avec eux.

— Tu pourrais envisager de vendre à Finn ? interrogea Imogène. Pour créer une boutique reliée à l'école existante ?

— Oui, affirma Evie avec assurance. Je crois que oui. J'hésitais à l'idée, entre autres, de vendre à des inconnus, sans savoir à quoi servirait le local. Je ne cherche pas à garder le contrôle, mais vous comprenez, ce serait bien d'en avoir une petite idée.

— Je suis content d'entendre ça, déclara Finn. Bien sûr, ce n'est qu'un premier pas, on aura beaucoup de calculs et de plans à faire avant qu'on ne puisse se mettre d'accord. Mais je suis très heureux que tu acceptes de l'envisager.

Le visage de Finn s'était éclairé. Imogène lui prit la main sous la table. Anna dévisagea Evie.

— Ça va, Evie ? Ce doit être un bouleversement pour toi.

Evie se tut un moment, comme si elle examinait la question.

— Tu sais quoi ? C'est ce que je pensais. Vraiment. Mais maintenant que ça paraît près d'arriver pour de bon…

Tous restaient suspendus à ses lèvres. Imogène voulait être absolument sûre qu'ils ne lui forçaient pas la main.

— Je me sens soulagée, conclut Evie. Et en fait, peut-être même un peu impatiente.

Cet après-midi-là, Imogène alla voir Sally chez elle, de l'autre côté de la ville, près de Preston Park. Elles avaient prévu de se retrouver pour mettre au point les derniers détails avant de fixer la date de leur voyage au Brésil. En marchant, Imogène pensa aux paroles de Finn. Apparemment, ils s'enracinaient à Brighton, de plus en plus. Elle ne souhaitait pas vivre ailleurs, non, mais cette constatation la mettait mal à l'aise. Elle était encore jeune. Tant de choses pouvaient changer. Et peut-être désirait-elle encore plus de changements.

Quand Sally ouvrit la porte, Imogène comprit que quelque chose clochait. Elle avait les yeux rouges et paraissait épuisée.

— Entrez, l'invita-t-elle. Mais j'ai peur d'avoir de mauvaises nouvelles à vous annoncer. L'éditeur a annulé le voyage.

— Quoi ? s'écria Imogène, incrédule. Ce n'est pas possible !

— Si. Restrictions de budget. Point final. Pas de dernière étude, et pas de nouvelles photographies.

Imogène entendait les mots, mais ils ne lui paraissaient pas réels.

— Mais pourquoi ?

— L'année dernière a été plus mauvaise que prévu. Ils ont décidé de publier mon histoire sous forme de récit, en utilisant les photos que j'ai prises là-bas.

— Il n'y a rien pour d'autres photos ? insista Imogène, le cœur gros.

— Rien. Je suis vraiment désolée. J'ai l'impression de laisser tomber le projet. Et de vous laisser tomber, vous aussi. Mes photos ne rendent justice ni à cet endroit, ni aux dauphins.

— Ce n'est pas votre faute, dit Imogène, toujours sous le choc. Ce sont des choses qui arrivent.

— Je n'aurais pas dû me montrer si sûre de moi. Je vous ai donné de faux espoirs.

— Ne vous inquiétez pas.

Imogène, morose, comprit qu'elle se retrouvait sans travail pour le mois à venir. Et les documentaires sur iPlayer constitueraient son seul contact avec une forêt équatoriale.

— Je voudrais pouvoir faire quelque chose.

— Ça ira, assura Imogène en chassant ses inquiétudes d'un revers de main.

Mais en réalité, elle était effondrée.

— Quelque chose d'autre va sûrement se présenter, affirma Sally.

— Bien sûr. C'est certain.

Chapitre 7

Le samedi soir suivant, Anna et Matteo donnèrent son bain à Bella, puis lui lurent quelques histoires ensemble. Ensuite, Anna la borda avec son lapin en peluche avant de remonter sa boîte à musique pour l'aider à s'endormir. Elle ferma doucement la porte derrière elle.

Elle regagna la cuisine à pas de loup, servit deux verres de vin rouge et en tendit un à Matteo.

— Et maintenant, relax ! sourit-elle.

Matteo la serra contre lui.

— J'adore Bella. Avec toutes ses folies. Mais ce soir, c'est spécial.

— C'est certain, approuva Anna.

— Viens par là, invita Matteo avec un geste vers le canapé. J'ai quelque chose à te montrer.

Il saisit sa tablette et se connecta.

— Depuis notre discussion, j'ai repéré quelques boutiques à louer sur la côte amalfitaine.

Anna se rapprocha de lui, brûlant d'impatience, mais un peu anxieuse. Ce plan italien avançait déjà. D'une simple discussion naissait quelque chose de plus concret.

— Et celle-là sort vraiment du lot, poursuivit-il, les yeux brillants.

Anna consulta les informations sur l'annonce « à louer ». Il s'agissait d'une *gelateria* située sur l'une des places les plus fréquentées de Sorrente, dans une belle bâtisse en pierre avec un appartement au-dessus.

— C'est très joli, remarqua Anna.

— Les propriétaires prennent leur retraite, alors ils cherchent un locataire pour six mois. Ensuite, eh bien, la décision nous reviendra, mais je me demande s'ils n'envisagent pas de vendre. Regarde les photos, Anna. Je crois que ce pourrait être vraiment formidable.

Elle étudia les clichés de l'intérieur. Un sol de marbre noir et blanc, des présentoirs remplis de glaces.

— En fait, c'est splendide, je trouve, commenta-t-elle. Un peu démodé, peut-être, mais on pourrait y remédier.

— Je suis sûr qu'on peut arranger la décoration, et évidemment, si on finit par l'acheter, on sera libres.

— Je crois que je nous y vois déjà, sourit Anna.

Elle s'imagina tenant la boutique, et s'étonna de se sentir si optimiste.

— Appelons-les, proposa Matteo d'un ton décidé. Lançons-nous.

— Attends un peu. Ne nous précipitons pas. On n'a vu que quelques photos.

— D'accord. Pardon. Je me suis laissé emporter.

— J'aime ton enthousiasme, mais pour l'instant, ça ressemble un peu à un saut dans l'inconnu. On a besoin d'informations supplémentaires. C'est dommage qu'on ne soit pas plus près, pour aller voir par nous-mêmes.

Matteo resta pensif un moment.

— Et si on demandait à Carolina d'aller y jeter un coup d'œil ?

Anna réfléchit. Elle avait toute confiance en Carolina ; elles avaient les mêmes goûts et sa belle-sœur était intelligente, avec un solide sens des affaires. Elles s'étaient entendues dès leur première rencontre, et Anna avait le sentiment que, si elles habitaient plus près l'une de l'autre, elles deviendraient amies.

— Ce serait génial qu'elle puisse aller visiter la boutique. Mais ça représente un long trajet, non ?

— Elle adore conduire. Et elle disait l'autre jour qu'elle avait envie de s'évader de Sienne un moment. Filippo est souvent en voyage d'affaires ces temps-ci, et elle dit que la maison est trop grande pour elle toute seule.

— OK, super. Ça nous donnerait sûrement une meilleure idée.

— Je vais le lui demander, annonça Matteo en se levant.

L'éventualité qu'elle et Matteo puissent abandonner leur vie à Brighton prenait corps peu à peu.

— Ça va ? s'inquiéta Matteo.

— Moui. Et non. Et la maison ? demanda-t-elle en désignant l'appartement d'un geste du bras. J'ai économisé des années pour l'acheter. Et maintenant ? On la loue à des inconnus ?

— Je suis sûr qu'on trouvera quelqu'un pour s'en occuper. Un ami d'ami, peut-être.

Anna se rappela ses sentiments juste avant l'ouverture de la boutique. Les rendez-vous à la banque, la peur permanente de commettre une énorme erreur. C'était une période vraiment stressante de sa vie. Souhaitait-elle réellement revivre cette anxiété si vite, et maintenant, alors qu'ils devaient penser à leur petite fille ?

— Je peux quand même l'appeler ? demanda Matteo.

C'était sa chance, se dit Anna. Elle pouvait encore faire marche arrière.

Puis elle pensa à la boutique. D'accord, la reprendre n'avait pas été facile, mais c'était sans l'ombre d'un doute la meilleure décision qu'elle ait jamais prise.

— Vas-y, accepta-t-elle en sentant l'enthousiasme grandir en elle. Voyons si c'est la bonne.

Le visage de Carolina – son teint bronzé et ses grands yeux bruns – emplit l'écran de la tablette de Matteo. Elle parlait avec animation :

— Je n'ai fait qu'un tour rapide, et j'ai discuté avec les propriétaires. (Derrière elle on apercevait une place inondée de soleil et de jolis immeubles en pierre.) Mais regardez ! (Elle tourna sur elle-même avec la tablette pour présenter les alentours à la caméra.) Je crois que vous allez adorer.

L'enthousiasme de Carolina était communicatif. Anna avait rencontré sa belle-sœur dans la *gelateria* familiale à Sienne. À l'époque, elle était graphiste. Elle travaillait beaucoup, mais n'hésitait jamais à prendre du temps pour un café ou une glace avec sa famille ou ses amis. Elle était venue en Angleterre pour Noël avec ses parents, mais était restée assez silencieuse pendant son séjour. Son mari n'avait pas pu se libérer pour les accompagner.

— Les propriétaires se préparent à prendre leur retraite. Ça m'a l'air d'une magnifique opportunité pour vous de mettre la main sur la boutique.

— Génial, fit Matteo avec un enthousiasme qui faisait écho à celui de sa sœur.

— On est à un jet de pierre de la mer, et c'est une vraie *gelateria* à l'ancienne, très appréciée des gens du coin. Et la côte amalfitaine… La route est magnifique. Matteo, tu connais déjà, mais toi, Anna, tu vas devoir me croire sur parole. C'est spectaculaire.

Anna se représenta la côte pittoresque. Bella pourrait jouer au soleil sur la plage, au lieu de rester enfermée les jours de pluie, comme celui-là, si nombreux à Brighton.

— Bref, suivez-moi, invita Carolina.

Elle leva sa tablette pour leur montrer la devanture, et au-dessus un joli balcon flanqué de grands volets en bois.

— Regardez, l'appartement est loué avec la boutique. Il y a deux chambres, donc assez de place pour vous trois. Voilà l'extérieur.

Elle pivota pour leur montrer quelques tables et chaises, puis une fontaine au milieu de la place, autour de laquelle jouaient des enfants.

— Et l'intérieur…

Elle poussa la porte et Anna l'entendit expliquer aux propriétaires, en italien, ce qu'elle faisait.

— Vous avez cette grande salle, et une cuisine pratique…

Anna contempla les éléments de décor traditionnel – certains chics, mais la plupart défraîchis –, et elle sentit un frisson d'excitation la parcourir à l'idée de rajeunir le local.

Carolina montra les tables où les clients savouraient leur glace du week-end.

— Vous aurez la clientèle existante, avec de bonnes possibilités de développement. Et on est en hiver, bien sûr. Vous avez prévu de venir pour l'été, non ?

Matteo et Anna se regardèrent. Il attendit qu'elle réponde.

— Oui, dit-elle en hochant la tête. C'est bien ça.

— Seulement pour l'été ? demanda Carolina.

— Enfin, peut-être un peu plus, répondit Anna.

— Vraiment ? s'enquit Matteo sur un ton plein d'espoir.

— Il faudra rester assez longtemps pour rentabiliser notre investissement, non ?

Cette idée l'angoissait toujours, mais l'exaltait aussi.

Chapitre 8

Imogène sirotait sa boisson aux graines de tournesol, fixant sans les voir les mouettes qui plongeaient en piqué sur les galets, dans l'espoir d'y trouver un emballage de frites abandonné. Finn et elle s'étaient installés dans un café proche des arcades, après la fermeture de l'école de surf.

— Comment ça s'est passé aujourd'hui ? demanda Finn.

Elle se reprocha d'avoir laissé ses pensées vagabonder.

— Pas mal. Lauren m'a proposé de travailler avec elle comme assistante sur certaines séances, pour les mariages, les portraits de bébés. Ça aidera à payer les factures.

— C'est bien, commenta-t-il avant de remarquer son expression. Non ?

— Si, répondit-elle avec un haussement d'épaules. Sûrement. Du travail, c'est du travail. Mais je pensais… (Elle tenta de chasser sa déception.) C'est du travail d'assistante. Pour être honnête, j'ai l'impression de reculer. Je me voyais déjà accumuler les photos pour le livre, au Brésil, et au lieu de ça, je me retrouve à aider Lauren à prendre en photo des jeunes mariés et des nouveau-nés.

— Ça ne durera pas toujours. Et au moins, c'est de la photo.

— Je sais, je suis trop impatiente. Mais après New York, toutes ces photos vendues, j'ai cru que j'allais quelque part.

— Tu *es* quelque part. Mais pas là où tu voudrais. Tout ce qui vaut le coup prend du temps.

— Je croyais que j'avais passé ce stade. Et maintenant, j'ai l'impression de faire du surplace.

Elle se sentait frustrée. Elle était coincée là, sur la côte sud de l'Angleterre, alors que tout un monde restait à explorer.

— Écoute, je sais bien que ce n'est pas l'Amazonie, mais que dirais-tu d'une pause ce week-end, un changement de décor ?

— Je ne sais pas. Je ferais mieux de garder un peu d'argent de côté… Je ne sais pas ce que je vais avoir comme travail au cours des prochains mois.

— Ne t'inquiète pas pour ça. J'ai des économies. Ce serait sympa de passer un peu de temps ensemble, rien que nous deux. J'ai l'impression que ça fait des siècles qu'on ne l'a pas fait.

— D'accord, fit Imogène, rassérénée.

— Ce week-end ?

— Tu me poses vraiment la question ? Je n'ai rien de prévu jusqu'à la fin de l'année !

Le samedi suivant, Imogène et Finn étaient installés dans une confortable cabane en rondins, devant un feu de cheminée, dans le New Forrest. Il n'y avait aucune autre habitation à des lieues à la ronde, la soirée était silencieuse et paisible. Ils étaient montés à cheval dans l'après-midi. Pendant qu'ils galopaient entre les arbres, le reste du monde avait disparu un moment. Le propriétaire de la cabane, un homme gentil d'une quarantaine d'années, était venu les aider à seller leurs montures, puis les avait laissés se débrouiller. En rentrant, ils avaient trouvé un réfrigérateur bien garni, et préparé un poulet accompagné de légumes grillés. Ils avaient mangé devant le feu en buvant du vin avant de s'installer sur le canapé.

— C'était une journée parfaite, soupira Imogène en se laissant aller contre le dossier, rassasiée et fatiguée. C'est exactement ce dont j'avais besoin.

— C'était génial, hein ? renchérit Finn.

— Merci d'avoir organisé tout ça.

Elle se blottit contre lui et l'embrassa. Il lui caressa doucement les cheveux.

— Je t'aime, déclara-t-il. Et tu avais l'air d'avoir besoin qu'on te remonte le moral.

— C'est vrai.

— C'est juste un incident de parcours.

— Je sais. Je suis sûre que quelque chose va très vite se présenter. Lauren m'a engagée pour l'aider à un mariage la semaine prochaine, et j'ai déjà entendu parler d'un ou deux projets qui paraissent prometteurs, dont un au Népal. Avec un peu de chance, je serai bientôt repartie.

— Tu es vraiment si pressée que ça ? demanda Finn avec un demi-sourire.

— Bien sûr que non, ronronna-t-elle. Ne le prends pas comme ça.

— C'est difficile, parfois.

— Oh, allez, le taquina-t-elle, amusée.

— Je suis sérieux, assura-t-il d'un ton plus grave. Ce serait si affreux de passer un peu de temps ensemble cet été ? Ça fait plus d'un an que tu enchaînes les projets sans interruption.

— Tu sais ce que c'est. Quand l'inspiration vient, ou si on me propose un travail intéressant, je ne peux pas laisser passer l'occasion.

— Je sais, et je respecte totalement ta passion pour ton métier. C'est une des qualités que j'aime le plus chez toi. Mais en même temps, je me demande si ce ne serait pas l'occasion de lever un peu le pied. C'est peut-être égoïste de ma part, mais parfois, je n'aurais rien contre l'idée de te voir un peu plus.

Son expression était calme, mais sérieuse, et elle comprit que l'heure n'était plus aux reparties badines.

— D'accord, je crois que je vois ce que tu veux dire. Et j'aimerais te voir plus. Si j'avais le choix…

— Et tu ne l'as pas ? demanda-t-il doucement. Tu n'as pas le choix, en ce moment ?

— Pourquoi est-ce que tu me demandes ça ? Tout ce que tu veux, c'est que je reste en Angleterre, que je prenne des petites photos sans risques, que je mène une petite vie sans risques…

— Bien sûr que non ! s'insurgea Finn en secouant la tête. Ce n'est pas du tout ce que je veux dire. Mais il se trouve que je suis amoureux de toi, Imogène. Et que j'aimerais qu'on se voie davantage.

— Quand tu parles comme ça, répondit Imogène, le cœur battant, je me sens coincée.

— Quand je dis que j'aimerais passer plus de temps avec toi, entre tes voyages ?

— Oui, s'emporta-t-elle. J'ai l'impression d'être prise au piège !

— Enfin, Imogène ! Tu sais de quoi tu as l'air ? (Elle regarda par terre.) Tu n'es pas toute seule dans cette relation. Je n'essaie pas de t'empêcher de faire ce que tu veux, j'aimerais simplement qu'on pense à l'avenir, qu'on essaie de trouver un peu plus d'équilibre. C'est si terrible ?

Chapitre 9

Depuis qu'Anna avait vu la boutique en Italie, tout semblait se précipiter. Elle et Matteo avaient versé des arrhes cette semaine, pour un engagement de six mois débutant en mai. Une ancienne collègue d'Anna, lorsqu'elle travaillait dans le marketing, l'avait contactée, à la recherche d'une location à Brighton, et s'intéressait à son appartement. Anna se sentait rassurée, leur foyer ne serait pas occupé par des étrangers, mais par quelqu'un qu'elle connaissait et estimait. Il ne restait plus qu'à trouver quelqu'un à qui confier la boutique.

Anna notait des idées sur son iPad quand Matteo la rejoignit pour leur café du matin.

— Qu'est-ce que tu en dis ? demanda-t-elle. « Un nuage d'excentricité anglaise sur la côte italienne. Venez déguster notre sorbet Stilton-porto, et nos esquimaux au mojito ! »

En notant quelques idées pour leur menu de sorbets ce matin-là, elle avait éprouvé un frisson d'excitation à la perspective de ce qui les attendait. Elle avait pensé au granité traditionnel – le plus proche équivalent du sorbet anglais, frais et léger avec sa glace pilée croquante, délicieusement alourdie de parfums de fruits frais. Ils en feraient, naturellement, et Matteo était expert en la matière, mais elle tenait aussi à confectionner les sorbets au citron aériens, presque floconneux, de son enfance, et ceux à la mandarine, que sa grand-mère préparait pour elle et sa sœur, cachés dans de vrais fruits, qu'on découvrait en soulevant le chapeau découpé.

Tout un été en Italie. Et apparemment, ce n'était que le début.

— Tu as l'air impatiente, se réjouit Matteo.

— C'est vrai. Maintenant que le projet prend forme, j'ai hâte. Je sais que ce ne sera pas de tout repos, mais c'est incroyable de prendre un nouveau départ. Et comme la boutique ici marche bien, on peut se permettre de prendre quelques risques et d'innover en Italie. Après tout, cela nous a toujours réussi.

— Carolina est ravie qu'on se soit décidés. Elle dit que la boutique est pratiquement opérationnelle, on n'aura que quelques formalités administratives à remplir en arrivant, mais on pourra ouvrir en deux semaines.

— Génial ! Je sais que Bella ne comprend pas très bien ce qui se passe, ni où on va, mais je ne peux pas m'empêcher de penser qu'elle aussi est impatiente. Tu ne crois pas ?

Il s'approcha d'Anna et caressa doucement ses cheveux bruns et brillants, puis lui embrassa le sommet du crâne.

— Merci d'avoir accepté. Je sais que ce n'était pas une décision facile pour toi.

— Non, mais je suis de plus en plus convaincue d'avoir bien fait.

Hepburn sauta sur le canapé et se blottit sur les genoux d'Anna.

— Ah… Le problème, observa-t-elle. Qu'est-ce qu'on va faire d'Hepburn ?

— Tu crois que ton oncle pourrait le prendre à la maison d'hôtes ? Après tout, c'était sa maison avant, proposa Matteo.

— Peut-être, je lui demanderai. Ou sinon, mes parents…

Anna pensa à son père et sa mère. Elle ne leur avait pas encore soufflé mot de son projet italien. À cette seule idée, elle se sentait accablée de remords.

Elle s'était surprise à les éviter inconsciemment, afin de ne pas se trahir dans la conversation, en se disant que rien n'était encore fait. Et c'était vrai. Mais désormais, leur décision était prise. Avec les préparatifs pour l'ouverture de la maison d'hôtes, ses parents étaient plus proches et plus heureux que jamais. Et Anna savait, au fond d'elle, qu'elle allait réduire ce bonheur en miettes.

Chapitre 10

La lumière de ce milieu de matinée était parfaite, se dit Imogène. Pas trop vive, juste ce qu'il fallait pour faire ressortir la couleur de chaque feuille, chaque fleur, toutes les nuances de gris et de vert dans une vague, le dessin délicat d'une aile d'oiseau.

Ou des épaules couleur Saint-Tropez et les multiples couches du satin synthétique d'une robe de mariée, cloutée de strass.

— On pourrait avoir le côté de la mariée, maintenant ?

Imogène dirigea une masse de vieillards, demoiselles d'honneur et fillettes chargées de bouquets vers l'endroit où attendait Lauren.

Celle-ci installait son appareil, sur la jetée, et la principale tâche d'Imogène consistait à placer le troupeau en position.

— Magnifique, c'est ça. Si on pouvait n'avoir que les petites filles devant, merci.

La mariée laissa échapper un glapissement de douleur. Le page, un petit garçon, s'était glissé subrepticement sous sa robe, et la mariée fusillait sa belle-sœur du regard.

— Il m'a mordu, annonça-t-elle d'un ton accusateur. Tu pourrais essayer de le contrôler, s'il te plaît ?

Le marié se tenait coi et dansait d'un pied sur l'autre, mal à l'aise.

— Il ne mord jamais, assena la belle-sœur. Ce devait être quelqu'un d'autre.

— Qui ça ? s'insurgea la mariée en s'écartant du groupe rassemblé pour la photo. Regarde la taille de la morsure !

Elle souleva ses jupes, révélant une marque rouge sur son mollet.

— Bon, ça suffit, décréta Imogène en haussant le ton. Le page, sur le côté. La mariée, revenez au centre et gardez la pose, s'il vous plaît.

Elle avait l'impression d'être metteur en scène, de diriger le show. Parce qu'un mariage, ce n'était que cela, non ?

En rentrant chez elle ce soir-là, Imogène avait le moral au plus bas. Son visage lui faisait mal à force de s'y être plaqué un sourire toute la journée, et maintenant, il lui était difficile d'en faire venir un vrai. Elle se répétait qu'elle avait de la chance d'avoir du travail, mais cela ne la réconfortait pas. C'était mesquin, elle le savait, mais elle n'avait pas trouvé en elle la force de se réjouir avec les mariés pour leur grand jour.

— Comment ça s'est passé ? demanda Finn.

— Bien, mentit Imogène.

— Arrête, je lis en toi.

— Le mariage était un peu agité, je dirais. Beaucoup de disputes…

Finn l'écoutait, mais elle se tut. Elle ne voulait pas commencer à se lamenter auprès de lui sur sa journée.

— Changeons de sujet. Comment ça s'est passé à l'école aujourd'hui ?

— Bien. On a un groupe qui a annulé, ce n'est pas l'idéal, mais ça m'a donné l'occasion de discuter avec Andy du projet d'extension. On a rendez-vous à la banque dans la semaine, pour un prêt. Tu verras, on va y arriver.

On ? Il avait raison, bien sûr. Tous deux formaient une équipe. Mais au fond d'elle-même, elle nageait en pleine confusion. L'extension de l'école était le projet de Finn. Quant à sa carrière à elle, elle virait au naufrage.

Le lendemain, Imogène retrouva sa mère pour prendre le thé dans le quartier de South Lanes. Elle la repéra tout de suite : une tache de turquoise, sa couleur de prédilection, près de la fenêtre dans le café bondé, un roman à la main. Dès qu'elle aperçut sa fille, elle posa le livre et la regarda d'un air ravi.

— Imogène, ma chérie ! s'exclama-t-elle en se levant pour l'étreindre.

— Salut, Maman, répondit Imogène d'une voix égale. Qu'est-ce que tu lis ? s'enquit-elle en tirant une chaise.

— Un de mes romans de gare, déclara-t-elle en montrant à Imogène la couverture ornée d'une paire de menottes. C'est Elaine, au salon de coiffure, qui me l'a recommandé. C'est l'histoire d'une femme qui…

— Ne me raconte pas, l'interrompit Imogène en vitesse. Laisse-moi la surprise. C'est pour Bella ? ajouta-t-elle en apercevant un paquet-cadeau près du manteau de sa mère.

— Oui, une bricole.

— Tu sais qu'Anna a décrété un embargo sur le rose ? Elle veut « des vêtements normaux, pas des trucs de princesse ».

Jan contempla la tenue d'Imogène : jean boyfriend et tee-shirt orange, cheveux en désordre noués à la va-vite au sommet du crâne.

— Disons que les « vêtements normaux » sont un peu différents de ce qu'ils étaient de mon temps, commenta-t-elle. Mais ne t'inquiète pas, ce n'est qu'un legging. Je suis certaine qu'elle approuvera.

— Super.

— Tu n'as rien à me dire ? demanda Jan en dévisageant sa fille avec espoir.

— Comme quoi ?

— Rien.

— Pourquoi est-ce que tu me regardes comme ça ? s'inquiéta Imogène en levant une main vers sa joue. J'ai quelque chose sur la figure ?

— Non, tu es très bien, la rassura sa mère avec un sourire entendu. Le week-end était agréable ?

— Génial, merci.

Et il avait été génial, pour l'essentiel. Jusqu'au moment où elle s'était disputée avec Finn. Même ensuite, le lendemain, ils étaient lentement revenus à la normale, sans plus parler de leur relation, mais simplement en découvrant la forêt et en admirant leur environnement.

— C'est magnifique, là-bas. Les chevaux, le torrent. C'était si paisible.

— Très bien.

Jan haussa un sourcil, comme si elle attendait qu'Imogène dise quelque chose.

— Quoi ?

— Oh, rien, esquiva Jan en rougissant un peu. Oublie ça.

— Qu'est-ce qu'il y a ? s'irrita Imogène. Tu as quelque chose en tête, c'est évident.

— Voilà votre thé, annonça la serveuse en déposant une théière rouge. (Elle lança un coup d'œil aux deux femmes, sentit qu'elle était de trop et recula.) Vos palets aux graines arrivent, promit-elle.

— Ce n'est rien, assura Jan. J'ai compris de travers.

— Dis-moi.

— Ne fais pas ça, Imogène. Je ne sais pas garder un secret. Et je ne veux pas gâcher la surprise.

— Quelle surprise ?

Les joues de Jan rosirent encore.

— Finn est venu la semaine dernière.

— Pour te voir ?

— Pour voir ton père.

— Papa ?

— Oui. Ils ont pu parler de n'importe quoi… Mais je me suis demandé… C'est idiot de ma part d'en tirer des conclusions. Mais on a la bague de fiançailles de Viviane chez nous, et c'est la tradition pour ces choses-là, alors j'ai pensé…

— Ne pense pas, coupa Imogène, les joues brûlantes. Tu ne sais rien de notre relation.

Sur sa bicyclette, Imogène roulait à toute allure dans les ruelles de Brighton. La brise fraîche sur ses bras et son visage lui offrait une détente bienvenue. Elle ne pouvait chasser de son esprit les paroles de sa mère. Finn était allé voir son père, et ils avaient discuté. À sa connaissance, Finn ne s'était jamais rendu seul au cottage.

Imogène boucla l'antivol de son vélo près des arcades. Elle avait rendez-vous avec Lauren, mais il lui fallait d'abord quelques instants de solitude. Elle marcha sur la plage, vers l'extrémité de Hove, s'éloignant de plus en plus de la boutique de glaces et de l'école de Finn. Elle aurait dû se sentir euphorique en cet instant.

Elle aimait Finn, non ? Alors pourquoi l'idée qu'il la demande en mariage lui faisait-elle l'effet d'une pierre dans son ventre ?

Chapitre 11

Imogène avait prévu de rentrer directement à bicyclette après son rendez-vous, mais elle se retrouva à nouveau sur le front de mer, à la boutique de sa sœur cette fois-ci. Elle cala son vélo puis entra. Anna essuyait les tables, penchée en avant, ses cheveux bruns rassemblés au sommet de son crâne, en robe-chemisier émeraude, chaussée de sandales.

— Si on oublie le tablier et les gants en caoutchouc, tu as l'air d'une star de cinéma, remarqua Imogène.

— C'est vrai ? dit Anna en riant, les joues brillantes. C'est ce que j'ai entendu de plus flatteur ces derniers jours, alors j'accepte le compliment.

— Dis-moi que tu es d'humeur à manger japonais ? supplia Imogène.

— Toujours, dit Anna avant de froncer les sourcils. Mais je ne sais pas. Il faut encore faire la caisse, aller chercher Bella à la crèche…

— Imogène, emmène-la ! l'interrompit Matteo en passant la tête à la porte de la cuisine. Elle a besoin d'une pause.

— Merci, Matteo !

Anna se tourna vers lui.

— Tu es sûr ?

— Évidemment ! Allez, du balai, je fermerai et j'irai chercher Bella.

Anna dénoua son tablier et retira ses gants.

— Alors, d'accord. Allons-y.

Les deux sœurs passèrent devant les stands de *fish and chips* et les salles de jeux du front de mer. La ville était encore assez tranquille et elles avaient toutes deux appris à apprécier le calme en fin d'hiver, avant l'afflux des vacances de Pâques. Normalement, Imogène menait la conversation et Anna suivait, mais ce soir-là toutes deux se taisaient. Elles gagnèrent le petit restaurant japonais en échangeant à peine quelques mots.

Elles commandèrent des bières en bouteille et leurs plats de nouilles habituels, puis se regardèrent. Imogène remarqua les fines rides autour des beaux yeux de sa sœur, ses épaules voûtées. Anna aussi parut percevoir la morosité de sa cadette.

— Pourquoi est-ce que tu as l'air si malheureux ? s'enquit celle-ci.

— Et toi ?

Elles éclatèrent d'un rire complice et la tension s'évapora.

— Vas-y, j'ai demandé en premier, exigea Imogène.

— Parce que je me rends compte qu'on va vraiment partir en Italie. Je n'arrive pas à croire que je vais laisser derrière moi tout ce que j'aime ici. Et je n'arrive pas à me résoudre à l'annoncer à Papa et Maman.

Imogène lui toucha le bras.

— Pas facile.

— Avec l'ouverture de la maison d'hôtes, et la fragilité de Papa en ce moment, je ne veux pas leur balancer ça. Pas tout de suite.

— Mais tu sais que tu devras le leur dire ?

— Oui, et bientôt. La situation s'est débloquée si vite, en Italie… Si tout se déroule comme prévu, on devrait y être en mai.

— Si tôt ?

— Oui. C'est fou, hein ? Une minute, on en parle toutes les deux, ce n'est qu'une vague idée, et la suivante, ça arrive pour de bon.

— Et si tu le leur disais à l'inauguration ? Quand la maison aura ouvert, ce devrait être plus facile. On sera tous détendus, et tu pourras l'annoncer à tout le monde en même temps, plutôt qu'à chacun individuellement.

— Oui, dit Anna, l'air toujours aussi nerveux. Ça pourrait marcher.

— De toute façon, tu te fais sûrement du souci pour rien.

— Ah bon ? Tu crois ça ? Maman réagit déjà assez mal quand c'est toi qui t'en vas. Moi, elle s'attend à ce que je reste ici.

— Elle s'en remettra. Il faudra bien.

— Maintenant, à toi. Qu'est-ce qui te tracasse ?

— Si je le dis, ça va avoir l'air d'un caprice ridicule. Je le sais.

— J'ai l'habitude. Alors, vas-y.

Imogène fronça le nez et fit une grimace à sa sœur.

— Je crois que Finn prévoit de me demander en mariage.

— C'est vrai ? s'extasia Anna sans pouvoir cacher sa joie.

— Oui, dit Imogène, qui percevait enfin clairement la nature inamovible de ses sentiments. Mais moi, ça ne m'emballe pas. Pas du tout.

— Bon.

— Je ne sais même pas si c'est à propos de Finn. Je ne comprends pas du tout ce qui m'arrive. Je me sens en plein marasme. Le projet amazonien qui capote, rien à l'horizon… J'ai l'impression d'être prise au piège, comme le premier été, quand on a ouvert la boutique. Et Finn et moi… Je l'aime, vraiment. Ce n'est pas la question. Mais la seule pensée qui me vient, c'est que me marier m'enchaînerait encore plus. C'est horrible de dire ça, hein ?

— Ça me paraît sincère.

— Ça l'est. Peut-être que je me fais des films. Si ça se trouve, je me trompe complètement. C'est une réflexion de Maman qui m'a donné l'impression qu'il se préparait à me faire sa demande.

— En tout cas, ça ne m'étonnerait pas. Il t'adore, ça saute aux yeux. Et il a toujours dit qu'il voulait fonder une famille.

— Oui, répondit Imogène, envahie par l'émotion. C'est ça, tu comprends ? J'ai l'impression que les choses se précipitent, elles vont bien trop vite pour moi. Le mariage, une famille, cette extension qu'il prévoit pour son école, tout ça nous fixerait ici à long terme. Bien sûr, je tiens à le soutenir, et je veux vraiment rester avec lui. Mais j'ai envie d'une relation détendue, comme avant. Qu'on passe du temps ensemble simplement parce qu'on a envie de passer du temps ensemble, pour le plaisir, au jour le jour.

— Je vois ce que tu veux dire. Mais je crois qu'un moment vient, dans chaque relation, où elle doit évoluer. Tu ne crois pas ?

— Peut-être. Mais maintenant ? J'ai vingt-six ans. Je ne pensais pas que la différence d'âge serait un problème, on n'a que quelques années d'écart, mais maintenant… Je commence à me poser des questions. J'ai l'impression qu'on vit dans deux mondes différents en ce moment.

— Tu devrais lui parler, conseilla Anna.

— Je sais. Mais franchement, comment est-ce que je peux lui parler de quelque chose qui ne s'est même pas encore produit ?

Chapitre 12

Le lendemain matin, Imogène et Finn étaient installés près de la fenêtre, chez eux, autour de croissants et d'œufs brouillés. Imogène avait été réveillée par l'odeur du café frais et, l'espace d'un instant, tout avait paru parfait. Puis elle s'était remémoré sa conversation avec Anna, le malaise qu'elle éprouvait depuis deux ou trois jours, et qui refusait de se dissiper. En regardant Finn, vêtu d'un tee-shirt gris et de son jean préféré, avec ses cheveux blond foncé qui lui tombaient dans l'œil, elle tenta de chasser ces pensées. Elle avait de la chance. Elle devait se remettre les idées en place.

— J'ai de très bonnes nouvelles, annonça Finn. Evie et moi, on a fait les comptes hier, et je lui ai fait une offre officielle. Elle l'a acceptée.

— C'est génial !

Imogène se réjouissait sincèrement pour lui. Mais elle avait aussi l'impression d'être coincée dans un bolide lancé à pleine vitesse.

— Oui, et maintenant qu'elle est sûre que ça va se faire, elle a l'air impatiente d'avancer.

— Et une fois que la vente sera effective, qu'est-ce qui se passera ?

— On devra faire une grosse partie des travaux nous-mêmes. C'est sûrement de la folie de se lancer là-dedans en pleine saison. Mais Andy et moi avons tous deux hâte de commencer et Evie paraît assez pressée de conclure la vente. Elle est contente que sa boutique reste dans la famille, pour ainsi dire.

— C'est sympa.

— Et comme tu vas bientôt repartir, j'en suis certain, autant que je sois occupé.

— Peut-être, soupira-t-elle en haussant les épaules.

Le poids dans son estomac ne s'allégeait pas, et elle commençait à se dire que c'était ce qu'on éprouvait quand on avait échoué.

— J'ai du travail avec Lauren comme assistante, mais pour l'instant, c'est tout. J'irai peut-être donner un coup de main à Martin de temps en temps. Je préfère être occupée. Je vais voir s'il a besoin de quelqu'un à la réception, et peut-être pour un peu de marketing digital, ce genre de choses. Il y a tant à faire, et ce ne sont pas quelques heures à droite, à gauche qui m'empêcheront de me lancer dans un projet intéressant.

Imogène tenta de ne pas penser à ce qu'elle aurait fait en cet instant si les choses avaient tourné différemment. Cela ne pouvait qu'accentuer la déception qui pesait sur ses épaules depuis que Sally lui avait annoncé l'abandon du projet. Elle aurait encore le temps de réaliser son rêve de photographies en Amazonie. C'était une question de patience.

En se dirigeant vers le studio de Lauren, Imogène fit un crochet par la boutique de glaces pour prendre Hepburn.

— Merci beaucoup, dit Anna. Je n'ai pas pu me résoudre à le laisser à l'appartement aujourd'hui. Il a pris l'habitude de gémir quand on s'en va, et les voisins deviennent fous. Mais ce n'était pas malin de l'amener ici alors qu'on a tant à faire. Il est tout le temps dans nos jambes.

Imogène se pencha pour le soulever et le serra contre elle. Il lui lécha la figure.

— Ça va. De toute façon, ça fait un moment que j'ai envie de passer un peu de temps avec lui. Et je n'ai pas grand-chose à faire au studio, aujourd'hui.

— Génial, j'apprécie vraiment.

— Tu as vu Evie récemment ?

— Oui, elle vient de passer. Elle nous a dit qu'elle vendait sa boutique à Finn. C'est une bonne nouvelle.

— Oui, hein, il est fou de joie.

— Elle paraît vraiment soulagée d'avoir affaire à quelqu'un qu'elle connaît.

— C'est à ça que je pensais en venant, reprit Imogène. Evie n'a pas l'intention de prendre sa retraite et se tourner les pouces, si ? Ce n'est pas son genre.

— Tu crois ? Qu'est-ce qu'elle pourrait faire ?

— On pourrait lui demander de gérer ta boutique.

Anna laissa l'idée prendre forme dans son esprit.

— Je crois que ça pourrait marcher. Ça vaut la peine de le lui demander.

— Je pourrais lui expliquer les recettes et garder un œil sur les opérations pendant votre absence. Elle est douée dans une cuisine.

— J'adore cette idée ! Quand le coup de feu du déjeuner sera passé, j'irai le lui proposer.

— Génial !

— Mon Dieu ! s'exclama Anna avant de se mordre la lèvre.

— Quoi ?

— Si elle dit oui, fit Anna d'une toute petite voix.

— Eh bien ?

— Alors tout sera réglé.

— Mais c'est ce que tu veux, non ?

— Oui. Enfin, je crois.

Imogène arriva au studio de Lauren avec Hepburn après une longue promenade sur la plage. Son amie l'agrippa sur le seuil, l'air tendu et anxieux, les joues empourprées.

— Imogène, il faut que tu m'aides, demanda-t-elle, paniquée.

— Ah bon ? répondit Imogène en prenant Hepburn dans ses bras pour lui caresser la tête.

— Oui !

Imogène haussa un sourcil.

— Je t'en prie ! J'ai fixé deux rendez-vous en même temps. J'ai un mariage du côté de Seaford et je me suis embrouillée… J'ai complètement oublié le rendez-vous du petit Jacob.

Imogène regarda dans le studio par-dessus l'épaule de son amie. Deux jeunes parents faisaient sauter leur bébé sur leurs genoux.

— Tu pourrais te charger de cette séance ? Je te le demande comme un service…

Imogène hésita :

— Je n'ai jamais…

— Allons, on sait toutes les deux que tu peux le faire les yeux fermés. Je dois y aller. Je leur ai expliqué la situation. Tout le matériel est en place. Merci mille fois.

Lauren la serra brièvement contre elle et s'en alla.

Les parents de Jacob lui disaient des mots tendres.

Imogène se présenta et tenta de les mettre à l'aise, bien qu'elle fût elle-même dans ses petits souliers.

— Et si vous le teniez entre vous deux ? Oui, c'est ça.

Les parents du bébé rayonnaient de fierté en tenant le petit garçon entre eux.

En fait, il était plutôt mignon. Elle prit quelques clichés de l'enfant en train de rire ou de sourire.

— Et avec ça ? proposa Imogène en leur tendant un ours en peluche.

Elle avait rassemblé quelques accessoires en se disant qu'ils pourraient l'aider à arrondir les angles. Jacob fit la grimace et se mit à pleurer.

Imogène regarda autour d'elle, à la recherche d'un autre jouet à utiliser. Hepburn se faufila par la porte entrebâillée et le visage du bébé s'illumina dès qu'il l'aperçut. D'une main, Imogène fit signe au teckel de venir s'installer à ses pieds, à distance de l'enfant, et de l'autre elle prit des photos du bébé avec ses parents, qui riaient tous trois aux éclats.

Ensuite, devant une tasse de thé, elle montra aux parents quelques-uns des meilleurs clichés sur son portable.

— Je ne les ai pas encore retravaillées, mais je crois qu'on a quelques photos très réussies là-dedans.

— C'est parfait, déclara la mère du bébé. C'est exactement ce qu'on cherchait. On ne voulait pas de poses formelles, mais des images de nous au naturel.

— Génial. Bon, je les retravaille et je vous prépare le CD.

Ravis, les parents la remercièrent.

Imogène fit un crochet par « Elderberry House » avant de rentrer chez elle. La journée au studio n'avait pas été désagréable, se disait-elle. Ça irait, comme bouche-trou. Jusqu'à ce que quelque chose de mieux se présente. Après le départ de Jacob et ses parents, elle avait téléphoné à d'anciens contacts pour leur signaler qu'elle était disponible. Quelques-uns avaient promis de guetter les opportunités. Elle voyait au moins un avantage à rester à Brighton : elle assisterait à l'ouverture de la maison d'hôtes.

Elle frappa à la porte et Martin lui ouvrit.

— Salut, Imogène, la salua-t-il joyeusement. Tu me sauves la vie !

— Ah bon ?

— Oui ! L'inauguration est pour demain et il me reste un millier de choses à faire. Aller chercher les boissons et les derniers meubles, m'occuper des livraisons, faire le ménage dans les chambres… Ça paraît sans fin. Tu pourrais m'aider ?

— Bien sûr. C'est pour ça que je suis venue.

C'était vrai. En partie. Mais en toute honnêteté, elle évitait aussi de rentrer à la maison et de retrouver Finn. Elle était ravie que son projet pour l'école avance, et pourtant, après toute une journée à prendre des photos auxquelles elle n'arrivait pas à s'intéresser, elle se sentait moins prête que jamais à s'installer à Brighton pour de bon. Et ces temps-ci, dès qu'elle le voyait, c'était ce qui lui venait à l'esprit.

Martin tira sur le peu de cheveux qui lui restaient.

— On va avoir quarante personnes, plus les journalistes que ta mère a invités.

— Alors au travail. Ne t'inquiète pas, ce sera génial, promit Imogène.

— J'espère. Et de toute façon, il va bien falloir que je m'habitue à organiser les choses. Après tout, ce sera mon travail désormais.

— Les réservations continuent d'arriver ?

— Oh oui ! Depuis que le site Web est ouvert, c'est une avalanche. Ce n'est pas que je ne puisse pas y répondre, mais… Tu te rappelles, Françoise gérait tout.

Imogène se souvenait très bien de l'ex-femme de son oncle, qui avait l'habitude de lui couper la parole, de parler à sa place, de saboter ses décisions ou d'en prendre pour eux deux sans le consulter.

— Et maintenant, tu fais tout tout seul.

— Oui. C'est très bien… enfin, ça me plaît, et je suis content maintenant que ton père paraît s'y faire. Mais je ne sais pas… Je me sens un peu seul quelquefois. Les responsabilités, sans doute.

— On est tous à tes côtés, le rassura Imogène en l'étreignant. Cet endroit est important pour toute la famille, et on sera là pour toi, à chaque étape.

Aux alentours de dix-neuf heures, Imogène comprit que la tâche était trop lourde pour eux deux. Elle appela des renforts : Tom partit avec Martin chercher les meubles qui leur manquaient encore, tandis que Finn emmenait Imogène et Anna dans sa camionnette chez le grossiste en boissons.

Anna, assise à l'avant, ne pouvait s'empêcher de sourire.

— Bon, je ne peux plus attendre pour vous annoncer la nouvelle, déclara-t-elle joyeusement. J'ai proposé à Evie de tenir la boutique, et elle a dit oui. Elle est d'accord !

Son sourire s'élargit encore.

— Incroyable ! Je le savais, claironna Imogène.

— L'idée a eu l'air de lui plaire. Je n'ai pas eu de mal à la convaincre.

— C'est formidable, commenta Finn. Comme ça, on va rester voisins. J'espère qu'elle ne sera pas trop gênée par le bruit quand on aménagera son ancienne boutique. Andy et moi, on a regardé les plans avec son père aujourd'hui, et je crois qu'on va se lancer dans de gros travaux.

Les yeux de Finn brillaient, il n'avait pas eu l'air aussi euphorique depuis des mois.

— J'ai hâte de commencer. Ça fait des années qu'on travaille toujours de la même façon, et c'est l'occasion de développer l'école, d'en faire le passage obligé pour tous ceux qui veulent apprendre à surfer.

— On prend tous un nouveau départ, conclut Anna. J'ai l'impression que ce sera une grande année pour la famille !

Par la vitre, Imogène contemplait la circulation autour d'eux.

— Ça va, Imo ? s'enquit Finn en l'apercevant dans son rétroviseur, avant de se retourner pour la regarder.

— Oui, très bien.

Elle tenta de sourire, mais elle sentait un poids en elle. Elle ne comprenait ni la cause ni la source de cette sensation, alors que tant d'événements heureux se produisaient autour d'elle. Elle savait seulement qu'en regardant vers l'avenir elle n'était plus très sûre de ce qu'elle y voyait.

Chapitre 13

« ELDERBERRY HOUSE » OUVRE SES PORTES. Par Sam Graham.

Brighton et Hove voit aujourd'hui l'ouverture d'une toute nouvelle maison d'hôtes.

Cette demeure, où résidait autrefois l'une des habitantes les plus estimées de la ville, Viviane McAvoy – dont beaucoup se souviendront qu'elle tenait la fameuse boutique de crèmes glacées sous les arcades –, débute désormais une nouvelle vie grâce à ses fils, Tom et Martin.

Sous leur férule, les lieux, sur Elderberry Avenue, ont été transformés en petite maison d'hôtes aux chambres inspirées de films classiques. Selon les propriétaires, la résidence attire d'ores et déjà tous les regards et reçoit de nombreuses réservations, du Royaume-Uni comme de l'étranger...

En cette douce soirée printanière, Evie et Anna s'engagèrent dans Elderberry Avenue, suivies de près par Matteo et Bella. Evie, brûlant d'impatience, serra la main d'Anna quand elles approchèrent de la maison de Viviane. Avec Imogène, Finn, Martin et Tom,

Anna avait travaillé jusqu'à minuit pour apporter la dernière touche aux chambres et préparer la fête. Mais en rentrant chez elle, elle bouillonnait, et avait réveillé Matteo pour lui raconter par le menu tous leurs efforts. Ensommeillé, mais plein de bonne volonté, Matteo avait écouté, hoché la tête et souri aux bons moments, jusqu'à ce qu'Anna se soit enfin assez calmée pour s'endormir. Son euphorie se teintait d'appréhension parce que ce soir-là ne verrait pas seulement l'inauguration de la maison d'hôtes. Elle s'était promis que, pendant la fête, elle annoncerait à sa famille qu'elle et Matteo partaient, sans trop savoir quand ils reviendraient.

— J'attendais ça avec tellement d'impatience, déclara Evie. Je n'ai rien vu de ce qu'a fait Martin, alors ce sera une surprise. J'avais l'intention de passer, pour voir comment il se débrouillait, mais comme tu sais, il s'en est passé des choses ces derniers temps, pas vrai ?

— Tu n'as pas de regrets ? demanda Anna.

— Non.

— Ça fait beaucoup de changements.

— Je sais, c'est la fin d'une époque. Alors bien sûr, j'éprouve des sentiments mitigés. Mais c'est aussi un nouveau départ pour moi, et j'en ai besoin. Cette idée que tu as eue de me confier la boutique de glaces m'a donné un regain d'énergie. Je croyais qu'en fermant boutique j'allais m'éloigner encore plus de Viviane, de mes souvenirs. Et en fait, je m'en rapproche. C'est un honneur, vraiment. J'ai hâte de m'y mettre.

— Je suis tellement contente ! Et Imogène aussi, bien sûr. Je ne vois personne de plus indiqué pour cette mission.

— Mais c'est un bouleversement radical, soupira Evie. Je n'ai jamais fait une seule glace de ma vie.

— Si Imogène peut apprendre, chuchota Anna avec une mine de conspiratrice, tu n'auras aucun mal. Crois-moi.

— Et toi qui pars pour Sorrente, avec Matteo et Bella. Tu dois compter les jours.

— Oui. Mais ça ne me paraît pas encore réel. Je crois que je m'en rendrai vraiment compte ce soir, après l'avoir dit à tout le monde.

— Bien sûr. Mais tu ne le regretteras pas, j'en suis certaine. La côte amalfitaine est un des plus beaux endroits au monde. Elle est enivrante.

— Tu n'as jamais eu envie d'y retourner ?

— J'y suis retournée. (Les yeux d'Evie se voilèrent légèrement.) Là, on y est, déclara-t-elle en désignant la maison.

— « Elderberry House », dit Anna.

— Quelle belle enseigne !

Anna admira la plaque de céramique qui portait le nom de la maison et reconnut aussitôt la patte de son père. Un sentiment de fierté l'envahit.

— Je crois qu'il est temps de se joindre à la fête, déclara-t-elle en poussant la porte.

Anna et Evie entrèrent. Ce qui avait été l'entrée et le bureau était devenu une élégante réception, emplie d'invités joyeux qui buvaient du vin. Le salon avait été débarrassé de son bric-à-brac, remplacé par de nouveaux meubles des années 1950, mais les étagères contenaient toujours les livres de Viviane, et son fauteuil favori, tapissé de velours vert, était toujours installé près de la fenêtre. Anna revit Viviane assise dans ce fauteuil, avec Hepburn sur les genoux, tandis qu'elles discutaient toutes deux autour d'une tasse de thé et d'un gâteau fait par Anna. Un instant, elle eut l'impression que sa grand-mère était là, avec eux.

Anna observa les nouvelles photographies encadrées pendues aux murs, certaines d'Imogène, d'autres plus anciennes, de la famille et des amis : Viviane en robe de style années 1950 à jupe ample, devant sa boutique ; main dans la main avec Evie sur la jetée, armées chacune d'un parapluie, et la précieuse photo en noir et blanc de son mariage avec Stanley, devant la mairie de Brighton, à la fin des années 1950.

Dans le séjour figuraient des photos tirées des films préférés de Viviane : *Vacances romaines*, *Diamants sur canapé*, *Casablanca*.

— Oh, regarde, Evie ! s'exclama Anna.

Elle désignait une grande carte de Sorrente et Capri.

— Salut, vous deux, les accueillit Imogène. (Elle portait des plateaux chargés de canapés pour les invités rassemblés dans le séjour.) Ah oui, je l'ai trouvée pliée dans le tiroir du bureau. Elle est jolie, non ?

— Très, dit Evie.

Quelque chose passa sur son visage, et son regard s'attarda un moment sur la carte.

Anna regarda vers le séjour, où Martin et Tom discutaient avec des voisins et des amis, fiers de montrer la maison après les mois de travail qu'ils y avaient consacrés. Matteo et Evie allèrent les féliciter. Anna resta en arrière un moment, près de Bella et Imogène, pour contempler la nouvelle décoration.

— C'est magnifique, dit-elle.

— Oui. Martin a fait des merveilles.

— Maman est là ? demanda Anna.

Imogène désigna du doigt l'endroit où se tenait Jan, qui parlait à quelqu'un en qui Anna reconnut un journaliste d'un quotidien local. Quand elle croisa le regard de sa fille, elle s'excusa poliment et vint la rejoindre.

— Bonjour, dit-elle à Anna avant d'embrasser très fort sa petite-fille.

Bella fit un large sourire et serra Jan entre ses petits bras.

— Tu veux bien que je lui fasse visiter ? demanda Jan.

— Vas-y.

Jan entraîna Bella en tenant sa petite main. La fillette paraissait ravie de toutes ces nouveautés à admirer.

— Tu vois, c'est là que ton arrière-grand-mère s'installait pour lire. Dans ce grand fauteuil. Regarde, il y a une photo d'elle ici.

Elle saisit la photo encadrée sur la cheminée et la lui montra.

— Mamie Viv ! s'exclama la petite en montrant la photo du doigt.

Imogène décocha un coup de coude à sa sœur.

— Elle est trop mignonne !

Une boule se forma dans la gorge d'Anna. Dans quelques semaines, elle allait briser la famille, emmener Bella à des centaines de kilomètres de ses grands-parents, d'Imogène, de Finn.

— Tu vas leur annoncer ce soir ?

— Oui, répondit Anna en retenant ses larmes. Je vais le leur dire.

Quand les canapés furent mangés, les chambres visitées et la plus grande partie du vin bue, Martin monta deux marches de l'escalier et fit tinter une cuillère d'argent contre son verre, pour attirer l'attention de l'assistance. Le silence se fit lentement dans l'assemblée joyeuse.

— Je suis heureux de déclarer la maison d'hôtes « Elderberry House » officiellement ouverte, déclara-t-il, le visage rayonnant de fierté. Merci à tous d'être venus ce soir.

Les invités l'acclamèrent.

— Beaucoup d'entre vous connaissaient bien notre mère, et si c'est votre cas, vous savez que la porte de cette maison était toujours ouverte à ceux qui avaient besoin d'une main secourable. C'est pourquoi la création de cette maison d'hôtes paraissait aller de soi. (Il balaya la pièce du regard et ses yeux se posèrent sur son frère.) Tom, viens là. Toi aussi, tu as participé.

Tom se fraya timidement un chemin, mais, une fois dans l'escalier à côté de son frère, il parut tout aussi fier que lui.

— À Maman ! dit Martin en levant son verre.

— À Viviane, clama Jan.

Les verres s'entrechoquèrent dans toute la pièce.

— La maison est prête à recevoir ses premiers hôtes, et rien n'aurait été possible sans notre fantastique équipe. C'est réellement une entreprise familiale. Alors merci à toi, Jan, pour la publicité, à Finn pour le site web, à Imogène pour sa participation tous azimuts – et pour nous faire le plaisir de ne pas repartir tout de suite – et à Anna, Matteo et Bella pour les rafraîchissements pendant les travaux, et la distraction.

Imogène se rapprocha de Finn, de sa sœur et de sa mère. Ils écoutaient Martin en souriant. Finn l'entoura de ses bras et lui embrassa le sommet du crâne. Il faisait désormais partie de la famille et tous l'adoraient, comme elle. Elle leur devait à tous de surmonter ses doutes en matière d'engagement.

Après encore quelques toasts, Martin redescendit. Les invités reprirent leurs conversations et remplirent leurs verres de ce qu'il restait dans le bar.

Anna chuchota à Matteo qu'il était temps d'appeler ses parents. La partie du séjour autour du fauteuil de Viviane était moins bruyante désormais, et toute sa famille vint les entourer, ainsi qu'Evie. Anna inspira à fond et se prépara.

— Tu as une nouvelle à annoncer ? s'enquit Tom d'un ton jovial. Et moi qui croyais qu'on en avait fini pour ce soir !

Matteo prit la main d'Anna. Elle puisa de la force à ce contact. Elle était heureuse de l'avoir à ses côtés.

— Tu n'es pas… ? commença Jan.

— Non, Maman, coupa Anna en secouant la tête. J'ai bien peur qu'on n'ait pas prévu d'autres enfants pour le moment.

Bella escaladait un meuble à proximité, et Imogène l'amena vers eux. Elle croisa le regard de sa sœur avec un signe de tête pour l'encourager à poursuivre et lui offrir un peu de soutien moral.

— Mais nous avons quelque chose à vous annoncer à tous. Je suis désolée de ne pas en avoir parlé avant, mais tout est allé très vite. (Elle s'interrompit.) Matteo, Bella et moi avons été très heureux ces dernières années, ici, près de vous tous, et avec la boutique.

Mais le moment est venu pour nous d'essayer autre chose.

Jan regarda son mari, inquiète. Il l'entoura de son bras.

— Nous partons. En Italie. Nous ne savons pas encore combien de temps. Au moins pour l'été, mais peut-être plus. Nous avons déposé des arrhes pour une magnifique *gelateria* sur la côte amalfitaine. Nous voulons que Bella puisse connaître le pays natal de son père.

Anna vit la tristesse dans les yeux de ses parents et dut lutter contre les larmes en attendant leur réaction.

— Eh bien, moi, je trouve que c'est une idée géniale, déclara Imogène pour tenter de dissiper la tension.

Elle donna un coup de coude à Finn.

— Tout à fait, réagit-il. Félicitations.

Les yeux de Jan s'emplirent de larmes.

— Mais vous ne pouvez pas…

Evie lui passa un mouchoir qu'elle accepta avec reconnaissance.

— Ça n'a pas été une décision facile pour nous, et vous allez beaucoup nous manquer. Nous espérons de tout cœur que vous nous rendrez visite.

— Essaie de nous en empêcher ! intervint Imogène.

Jan s'approcha de sa fille aînée et l'étreignit.

— Excuse-moi. C'est le choc, c'est tout.

Anna la serra contre elle.

— J'aurais dû vous en parler. Mais nous attendions d'en être sûrs. (Elle se tourna vers Tom et Martin.) La boutique sera en de très bonnes mains, leur expliqua-t-elle. Evie a accepté de s'en occuper, et nous en sommes ravis. Ainsi, Finn reprend son magasin, mais les arcades ne la perdront pas tout de suite.

Evie fit une révérence, allégeant l'atmosphère un instant.

Anna observa son père, espérant de tout son cœur qu'il ne serait pas aussi bouleversé que leur mère. Son expression était empreinte de bonté, et il réussit à sourire.

— Nous comprenons, ma chérie, dit-il en venant l'entourer de ses bras. Bella aura l'occasion de visiter le pays de son père, et de passer du temps avec ses autres grands-parents. Tu sais qu'elle va nous manquer… Vous allez tous nous manquer. Mais on pourra rester en contact, et nous, on ne va nulle part. Nous serons toujours là pour vous.

Anna et Matteo étreignirent Jan et Tom. Anna sentit le soulagement l'envahir. Imogène et Finn se joignirent à eux. Anna laissa échapper toutes les larmes qu'elle retenait, et Jan éclata de rire en voyant sa fille pleurer encore plus fort qu'elle. Enfin, le groupe se sépara.

— Ah, fit Anna. Encore une chose.

— Oui ? dit Tom, anxieux.

— Est-ce que quelqu'un a de la place pour un teckel bien élevé ? demanda-t-elle avec un regard plein d'espoir en direction de Martin.

— Je me disais bien que tu allais me le demander, répondit celui-ci en riant. Bien sûr. Il est juste qu'Hepburn revienne chez lui quelque temps.

DEUXIÈME PARTIE

Chapitre 14

Ils arrivèrent à Sorrente un mercredi, à la mi-mai. Anna et Matteo débouchèrent sur la place inondée de soleil. Bella trottinait à côté d'eux. D'élégantes maisons en pierre à volets de bois les entouraient, le sol était pavé, et Anna percevait de douces odeurs en provenance de la boulangerie. Une vague de bonheur et de soulagement l'envahit, accompagnée d'une curieuse sensation de déjà-vu.

— On est arrivés, constata Matteo en lui souriant. C'est ici, ajouta-t-il en désignant la boutique et l'appartement au-dessus.

Une nuée d'oiseaux s'envola de la fontaine au centre de la place et Bella piailla de joie. Ils regardèrent la jolie bâtisse en pierre qui deviendrait bientôt leur foyer.

Anna sourit.

— C'est étrange. J'ai presque l'impression d'être déjà venue.

— Carolina nous a montré le coin sur sa webcam, et beaucoup de films ont été tournés ici.

— C'est plus que ça, insista Anna en regardant sa fille courir sur la place. J'ai vraiment l'impression de reconnaître cet endroit.

— Tu la retrouves ici ? demanda doucement Matteo.

— Oui. J'en pleure de joie, dit-elle en essuyant ses yeux pleins de larmes. Je ne sais pas si c'est à cause des histoires que nous racontait Mamie qui me reviennent. Être ici, dans un endroit où je sais qu'elle a été heureuse, me donne l'impression de me rapprocher d'elle.

Matteo prit sa main et la serra doucement.

— Et maintenant, nous allons nous faire nos propres souvenirs, conclut Anna.

Ils entrèrent tous deux dans l'appartement et sortirent sur le balcon. De là, ils apercevaient la mer bleue qui miroitait sous le chaud soleil italien. Anna s'y voyait déjà, partageant avec Matteo un dîner romantique, par une douce soirée d'été, dans l'animation du soir sur la place au-dessous d'eux.

Bella entra en courant dans une chambre et abattit ses mains potelées sur le lit avec délice. Anna regarda Matteo et lut la même expression de bonheur et d'euphorie. Il était revenu dans son pays natal. Sorrente était un endroit nouveau pour eux deux, mais il s'était détendu dès leur arrivée, s'était mis à bavarder et rire avec tout le monde, les fonctionnaires qui vérifiaient les passeports, le chauffeur de taxi, la femme de l'agence de location où ils étaient allés chercher les clefs.

Après une rapide visite de l'appartement, Anna était impatiente de voir la boutique. Tous trois descendirent dans le local aux volets clos. Ils y entrèrent, pleins d'exaltation, et allumèrent la lumière.

Anna poussa un soupir de soulagement en découvrant les lieux. Le précédent propriétaire avait rendu la boutique confortable et accueillante, avec une jolie fresque de collines et bord de mer sur le mur, des présentoirs vitrés, le tout un peu poussiéreux, mais en bon état.

— C'est bien plus grand qu'il n'y paraissait sur la webcam, remarqua Matteo. Ça m'a l'air pas mal.

— Oui, bien mieux que chez Viviane au début. Il y a beaucoup de potentiel.

À cette perspective, Anna bouillait d'impatience.

— J'ai hâte de m'y mettre.

Le lendemain matin, Anna versa des céréales à Bella tandis que Matteo posait la cafetière italienne sur le gaz. Il était six heures du matin et la ville était presque silencieuse. Dans ses rêveries éveillées, Anna avait imaginé émerger doucement d'un sommeil voluptueux, se tourner vers Matteo dans leurs draps blancs et frais pour l'embrasser, avec comme unique bruit celui des vagues sur la plage. Elle avait effacé les réveils à l'aube que Bella avait instaurés dans leur vie quotidienne, et la nécessité de se dépêcher pour préparer la boutique.

— Donc tu vois un fournisseur ce matin ? dit Matteo. Tu es sûre que tu pourras t'en occuper toute seule ?

— Évidemment.

Ils emportèrent leur petit-déjeuner sur le balcon. Déjà à cette heure matinale, l'air les enveloppait de chaleur, mais la brise marine apportait un peu de fraîcheur. Du balcon, ils jouissaient d'une belle vue sur la place, les pavés, la boulangerie en face, seul magasin ouvert si tôt, qui proposait du pain et des viennoiseries.

À côté se trouvait un restaurant à auvent rouge, *Chez Luigi*. Une nuée de pigeons s'envola.

— Je crois que je vais aimer cet endroit, remarqua Anna.

— La pluie ne te manque pas ?

— Pas du tout. Écoute, avant qu'on ne se mette au travail, je voudrais passer un coup de fil à mes parents pour les tenir au courant.

Elle prit le téléphone et composa le numéro.

— Bonjour, Maman.

Elle entendit sa mère qui criait à son père de la rejoindre près du téléphone.

— Attends, ma chérie, je mets le haut-parleur. Vous êtes bien arrivés ?

— Oui, on s'installe. Bella s'amuse bien. Elle n'arrête pas de venir avec son seau et sa pelle nous demander quand on pourra aller à la plage.

— Vous nous manquez déjà, soupira Jan.

— Vous aussi. Mais c'est merveilleux d'être enfin ici.

— Vous allez explorer les environs, non ? demanda Tom. Ta grand-mère parlait tout le temps des maisons de toutes les couleurs qui s'alignent jusqu'en haut des collines. De ça, et du tiramisu.

— On fera le tour des desserts régionaux. C'est notre priorité.

— Dès qu'on aura ouvert la boutique ! corrigea Matteo depuis sa chaise à côté de Bella.

— Oui, acquiesça Anna en riant. Matteo prétend qu'il existe des choses plus importantes que les pâtisseries, mais je vais lui remettre les idées en place.

— Tu peux nous passer Bella ? demanda Tom.

Anna passa le téléphone à sa fille, qui se mit à gazouiller dans le combiné avec animation.

Matteo vint se poster près d'Anna. Elle prit sa main et la serra. Sa famille ne lui paraissait pas si loin que cela, finalement.

Plus tard, Matteo emmena Bella se promener autour de la place pendant qu'Anna commençait à préparer la boutique. Elle ouvrit les volets et nettoya les vitres à l'eau savonneuse. C'était au moins quelque chose qu'elle pouvait faire seule. Elle avait consacré une bonne partie de la matinée à essayer de passer une commande à leur fournisseur. Entre son mauvais italien et le mauvais anglais de son interlocuteur, l'entretien s'était fini dans la confusion la plus totale. Frustrée et déçue, elle avait dû appeler Matteo et le faire revenir du supermarché pour traduire. Elle trouvait pénible de devoir se reposer sur lui alors qu'elle avait l'habitude de passer elle-même les commandes au Royaume-Uni.

— *Benvenuta !* clama une voix masculine.

Anna se retourna et vit un homme aux cheveux gris, vêtu d'un élégant costume, qui approchait de la boutique.

— Bienvenue, traduisit-il. Je m'appelle Luigi.

— Anna, répondit-elle en levant ses mains savonneuses en guise d'excuse.

Il éclata de rire.

— Je suis votre nouveau voisin.

Elle était soulagée d'entendre son anglais. Il avait un léger accent, mais se débrouillait bien mieux qu'elle en italien.

— Bien sûr ! Le restaurant. Je vois, dit Anna en se rappelant le flot animé de clients qu'elle avait aperçu le soir précédent. J'ai vu que vous étiez plein hier.

— Ça fait quarante ans que je suis ici, et c'est comme ça tous les soirs. Je me fais vieux, mais je crois que je n'en sortirai que les pieds devant, déclara-t-il avec un éclat de rire. Vous et votre famille venez d'Angleterre ?

— Moi, oui. Matteo vient de Sienne. On s'est rencontrés à Florence. Notre fille est un mélange des deux.

— Bon, c'est toujours agréable de voir des jeunes s'installer ici. Les propriétaires sont des gens bien, ils étaient appréciés ici. Mais je crois qu'ils avaient vraiment envie de prendre leur retraite. Maintenant, c'est à votre tour !

— Merci. On a une semaine pour tout préparer, mais on ouvre samedi prochain. Vous viendrez ?

— Bien sûr ! s'exclama-t-il. Je ne manquerai pas ça.

— Super. À samedi.

*

Après le déjeuner, Anna travailla sur la carte de la *gelateria* qu'elle avait élaborée avec Matteo. Elle goûta le sorbet à la fraise avec une petite cuillère argentée. Il était léger et sucré, débordant de saveur… tout à fait délicieux. Et facile à réaliser. Elle avait adapté une recette basique, mais les fruits italiens avaient quelque chose de spécial. Ils étaient très parfumés, riches du soleil qu'ils avaient absorbé. Avec Matteo, elle avait passé plus d'une heure au marché de la ville, à choisir les fruits les plus mûrs et des bouquets de menthe fraîche pour les nouvelles créations qu'ils mettraient à la carte.

Matteo passa la tête à la porte de la cuisine.

— Oooh ! Ça m'a l'air bon. Besoin d'un second avis ?

— Bien sûr ! rit Anna. En fait, j'ai beaucoup testé celui-ci. Qu'est-ce que tu en dis ?

Il en prit une cuillerée.

— Très bon. Mais je crois qu'il lui manque un petit quelque chose… De la texture. Tu ne pourrais pas y mettre plus de morceaux de fruits ?

Anna réfléchit. Peut-être en effet que son sorbet était un peu trop lisse.

— Je vais essayer. Je me disais aussi qu'il était un peu trop diététique, pas assez gourmand. Je vais faire des cornets enrobés de chocolat pour aller avec.

— Parfait.

— Comment ça se passe en terrasse ?

— Très bien. Le mobilier fait bel effet. On a la place de mettre quatre tables dehors, et les gens pourront toujours s'asseoir sur la margelle de la fontaine si elles sont prises. On dirait que les enfants aiment bien jouer par ici.

Anna jeta un coup d'œil dans la salle. Les gravures qu'ils avaient choisies étaient accrochées aux murs, et l'endroit commençait à refléter leur personnalité.

— J'ai tellement hâte, Matteo. C'est bon d'être ici, non ?

— La boutique de Viviane sera toujours spéciale… Le premier endroit où on a travaillé ensemble. Mais elle vous appartient, à toi et à Imogène. Et la boutique de ma famille appartient à ma famille. Celle-ci, elle est à nous, rien qu'à nous.

— Prenons un peu de temps pour nous dimanche. De toute façon, tout ferme. On pourrait faire une sortie en famille. Louer une voiture et longer la côte.

— Ce serait génial.

Il la prit par les épaules. Elle se blottit contre lui et l'embrassa doucement.

Le dimanche suivant, ils chargèrent la voiture et Matteo prit le volant, en direction de la route côtière. Bella bavardait toute seule dans son siège auto, sans se soucier des virages en épingle à cheveux.

Anna commençait à se détendre. Elle contemplait le paysage par la vitre. La côte amalfitaine était aussi spectaculaire qu'elle l'avait espéré. Les collines étaient parsemées de bourgs et de villages. Par endroits, les maisons s'entassaient à la verticale, elle en avait le vertige. La mer d'un bleu vif scintillait sous le soleil. Des décapotables rétros les dépassaient et des bateaux se balançaient sur les vagues vers Capri. Anna adorait la côte sud de l'Angleterre, et s'y sentait liée par un sentiment de loyauté, des galets pleins de caractère de Brighton aux rochers des Cornouailles. Mais cette partie de l'Italie était bien plus séduisante. La beauté des paysages lui donnait des frissons d'exaltation.

Ils traversèrent Positano, qui ressemblait davantage à une falaise garnie de maisons qu'à une ville. Anna était fascinée.

— On peut s'arrêter ? demanda-t-elle.

— Plus tard. J'ai quelque chose d'autre à te montrer d'abord. Je crois que ça te plaira.

— D'accord.

Ils poursuivirent vers l'ouest le long de la côte, puis se garèrent. Après avoir installé Bella dans son porte-bébé, Matteo et Anna descendirent avec prudence un sentier rocailleux qui menait à une anse dissimulée. Quelques familles des environs prenaient le soleil ou se baignaient, mais l'endroit paraissait calme, un havre de paix loin de l'agitation de Sorrente.

Sous le soleil, Anna, Matteo et Bella s'installèrent au bord de l'eau. Les vagues venaient lécher le bout de leurs orteils. Bella gargouillait et riait quand l'eau la chatouillait. Anna passa doucement la main sur les cheveux mouillés de sa fille et les écarta de sa nuque. Ils restèrent là une bonne partie de la matinée, à ramasser des galets dans le nouveau seau rouge de Bella, et à regarder les enfants italiens l'inclure dans leurs jeux.

Ce soir-là, Anna et Matteo se détendaient dans le séjour. Bella dormait et la théière qu'ils venaient de préparer était posée entre eux. Anna profitait du calme pour revérifier le plan marketing de la boutique.

Matteo referma son livre et appuya la tête contre le dossier du canapé. Il sourit à Anna.

— Je vais me reposer les yeux une ou deux minutes, annonça-t-il d'une voix que sa somnolence transformait presque en ronronnement.

— Matteo ! protesta-t-elle gentiment.

Il s'était roulé en boule sur le côté et ne semblait pas décidé à bouger dans un avenir proche.

— D'accord. Si tu dors, je peux prendre l'iPad ? J'ai envie d'avoir l'avis d'Imogène sur certaines de mes idées.

— Hmm, marmonna-t-il avec un geste vague en direction de la table basse, sans ouvrir les yeux.

Elle prit l'appareil et rédigea un mail :

« Salut, Imogène !

Et voilà, on y est ! Tu vas adorer. Tu dois ABSOLUMENT venir nous voir cette fois.

J'ai eu quelques idées de publicité et j'aimerais que tu te penches dessus... »

Elle s'interrompit en voyant un message instantané apparaître au coin de l'écran. Elle ne reconnaissait pas le nom d'utilisateur.

« Matteo ! »

Elle se figea un instant, puis ferma le message et reporta son attention sur son mail.

« *Ciao*, Matteo ! »

Deux messages supplémentaires venaient de s'afficher, en italien. Tout en surveillant son compagnon endormi, elle y jeta un œil et essaya de comprendre. Ils n'avaient pas de secrets l'un pour l'autre, se raisonna-t-elle. Et puis, il savait qu'elle utiliserait son iPad. Le vocabulaire des messages était simple et elle était presque sûre d'en saisir le sens.

« Je t'ai appelé deux fois. Pourquoi est-ce que tu ne réponds pas ? »

Anna relut le message, perplexe. Elle s'interdit de tirer des conclusions hâtives. L'apostrophe semblait plutôt directe, mais il pouvait s'agir de n'importe quoi. Le travail, un vieux copain désireux de reprendre contact.

Puis :

« Je dois vraiment te parler maintenant. »

Puis un autre. Anna était moins sûre de son sens et – avec quelques remords – le recopia sur Google Traduction :

« Où es-tu ? Elle te fait faire la lessive ou changer les couches ? »

Anna sursauta, stupéfaite du ton employé. Elle relut le message. Il la concernait clairement.

Qui l'envoyait ? La colère monta en elle.

« Tu devrais lui dire que c'est le travail de la mère. »

Elle cliqua sur le message pour examiner l'image accolée au nom d'utilisateur.

Une femme aux cheveux brun-roux bouclés, à la peau bronzée.

Elisa. Sa belle-mère.

Chapitre 15

À la réception d'« Elderberry House », Martin, qui enregistrait les nouveaux clients, contemplait l'écran de son ordinateur, l'air un peu perdu. Une femme répéta son nom.

— Ah, oui, voilà. Rodriguez. La suite *Gatsby le Magnifique*. Je vous accompagne, ajouta-t-il en lui tendant sa clef.

On comprenait facilement, à son regard harassé, que Martin trouvait sa première journée de travail un peu éprouvante. Imogène intervint.

— Je m'en charge, Oncle Martin, dit-elle avec assurance en entraînant les clients dans l'escalier. La suite *Gatsby* est un excellent choix. Combien de temps resterez-vous à Brighton ?

— Nous sommes ici pour… *Como se dice diez dias ?* demanda l'homme à sa femme.

— Dix jours, répondit celle-ci timidement. Pour visiter les amis.

— Merveilleux ! s'extasia Imogène. Vous avez choisi le bon endroit. Mon oncle fait un petit-déjeuner anglais extraordinaire.

Elle les aida à monter leurs bagages dans la pièce redécorée. Ils admirèrent les petits rappels cinématographiques de la chambre à thème, les jolis miroirs anciens et le long porte-cigarettes sur la coiffeuse.

— S'il vous faut quoi que ce soit pendant votre séjour, n'hésitez pas à nous le demander.

— Merci, répondirent-ils en chœur.

En redescendant à la réception, elle chercha Martin du regard. Il n'était ni à sa place habituelle, près des registres, ni dans la cuisine.

Elle se tourna vers le jardin et le vit assis sur la terrasse, en grande conversation avec une femme aux longs cheveux auburn.

— Martin ! lança-t-elle. Ils sont installés.

— Très bien. Merci, Imogène.

La femme près de lui leva la tête et ses yeux d'un vert étincelant se posèrent sur Imogène. Avec ses pommettes hautes, elle était d'une beauté saisissante. Elle devait être un peu plus jeune que Martin, et avoisiner les quarante-cinq ans.

— Je te présente Clarissa. Elle vient d'arriver. Clarissa, voici ma nièce, Imogène. La petite-fille de Viviane.

— Bonjour, dit Clarissa en se levant, faisant virevolter sa robe bleu clair. Ravie de vous rencontrer, Imogène.

Maintenant qu'elle la voyait de près, Imogène perçut de la tristesse dans son regard.

— Bienvenue. Vous connaissiez Viviane ?

— Pas très bien. Mais je me souviens d'elle. Ma mère m'emmenait à sa boutique quand j'étais petite. À l'époque, c'était le *Sunset 99*. On s'arrêtait prendre un esquimau quand on était à Brighton.

— Votre mère et elle étaient amies ?
— Je crois. Quelque chose comme ça.
— Je comprends. Viviane nous manque beaucoup. Comment s'étaient-elles connues ?
Clarissa secoua la tête, et Imogène crut un instant qu'elle allait se mettre à pleurer. Martin lança un regard à sa nièce, partageant visiblement ses craintes.
— Je ne sais pas. Enfin, je ne connais pas les détails. C'est pour ça que je suis venue. Je regrette beaucoup d'être arrivée trop tard.

À l'heure du déjeuner, Imogène gagna la plage et prit la direction du front de mer et des arcades. Ce qui avait été la boutique de souvenirs d'Evie était désormais vide, en dehors de tas de gravats et de nuages de poussière plâtreuse. Les travaux avançaient vite. Le père d'Andy, un entrepreneur des environs, était intervenu pour diriger le chantier, et grâce à ses conseils, ils n'avaient pas eu besoin de demander un permis de construire. Avec Finn et Andy qui restaient tard le soir, à eux trois ils avaient bien avancé, en seulement quelques jours.
Finn balayait pendant qu'Andy s'occupait de l'école.
— Salut, dit Imogène en le serrant contre elle.
— Tu n'aurais pas dû, commenta-t-il avec un sourire d'excuse.
Elle contempla son corsage bleu foncé, maintenant marbré de poussière blanche, et l'essuya de la main.
— Ah… Je vois ce que tu veux dire.
La pièce paraissait plus grande qu'à l'époque où elle était remplie de bouées en forme d'animaux marins

et de cartes postales bariolées. Le mur de séparation avait été abattu et les deux locaux ne formaient plus qu'une seule grande salle.

— Vous avez drôlement bossé hier soir !

— Oui. On progresse, même si on est tombés sur des problèmes de structure qu'on n'avait pas prévus.

— Le père d'Andy peut vous aider ?

— Oui. Il n'avait pas l'air trop inquiet. On va y arriver. Mais je vais travailler tard presque tous les soirs cette semaine. Ça ne t'ennuie pas ?

Imogène secoua la tête. Elle ne pouvait guère se plaindre alors qu'elle partait si souvent au loin.

— Pas de problème.

— Comment ça se passe, à la maison d'hôtes ?

— Très bien. Parmi les clients de ce matin, il y a une femme qui s'appelle Clarissa.

— Elle est contente de sa chambre ?

— Je crois, oui. Elle était venue voir Mamie Viv, mais… Enfin, Martin a dû lui expliquer qu'elle arrivait trop tard.

— C'est triste.

— Oui. Mais elle tient absolument à rester malgré tout. Elle s'était décidée à faire ce voyage à Brighton et elle compte en profiter.

— Super ! Je suis sûr qu'elle va se plaire ici. Martin a travaillé très dur.

— Oui, répondit Imogène en essayant d'oublier l'expression de Clarissa, la tristesse poignante dans son regard. Tu as sûrement raison.

Imogène se dirigea vers la boutique de glaces. Elle était contente d'avoir vu Finn, même pour un court moment. Entre toutes leurs activités, elle aurait aussi bien pu se trouver à l'étranger. Il travaillait tellement qu'ils ne se voyaient parfois qu'au moment d'aller se coucher. Certains jours, Imogène se demandait si elle ne devrait pas lui poser directement la question pour savoir si, comme sa mère le suggérait, il s'apprêtait vraiment à la demander en mariage. Mais il paraissait plus facile de se comporter comme si de rien n'était.

Evie s'activait à nettoyer les tables quand elle arriva. Le calme d'après-déjeuner était le moment idéal pour passer en revue les derniers détails et elles avancèrent très vite. En milieu d'après-midi, un jeune couple se présenta.

— Si tu allais servir ces clients ? Si tu as encore des questions, je serai là, proposa Imogène.

Evie lança un coup d'œil aux deux personnes qui passaient la porte et se précipitaient vers le présentoir. La jeune femme admira les rangées de bacs colorés devant eux.

— Bonjour, Evie, dit l'homme. Comment ça se fait que vous travailliez ici ?

— J'ai changé d'orientation professionnelle, se rengorgea-t-elle. Il n'est jamais trop tard.

— Bien dit. C'est super de vous trouver ici. J'étais désolé de voir votre boutique fermée.

— Merci, répondit Evie avec grâce. Les temps changent. Qu'est-ce que je vous sers ?

— On pourrait avoir deux super sundaes, s'il vous plaît ? demanda la jeune femme.

— Ils arrivent. Asseyez-vous, je vous les apporte.

— Tu te rappelles comment on fait les sundaes ? chuchota Imogène.

Evie pencha un peu la tête dans un effort de mémoire :

— Une boule de praliné, une de moka, sauce au chocolat blanc et éclats de noisettes, c'est ça ?

— Exact.

Imogène s'accouda au comptoir tandis qu'Evie préparait les sundaes.

Durant la semaine, Imogène s'était levée tôt pour préparer les glaces selon les recettes d'Anna, en formant Evie au fur et à mesure. Mais en la regardant maintenant, avec ses cheveux roses attachés en chignon et son tablier de grand-mère, composant adroitement les sundaes, elle avait le sentiment qu'elle pourrait désormais s'impliquer moins dans la gestion de la boutique. Evie semblait assimiler les recettes sans efforts, et elle avait aussi l'avantage de connaître la plupart des gens du quartier : aucun ne se formaliserait d'attendre quelques minutes de plus pendant qu'elle consultait le livre de recettes d'Anna.

Au cours de la matinée, Evie s'était entraînée pour former le cœur en caramel et la volute de sauce au chocolat qui caractérisaient les sundaes de la boutique, avec une gaufrette maison parfaitement disposée.

— Je crois que tu n'auras plus beaucoup besoin de mon aide, maintenant, si ? demanda Imogène.

— Eh bien, disons que c'est bon de savoir que je peux t'appeler au téléphone, mais je crois que je commence à me débrouiller.

— Incroyablement bien. Tu es douée.

— Je suis toujours prête à faire de nouvelles expériences, c'est tout. Je ne serai jamais trop vieille pour ça.

Anna avait eu raison de se fier à son instinct, se dit Imogène. Tout se déroulait à merveille.

Chapitre 16

« Chers Maman, Papa et Imogène, je sais que c'est un long voyage, mais je ne peux résister à l'envie de vous inviter à l'inauguration de notre boutique. »

Anna glissa la carte dans une enveloppe argentée, la libella à l'adresse de ses parents et y inséra l'invitation.

Anna, Matteo et Bella
Vous invitent à l'inauguration de :
La petite boutique de crèmes glacées sur la place.
Samedi 5 juin, à partir de midi.
Cornets gratuits jusqu'à 15 heures.
Venez déguster nos glaces italiennes
nappées d'élégance britannique !

— Matteo, viens goûter ça, appela Anna. Je crois que j'ai mis dans le mille. Et juste à temps pour l'ouverture demain.

Matteo prit une cuillerée du granité aux pêches qu'Anna venait de préparer et hocha la tête.

— Pas mal.

Anna sourit, toute fière. Matteo n'était pas seulement l'homme de sa vie. C'était aussi un des meilleurs critiques gastronomiques des environs, et si l'une des créations d'Anna nécessitait d'être retravaillée, il n'hésitait pas à le lui faire savoir.

— Ces pêches du marché, elles sont vraiment exceptionnelles, remarqua-t-elle.

— Je te l'avais bien dit.

Anna déposa le bac dans le présentoir.

— Je me demande ce qu'ils penseront de nos parfums, souffla-t-elle.

— On le saura bientôt.

— Ce doit être Carolina, dit Matteo un peu plus tard en entendant quelqu'un frapper à la porte. (Il se précipita à la fenêtre.) Salut ! cria-t-il à sa sœur.

— Lina, s'écria Bella en comprenant qui arrivait. Lina !

— Viens voir Tatie, l'invita Anna en la saisissant dans ses bras.

Matteo ouvrit la porte et le visage de Carolina s'éclaira lorsqu'elle vit son frère et sa famille.

— *Bellissima !* s'exclama-t-elle en se précipitant pour prendre la petite dans ses bras. Tu as tellement grandi, poursuivit-elle en la couvrant de baisers.

Elle étreignit son frère affectueusement.

— J'ai regardé la vitrine. C'est très mignon. Vous avez vraiment fait du bon travail.

— Merci. J'adore ta coiffure, répondit Anna en remarquant sa nouvelle coupe au carré.

Carolina se toucha les cheveux.

— C'est gentil. Oui, je les ai eus longs pendant des années… J'avais envie de changer.

— Ça te va bien.

— À dire vrai, j'avais besoin de me remonter le moral. Ces derniers mois…

Elle n'acheva pas sa phrase.

— Tout va bien ? s'inquiéta Anna.

— Oui, très bien. Peut-être plus tard, répondit-elle en se forçant à sourire. Pour l'instant, j'ai envie d'être heureuse et de jouer avec la petite Bella, ajouta-t-elle en la chatouillant.

Bella éclata de rire.

— D'accord, comme tu veux, concéda Anna avec douceur.

Une fraîche brise marine s'insinua par la porte, rappelant à Anna qu'elle était loin de chez elle.

— Si on sortait sur la place ? proposa-t-elle.

Matteo et sa sœur passèrent devant et ils s'assirent tous sur le rebord de la fontaine, tandis que Bella jouait près d'eux.

— La côte est magnifique, non ? dit Carolina. Qu'est-ce que tu en penses, Anna ? Ça valait le déplacement ?

— Tout à fait. Chaque panorama ressemble à une carte postale.

— J'adore cette région, reprit Carolina. (Mais son regard semblait distant, comme si elle avait l'esprit ailleurs.) Et les gens sont tellement plus détendus que là d'où on vient. Il faut que tu viennes visiter la villa qu'on loue pour l'été. On a une vue fantastique sur la mer et les villages des environs, avec leurs jolies maisons de toutes les couleurs.

— Ça doit être très beau. On viendra. Où est Filippo aujourd'hui ? demanda Anna.

Carolina secoua la tête. Ses yeux s'emplirent de larmes.

— C'est une longue histoire.

Son frère l'entoura de son bras et la serra contre lui.

— Qu'est-ce qu'il a fait ?

— Une autre fois, éluda Carolina, le regard plein de douleur. Parlez-moi de la boutique. Quand ouvrez-vous ?

— Samedi.

— Il reste encore quelques détails à régler, ajouta Matteo. Mais on y est presque, pas vrai, Anna ?

— Oui, presque. Tu viendras à l'inauguration ?

— Bien sûr ! Je ne manquerais ça pour rien au monde !

— Merci de nous avoir trouvé cet endroit, dit Anna.

— Ce fut un plaisir.

— L'été s'annonce bien, déclara Matteo en serrant sa sœur dans ses bras. On fera ce qu'il faut pour qu'il soit magnifique.

Le samedi, Anna et Matteo étaient postés derrière leur comptoir et observaient la foule de clients impatients qui s'assemblait. Ils avaient passé la semaine à coller des affichettes dans toute la ville pour annoncer l'ouverture, et à discuter avec un maximum de gens du coin et de touristes. Anna craignait que les habitués ne rechignent au changement – elle savait que l'ancienne *gelateria* était populaire –, mais finalement, les clients se montraient curieux et prêts à tester un nouvel établissement. La queue serpentait sur la place. À l'avant se tenait Luigi, le propriétaire du restaurant d'en face.

— Que me conseillez-vous ? demanda-t-il.

— Vous savez ce que j'adore ? Les esquimaux au mojito, répondit Anna, malicieuse. Il n'y a pas tant d'alcool que ça dedans !

— Exqui..., tenta Luigi, trébuchant sur le mot. Je ne sais pas ce que c'est. Mais le mojito, je connais. Donnez-m'en un, s'il vous plaît.

Il goûta et haussa un sourcil appréciateur.

— Délicieux.

Une jeune femme arriva devant le comptoir et débita sa commande en italien. Anna peinait à la suivre.

Luigi fit la traduction :

— Elle voudrait deux boules aux fruits des bois.

— Merci, lui souffla-t-elle.

Elle servit la glace et la tendit à la cliente.

— Si vous vous installez pour quelque temps, je crois que vous devriez faire la connaissance de Maria, remarqua Luigi. Maria ! appela-t-il en se tournant vers une femme assise dans le coin.

Elle les rejoignit et salua Anna. Celle-ci l'avait déjà croisée le matin à l'épicerie, où elle venait chercher ses œufs et son lait et s'adressait aux employés avec familiarité et décontraction. Elle devait avoir une cinquantaine d'années, et ses cheveux foncés striés de mèches grises donnaient une certaine grâce à son visage.

— Maria est le meilleur professeur d'italien que vous trouverez dans la région, et ses tarifs sont très raisonnables, expliqua Luigi.

— Il me flatte. Mais c'est vrai, je donne des cours. J'habite sur la place, la maison à la porte bleue. Passez me voir si vous êtes intéressée.

— Je n'y manquerai pas, promit Anna en souriant. Ça me sera bien utile.

S'immerger un peu plus dans la langue lui serait bénéfique. Les cours de Matteo n'avaient jamais vraiment donné de résultats.

Durant l'après-midi, Matteo et Anna servirent à la chaîne vieux classiques éprouvés et innovations. Un flot continu de clients satisfaits repartait sur la place. Carolina les avait aidés à installer les meubles en bois peints en pistache, rose pâle et bleu pastel à l'extérieur, et servait les clients attablés. Les gens se massaient autour de la fontaine, s'asseyaient sur la margelle, plongeaient leur petite cuillère en plastique dans la glace ou le sorbet de leurs amis, pour goûter.

Matteo chuchota à l'oreille d'Anna :

— Je ne voudrais pas parler trop vite…

— Mais ça commence bien, compléta-t-elle. Tant pis pour les débuts en douceur et la période d'ajustement qu'on avait prévus. J'ai l'impression qu'on a fait un lancement fracassant.

À la fin de leur première semaine de travail, Anna abaissa le volet de la boutique avec un profond sentiment de fierté. Ils avaient repris tout naturellement les habitudes de travail à deux acquises à Brighton, et les clients satisfaits revenaient toujours plus nombreux. Certains visages lui devenaient familiers, ce qui l'aidait à se sentir chez elle. Et, mieux encore, les recettes les plus expérimentales qu'ils avaient ajoutées au menu semblaient particulièrement appréciées.

— Ça marche bien, pas vrai ? murmura-t-elle à Matteo.

Il hocha la tête et la serra contre lui.

— C'est génial !

— Je suis contente qu'on soit venus.

— Oui. J'ai hâte de montrer la boutique à Maman.

— Quand est-ce qu'elle vient nous voir, déjà ?

Elle repensa un instant aux messages qu'elle avait lus sur l'iPad de Matteo, mais se força à les chasser de son esprit. Elle ne voulait pas causer de frictions en soulevant la question.

— La semaine prochaine.

— Super.

Tout irait bien, se rassura-t-elle. Ça ne durerait que quelques jours.

Chapitre 17

Dans la maison d'hôtes, Imogène profitait d'un moment de calme pour trier de vieux dossiers sur les étagères de sa grand-mère. Dans l'un d'eux, elle découvrit des photos de Viviane et Evie, aux débuts de leurs deux boutiques, dans les années 1960. L'une d'elles les montrait bras dessus bras dessous, devant ce qui devait être l'île de Capri. Derrière avait été glissée une carte de la côte amalfitaine, semblable à celle qu'elle avait encadrée, mais marquée de croix au stylo-bille. Des endroits que les deux femmes avaient visités ensemble, probablement. Viviane n'avait jamais oublié ces vacances, se dit Imogène. Ces quelques journées au soleil l'avaient accompagnée jusqu'à la fin. Imogène mit la photo à part sur le comptoir de la réception.

— Imogène, tu aurais un moment ?

Elle leva les yeux vers Martin, debout près du bureau, qui paraissait mal à l'aise.

— Bien sûr. Qu'est-ce qui se passe ?

— C'est… (Il baissa la voix.) C'est Clarissa.

— Ah bon ? J'ai remarqué qu'elle était toujours là. Qu'est-ce qu'il y a ?

— Je pensais qu'elle ne resterait qu'un jour ou deux. Au début, elle disait qu'elle devait rentrer à Londres. Elle y a sa maison, et elle a parlé d'un travail…

— Mais tant qu'elle paie, ce n'est pas un problème, si ?

— Non, bien sûr que non. Elle paie rubis sur l'ongle, et elle est la bienvenue ici. Mais ça m'étonne.

— On change d'avis, parfois. C'est bien qu'elle se plaise assez pour rester. Je ne vois pas où est le problème.

— Ce n'est pas vraiment un problème. C'est simplement bizarre. Elle ne sort presque jamais depuis son arrivée. Elle reste dans sa chambre, ou bien elle se promène dans la maison.

— Bon…

— Et puis il y a la nuit.

— La nuit ?

— D'autres clients me l'ont signalé. Ils ne se plaignent pas vraiment – tout le monde a l'air de l'apprécier –, mais ils ont remarqué qu'elle se promène souvent pendant la nuit. Je l'ai même trouvée dans la cuisine l'autre jour, à trois heures du matin. Elle avait l'air perdu.

— Oui, c'est bizarre. Tu crois qu'elle va bien ?

— C'est ça qui m'inquiète. Elle a l'air au plus bas. Triste. J'ai essayé de lui demander comment elle allait, une ou deux fois, et on aurait dit qu'elle ne me voyait pas.

Imogène tapota le bras de son oncle d'une main consolatrice.

— Je vais lui parler.

Imogène toqua doucement à la porte de la chambre *Vacances romaines*, et attendit qu'on lui réponde, sans trop savoir comment elle serait reçue.

Clarissa ouvrit la porte, vêtue d'un long kimono de soie, ses cheveux auburn négligemment attachés. Elle possédait une élégance naturelle qui semblait défier le temps, mais elle paraissait toujours enveloppée de mélancolie.

— Bonjour, Imogène, dit-elle poliment. Comme c'est agréable d'avoir de la visite ! Entrez.

Imogène pénétra dans la pièce. D'un geste, Clarissa l'invita à s'asseoir et s'installa près de la fenêtre.

— Je suis désolée de vous déranger, mais je voulais vérifier que tout allait bien.

Clarissa rougit.

— Votre oncle vous a parlé de l'autre nuit.

— Il ne m'envoie pas…, commença Imogène.

Clarissa se mordit la lèvre.

— Vous n'avez pas à vous justifier. Il doit me trouver affreusement bizarre. Je suis tellement gênée qu'il m'ait surprise en train de déambuler dans la maison en pleine nuit. Je n'aurais pas dû entrer dans ces pièces.

— Il s'inquiète, voilà tout.

— Ça ne m'étonne pas. Il doit se demander pourquoi je reste là, dans un Bed & Breakfast, alors que je sors à peine, et que je pourrais habiter chez moi.

— Un peu, sûrement.

— J'ai une maison à Londres, comme je l'ai dit à Martin. Mais je n'ai pas envie d'être là-bas en ce moment. Mon père adoptif est mort il y a un mois, voyez-vous, et je n'avais que lui.

— Je suis navrée.

Clarissa baissa la tête, les yeux emplis de larmes.

— Je m'y attendais. Maman est morte quand j'étais petite, alors c'est lui et ses parents qui m'ont élevée.

— Ça n'a pas dû être facile de s'habituer.

— C'est vrai. Et ce n'est pas seulement le deuil. Il m'a raconté certains détails avant de mourir. Et je crois que je commence juste à réaliser.

— Et c'est plus facile ici ?

Des taches roses apparurent sur ses joues.

— Oui. C'est calme, ici. Et je crois que je m'y sens un peu chez moi.

Imogène redescendit l'escalier en se demandant comment expliquer la situation à Martin. Assis au comptoir de la réception, il lui lança un coup d'œil plein d'espoir.

— Comment ça s'est passé ? demanda-t-il en se levant.

— Bien, je crois.

— Y a-t-il quelque chose que je puisse dire ou faire ?

— Continue comme avant, conseilla Imogène. Elle vient de perdre son père adoptif. Et apparemment, elle n'a pas beaucoup de famille. Je ne comprends pas bien pourquoi, mais elle dit qu'elle se sent mieux ici.

— Bon. Je sais ce que ferait Maman si elle était encore en vie.

— La garder ici et lui offrir du thé, jusqu'à ce qu'elle ait repris des forces. C'est ce qu'elle faisait toujours pour les autres, non ?

À l'heure du déjeuner, Imogène sortit dans le jardin de la maison d'hôtes pour appeler Finn. Il décrocha sur un fond sonore de travaux de construction.

— Salut ! dit-elle en s'asseyant sur le muret, avec l'envie de bavarder.

— Salut, Imo.
— Comment ça se passe chez vous ?
— Qu'est-ce que tu dis ? cria-t-il pour se faire entendre dans le vacarme ambiant.
— Je disais « Comment ça… ». (Elle regarda à l'intérieur par la fenêtre et vit Martin qui traversait le séjour.) Ne t'inquiète pas, ça n'a pas d'importance.
— Je suis sorti, il y a un peu moins de bruit, annonça Finn. Tout va bien à « Elderberry House » ?
— Oui.
C'était vrai. Tout se passait sans encombre. Le seul problème venait de sa boîte mail, obstinément vide malgré les messages envoyés à ses contacts dans le monde de la photographie.
— Et toi ?
— Très bien, merci, comme tu peux sûrement l'entendre.
— Je me disais, ça te dirait de dîner dehors ce soir ? proposa Imogène. On pourrait essayer ce nouveau chinois qui vient d'ouvrir en ville ?
— Imo… J'aurais adoré. Mais si on veut tenir nos délais, Andy et moi, on va vraiment devoir y passer tout notre temps. On va travailler tard ce soir.
— D'accord, pas de problème. De toute façon, j'ai de quoi m'occuper.
— Mais tu vas bien ?
— Oui, très bien.
Elle aurait voulu qu'il dise quelque chose. Qu'il lui repose la question. Pour que ce petit mensonge ne reste pas suspendu entre eux.
Au bout du compte, ce fut la voix d'un inconnu appelant Finn depuis l'intérieur des locaux en travaux qui brisa le silence.

— Je ferais bien d'y aller, dit-il.

— Oui. Bien sûr. Bon, on se verra à la maison, alors.

— À tout à l'heure.

Elle raccrocha avec une sensation de vide. Le contraire de ce qu'elle éprouvait d'habitude après une conversation avec Finn. C'est le téléphone, se raisonna-t-elle. Ce n'est jamais l'idéal pour parler. Elle préférait de loin les discussions face à face. La prochaine fois qu'elle le verrait, tout rentrerait dans l'ordre.

Imogène retourna à l'intérieur. Dans le séjour, elle trouva Clarissa assise près de la fenêtre dans un rayon de soleil, les jambes repliées sous elle, un livre à la main. Elle portait un gros gilet crème et un jean.

— Que lisez-vous ? lui demanda gentiment Imogène.

— Je l'ai trouvé sur les étagères. *Chambre avec vue*. Jusqu'ici, c'est très bien. Votre grand-mère avait beaucoup de livres.

— C'est vrai, mais pour être honnête, elle avait l'habitude de les commencer, puis de les abandonner au milieu pour cuisiner, ou bavarder avec un voisin par-dessus la clôture. Elle adorait les livres et le cinéma, mais c'est la vie réelle qui lui plaisait le plus.

Clarissa sourit. Pour la première fois depuis son arrivée, elle avait l'air presque détendue.

— Elle nous offrait toujours des glaces. À Maman et moi. Elle vous a parlé de ma mère ? Elle s'appelait Emma. Emma Wilkinson.

Imogène fit un effort de mémoire, mais le nom ne lui disait rien.

— Elle m'en a peut-être touché deux mots. Je n'ai pas une bonne mémoire.

Le regard de Clarissa se fit plus distant.

— Je vais vous laisser à votre lecture, annonça Imogène.

— À plus tard, dit Clarissa avec un hochement de tête.

Imogène retourna au comptoir de la réception. Elle tria les cadres qu'elle avait achetés dans une brocante pour la maison d'hôtes, et en trouva un dans lequel mettre la photo d'Evie et Viviane. Elle l'accrocha à côté de la grande carte.

Elle reprit ce qu'elle avait déniché dans les vieux dossiers, tomba sur un plan de Sorrente et lui choisit un cadre. En le retournant pour l'y insérer, elle remarqua un nom griffonné au dos : Sr L. Esposito. Piazza Tasso, 30.

Elle retourna le plan, mais il ne portait aucune autre indication, en dehors d'une croix à laquelle le nom était sans doute lié. Elle repensa à la carte qu'Anna lui avait envoyée, avec sa nouvelle adresse. Sur le plan, elle constata que les deux adresses n'étaient qu'à quelques centaines de mètres l'une de l'autre.

Elle rangea le cadre, replia le plan et le remisa dans le tiroir du bureau. Sa grand-mère s'était toujours montrée ouverte avec elles, mais Imogène commençait à soupçonner qu'elle leur avait caché certaines choses. Cependant elle avait fait ses choix, et fouiner maintenant paraissait indiscret.

Chapitre 18

Matteo se chargea de la boutique en début d'après-midi, et Anna se dirigea vers la maison de Maria, de l'autre côté de la place. Elle frappa à la porte, un peu nerveuse. Quand Luigi lui avait présenté Maria à la boutique, elle l'avait tout de suite trouvé sympathique, mais la perspective de parler italien la stressait ; sa compréhension était assez bonne, mais les mots lui manquaient souvent pour s'exprimer. Elle rassembla son courage. Elle devait améliorer ses compétences linguistiques, elle le savait, et l'occasion semblait idéale.

— *Signora Anna !* s'exclama Maria en ouvrant la porte. Entrez.

— Merci, répondit gauchement Anna en anglais.

— *Italiano*, décréta fermement Maria.

Elle avait raison, Anna le savait. Quel était l'intérêt de prendre des cours d'italien si c'était pour parler anglais ? Et elle devait apprendre vite.

Maria l'entraîna vers le séjour, en lui posant des questions simples et en souriant d'un air approbateur devant les efforts d'Anna pour répondre en italien avec l'aide de son guide de conversation.

— Ma belle-mère arrive demain. Son anglais est très bon, mais je veux pouvoir lui parler en italien.

— Bien. Je peux vous aider.

Anna posa son guide sur la table basse entre elles.

— Ça, ça ne sert à rien. Je vais vous apprendre l'italien dont vous avez besoin.

Elles passèrent l'heure à faire le tour de la cuisine. Anna apprit le nom des fruits et des légumes, des ustensiles qu'elle utilisait tous les jours pour confectionner ses sorbets, des aliments dans le réfrigérateur. C'était un vocabulaire qu'elle entendait tout le temps dans la bouche de Matteo, mais quand il avait essayé, au début, de le lui enseigner, ça n'avait pas marché. Elle se sentait gênée devant lui, incapable à ce stade de maîtriser la prononciation, et consciente d'avoir l'air d'une touriste égarée. Avec Maria, c'était différent. Ses erreurs ne l'embarrassaient pas.

À la fin de la leçon, elles prirent un nouveau rendez-vous.

— Je crois que vous apprendrez très vite, assura Maria.

— Je l'espère de tout mon cœur.

La phrase en italien lui coula des lèvres. Elle eut l'impression de tenir dans ses mains les graines d'une nouvelle vie.

*

Elle retourna à la boutique, pleine de confiance et d'enthousiasme, et le soir au dîner, s'exerça même à parler en italien à Matteo. Elle se sentait prête pour un nouveau départ avec Elisa, sur des bases plus équilibrées. Quand sa belle-mère pénétra dans la boutique le lendemain avec Matteo, elle se prépara à employer quelques-unes des nouvelles expressions qu'elle avait apprises.

— Bella, mon amour ! s'exclama Elisa en serrant sa petite-fille dans ses bras. Bienvenue en Italie ! (Elle couvrait de baisers les membres potelés de l'enfant.) Merci d'avoir amené ce trésor en Italie, dit-elle à Matteo.

Anna sourit poliment et prépara la phrase qu'elle comptait dire en italien.

— Ravie de vous voir, Elisa. Je peux vous offrir un café ? Le voyage a dû être fatigant.

— Ah ! Elle parle italien. Ou du moins, elle essaie, ajouta-t-elle à l'intention de Matteo. Oui, s'il vous plaît, un café, répondit-elle à Anna.

Anna prit la cafetière.

— Fort, précisa Elisa. Je veux tout savoir. Mais bien sûr, on aura tout le temps, déclara-t-elle à son fils.

— Vous restez tout le week-end ? s'enquit Anna.

— Le week-end ? répéta Elisa en éclatant de rire. Bien sûr que non !

Anna regarda Matteo pour qu'il l'éclaire.

— *Mamma*, je ne l'ai pas encore dit à Anna…

Anna saisit tout juste le sens de ses paroles.

— Très bien, alors je peux annoncer moi-même la grande nouvelle, dit Elisa en anglais.

Anna se sentait de plus en plus mal à l'aise.

— *Mamma* va s'installer chez Carolina, dit Matteo.

— Je serai là tout l'été ! s'exclama Elisa. N'est-ce pas merveilleux ?

Anna en eut le souffle coupé. Elle foudroya Matteo du regard aussi discrètement qu'elle le put. Il haussa les épaules et articula sans bruit : « Désolé ! »

— Le père de Matteo gérera la boutique seul quelque temps. Et Filippo s'est montré si généreux. Il paie la villa, et il nous a même envoyé un peu d'argent de poche. Vraiment, c'est le gendre idéal, n'est-ce pas, Matteo ? Ses affaires sont si florissantes en ce moment. Carolina vous l'a dit ? C'est l'un des hommes les plus riches de la région. Nous sommes très fiers de lui.

Anna s'efforçait de comprendre. Comment Matteo avait-il pu lui cacher cela ?

— Je dois aller aux toilettes, dit Elisa. Où est-ce ?

— Juste au fond, là, lui indiqua Matteo.

— C'est formidable d'être ici, se réjouit Elisa en tapant dans ses mains. Et rien qu'en voyant la boutique, je sais déjà que vous aurez besoin de mon aide.

*

Pendant qu'ils mettaient la table pour le dîner, Anna garda un silence de marbre.

— Allez, Anna, on doit en parler, insista Matteo.

— Tout va bien, répliqua Anna.

Mais elle fulminait intérieurement.

— Écoute, je suis désolé de ne pas t'en avoir parlé plus tôt. Mais tu ne crois pas que ça sera bien ? *Mamma* pourra garder Bella, et peut-être t'aider pour les commandes en italien quand je ne serai pas là.

Anna avait la ferme intention de garder ses sentiments pour elle, mais elle ne put se contenir plus longtemps.

— Nous n'avons pas besoin d'aide, assena-t-elle. Et j'apprends l'italien, alors je ne serai bientôt plus un boulet.

— Je ne voulais pas dire…

— Désolée, s'excusa Anna, tentant de se reprendre. Je ne voulais pas m'énerver. Mais je croyais qu'on lançait cette boutique tous les deux. Je croyais que c'était pour cette raison qu'on était venus ici, à Sorrente.

— Et on continuera de la gérer tous les deux. D'accord, ma mère nous donnera peut-être des conseils de temps en temps, mais on n'est pas obligés de les suivre.

— Bien sûr, rétorqua-t-elle.

Peut-être qu'elle réagissait trop brutalement. Peut-être devrait-elle simplement accepter cette nouvelle situation, apprendre à vivre avec. Matteo avait raison, naturellement : la présence d'Elisa aurait des avantages.

— Je ne m'y attendais pas. Je pensais qu'elle viendrait juste nous rendre visite et non qu'elle resterait des semaines, sans doute des mois. Pourquoi ne m'as-tu pas dit qu'elle avait changé ses plans ?

— Je ne sais pas. Je voulais le faire, j'attendais le bon moment… Et puis, avant que je n'aie eu le temps de dire ouf, elle était là.

Anna le regarda avec sévérité, mais il lui fut vite impossible de rester fâchée devant ses doux yeux bruns.

— Je ne pouvais pas lui dire non. Elle veut simplement passer du temps avec Bella, et voir comment on s'en sort avec la boutique, c'est tout. Elle ne nous encombrera pas.

Anna inspira à fond. Il avait peut-être raison. Mais elle ne pouvait s'empêcher d'en douter.

Chapitre 19

Imogène, assise sur son canapé, enregistrait ses rendez-vous dans son smartphone.

« Samedi 14 h 00. Royal Pavilion. Mariage des Rogerson, puis réception dans les jardins. »

« Dimanche 10 h 00. Séance en studio avec le petit Joseph. »

Mariages et nourrissons commençaient à pulluler dans son agenda professionnel. Comme Lauren en avait plus qu'elle n'en pouvait faire, elle passait nombre de commandes à Imogène. C'était une bonne occasion d'élargir son expérience, mais elle avait toujours du mal à s'enthousiasmer pour ce travail.

Esposito… Le nom lui revint à l'esprit. Pourquoi ce nom et cette adresse figuraient-ils au dos du plan ? C'était l'écriture de Viviane, aucun doute. Avait-elle rendu visite à quelqu'un là-bas, à Sorrente, où Anna se trouvait à présent ?

L'ordinateur signala l'arrivée d'une demande d'ami sur Facebook. Elle vérifia le nom de l'expéditeur. Luca. Elle n'avait pas pensé à lui depuis une éternité. Bronzé, les cheveux bruns – ses racines italiennes transparaissaient, même si son accent n'évoquait que la côte ouest des États-Unis. Elle hésita sur la case « Ignorer ». Trois ans avaient passé depuis sa relation avec Luca, une histoire de vacances, avant qu'elle ne rencontre Finn. Elle ne s'était pas bien terminée ; les projets d'Imogène avaient changé après la mort de sa grand-mère et Luca avait choisi d'exprimer sa souffrance, qu'elle comprenait, en sortant avec une des amies proches d'Imogène.

Quelque chose l'empêcha de supprimer la demande. Le temps avait passé, non ? Et elle avait beaucoup d'amis sur Facebook avec qui elle ne partageait pratiquement rien de sa vie. Au moins, il avait compté pour elle à une époque, ils avaient été liés. L'ignorer paraissait mesquin. Ce n'était pas comme s'ils allaient discuter ou Dieu sait quoi. Elle cliqua sur « Accepter ».

Elle prit sa bicyclette pour se rendre à la boutique de crèmes glacées. Elle avait besoin d'air frais et de compagnie. Elle n'avait pas l'habitude de passer du temps seule à la maison, et n'était pas sûre d'y prendre grand plaisir. Ce matin-là, la boutique était bondée. Elle observa Evie qui se faufilait entre les tables avec grâce et aisance pour servir les commandes.

— Salut, Imogène ! lança-t-elle en agitant la main.

— Salut. Je passais juste voir comment tu t'en sortais. Tout va bien ?

— C'est génial ! Je suis débordée, comme tu vois.

— Tu as besoin d'aide ?

Imogène avait un peu de temps libre avant de devoir retourner au studio.

— Merci, mais non. Je dois avouer que ça me plaît assez d'être la patronne ici. Après tout, c'est pour ça que vous me payez, Anna et toi. Et puis, tu dois t'occuper de tes magnifiques photos.

Si bienveillantes que fussent ces paroles, elles faisaient mal. Pour l'instant, Imogène avait l'impression qu'elle ne prendrait plus jamais de magnifiques photos. Quelque chose l'avait abandonnée : cette étincelle qui la poussait à partir immortaliser le monde comme personne ne l'avait jamais fait. À créer quelque chose de beau. Elle se demanda si cette petite flamme se rallumerait un jour.

— Bon, c'est super de voir que tu t'en sors si bien. Ne me laisse pas te distraire.

Elle gagna l'école de surf en poussant sa bicyclette. Andy vint l'accueillir à la porte. Les travaux continuaient.

— Tu viens de louper Finn, annonça-t-il. Il est parti il y a cinq minutes à peine, pour acheter du matériel au grand magasin de bricolage.

— Ce n'est pas grave, déclara Imogène en essayant de cacher sa déception. Je le verrai plus tard.

— Mais attends, reprit Andy. Je suis bien content que tu sois passée, parce qu'on vient de trouver une boîte qui t'appartient. Enfin, elle appartenait à ta grand-mère. Je l'ai montrée à Evie – puisqu'elle était dans sa boutique – et elle m'a dit que Viviane la lui avait laissée, mais qu'elle ne l'avait jamais ouverte. Elle a dit qu'on pouvait tout jeter, que ça n'avait pas de valeur. Elle a réagi vraiment brutalement, mais elle était bouleversée, alors j'ai pensé qu'elle ne voulait pas remuer ces souvenirs. En tout cas, ça ne me paraît pas correct de la jeter.

— Merci, oui, acquiesça Imogène, blessée, se demandant pourquoi Evie ne lui en avait pas parlé. Je vais la prendre.

Andy rentra et revint avec un carton de format A4, fermé avec du gros Scotch marron.

— Dis à Finn que je suis passée, conclut-elle avant de s'éloigner.

Elle fit quelques pas sur la plage avec sa bicyclette, acheta une boisson et s'assit sur un banc. Elle contempla la boîte et hésita un moment. Il lui semblait que ce n'était pas à elle de l'ouvrir.

Enfin, sa curiosité l'emporta. Elle défit le Scotch. Dans la boîte se trouvait une lettre sur un papier bleu pâle. Elle ne reconnaissait pas l'écriture.

Chère Viviane,

Merci de m'avoir écrit. Bien sûr que je me rappelle cet été-là. Nous avons vécu un grand amour, le plus grand que j'aie jamais connu.

Imogène faillit s'étrangler. Cette lettre ne venait pas de son grand-père, elle en était sûre. Et la date : 2010. C'était peu avant la mort de sa grand-mère. Son instinct lui hurlait de ranger la lettre, de faire comme si elle ne l'avait jamais trouvée. D'effacer ce qu'elle avait fait. Mais elle était déjà allée trop loin. Elle devait poursuivre sa lecture. L'estomac noué, elle s'obligea à lire la suite.

Je n'ai jamais été aussi heureux qu'au temps où nous étions ensemble. Cette période a fait de moi le meilleur homme que je pouvais être.

Mais que signifient l'amour et la passion, si l'on perd sa famille ? À cette époque, je ne pouvais pas prendre ce risque. Parfois, ce n'est pas le bon moment. À l'époque, je ne pouvais pas courir le risque de blesser ma famille, mais maintenant, les enfants sont grands et c'est différent. Il m'est difficile de revivre ces sentiments. J'ai fermé cette porte il y a bien longtemps. Je ne sais pas pourquoi j'écris tout cela maintenant.

Alors je vais être courageux. Je joins une photo de moi, comme je suis maintenant : vieux, un peu fatigué, heureux pour l'essentiel. Quant à savoir si je serais prêt à des retrouvailles, j'y ai beaucoup réfléchi.

Oui. Oui, j'y suis prêt.

Elle souleva la lettre avec un sentiment d'urgence, et trouva une photo en dessous. Un homme aux alentours de la soixantaine, aux cheveux gris et au sourire chaleureux, vêtu d'une chemise élégante, devant ce qui avait l'air d'une oliveraie.

Aucun nom, pas de signature. Elle retourna l'enveloppe et déchiffra le tampon apposé sur le timbre italien : Sorrente.

Imogène tenta de comprendre ce qu'elle venait de lire, mais la tête lui tournait. Elle était perdue. Ses grands-parents s'aimaient profondément. Même après la mort de Stanley, Viviane avait conservé son souvenir bien vivant. Cet amour n'était-il qu'un mensonge ?

Imogène posa la lettre, en regrettant de l'avoir ouverte. Viviane répétait toujours à ses petites-filles d'être fidèles à elles-mêmes. Maintenant, ses paroles sonnaient creux.

Chapitre 20

À Sorrente, la boutique de crèmes glacées était ouverte depuis quinze jours, et Anna commençait tout juste à se détendre. Elle et Matteo se réjouissaient d'être si occupés chaque jour depuis l'inauguration, de jongler entre la préparation des glaces et le service aux tables, et de disposer d'un flot régulier de clients amicaux. Elle se sentait revigorée et, avec tant à organiser, trouvait plus facile que prévu d'éviter Elisa. Mais ce lundi matin-là, Matteo était parti en ville acheter des produits, Bella et Carolina jouaient sur la place, et elle se retrouva seule à la boutique avec sa belle-mère.

Elle se concentrait sur le sorbet aux coings qu'elle préparait.

— C'est intéressant, votre façon de faire, remarqua Elisa.

— On a préparé les fruits hier soir, alors ça prend moins de temps, expliqua Anna d'un ton enjoué.

— Personnellement, je préfère tout faire d'un coup. Je suis sûre que tout reste plus frais, ainsi.

Anna ne répondit pas et continua sa préparation.

— Je pourrais vous montrer ma méthode, proposa Elisa.

— Merci, répondit diplomatiquement Anna. Mais je me suis habituée à cette méthode et, franchement, elle me convient.

— Ce n'est pas très… Enfin, ce n'est pas très italien. Les sorbets, pour nous, ce sont les granités avec de la glace pilée. Les vôtres, ceux au citron et à la mandarine, sont très lisses. Je ne dis pas qu'ils ne sont pas bons, poursuivit-elle en secouant la tête, et je reconnais que les touristes ont l'air de les apprécier, mais ce ne sont pas des recettes traditionnelles.

— Nous ne sommes pas une boutique traditionnelle, riposta Anna, poliment mais fermement. Nous respectons la manière italienne de faire les glaces, naturellement, et nous proposons beaucoup de *gelati*, mais nous voulons aussi ajouter quelques idées nouvelles.

— Vos clients se lasseront vite de toutes ces nouveautés. Croyez-moi, j'ai plus de…

Anna n'avait pas besoin d'écouter la suite, elle la connaissait déjà par cœur : Elisa avait plus de trente ans d'expérience en matière de crèmes glacées. Elle et Giacomo connaissaient la clientèle italienne mieux que quiconque dans le pays.

— Je sais que votre grand-mère tenait une boutique, alors vous avez peut-être aussi une histoire, mais c'est différent, ce qu'on fait ici.

— J'en ai conscience, répondit Anna, dont la patience s'épuisait. Elisa, nous avons notre propre façon de…

Matteo entra et Anna n'acheva pas sa phrase.

— Salut, dit-elle, aussitôt soulagée.

— Mon chéri ! s'exclama Elisa. Où étais-tu ? J'ai encore agacé ta femme. Elle est tellement susceptible.

— Je faisais les courses, *mamma*. Je te l'ai dit. Et je suis sûr qu'Anna n'est pas fâchée du tout, pas vrai, Anna ? ajouta-t-il en posant ses sacs sur le comptoir.

Il l'enlaça et la regarda.

Elle hocha la tête, mais le dévisagea d'un air entendu pour manifester sa contrariété.

— En fait, Matteo, je me demandais si ta mère et toi pourriez retourner faire des courses.

— Pourquoi ? Je n'ai rien oublié, protesta-t-il en vérifiant les provisions qu'il avait rapportées.

— Si, il manque vraiment quelque chose, insista-t-elle en ouvrant grand les yeux et en regardant Elisa. Un petit tour chez les commerçants du quartier, c'est tout.

Matteo saisit enfin.

— D'accord. Viens, *mamma*, allons prendre l'air.

Après le départ d'Elisa et Matteo, Anna put savourer la relative tranquillité de la boutique. Ses joues cuisaient encore de la frustration de ne pouvoir dire à sa belle-mère exactement ce qu'elle ressentait. Elle prit quelques profondes inspirations pour calmer ses nerfs. Elisa essayait seulement de les aider, se raisonna-t-elle. Elle pouvait faire face, contenir ses sentiments, pour ne blesser ni sa belle-mère ni Matteo. Tant qu'elle ne voyait Elisa qu'à petites doses, cela semblait possible.

Elle commença à servir les clients, des familles anglaises et allemandes et une succession d'enfants du quartier. Vers midi, Luigi fit son apparition avec un sourire chaleureux.

— Bonjour, *signora*. Comment va aujourd'hui ?

— Très bien, merci, Luigi. Et vous ?

— Très bien. Aujourd'hui est un grand jour. C'est pourquoi je suis venu fêter ça avec une de vos glaces. Pistache et chocolat, s'il vous plaît.

Elle saisit sa cuillère à glace argentée.

— Que fêtez-vous ?

— Ma fille vient de m'appeler : elle a décroché un poste de pédiatre à Naples.

— C'est merveilleux ! Dans ce cas, c'est la maison qui régale. Vous et votre femme devez être très fiers.

— Oh non, dit Luigi en secouant la tête. Il n'y a que moi.

— Je suis désolée, s'excusa Anna en rougissant. Je croyais… Quelle idiote !

— Ne vous inquiétez pas. Ma femme est morte depuis longtemps. J'ai élevé mon fils et ma fille seul presque depuis le début.

— Vous ne vous êtes jamais remarié ?

Il secoua la tête et parut envahi de lassitude.

— La vie est parfois compliquée, Anna.

Elle lui tendit son cornet.

— Bien sûr.

— Et elle passe si vite, n'est-ce pas ? Mais vous et Matteo, avec votre magnifique petite fille, vous semblez avoir une belle vie. La *bella* Bella. Les enfants sont un cadeau, Anna. Quand ils sont là, ils deviennent la chose la plus importante de votre vie.

— Oui, Bella est bien de cet avis, sourit Anna.

Il se tut un instant, puis reprit :

— Mais je ne suis pas venu vous raconter ma vie, déclara-t-il d'une voix plus gaie. Où est le reste de votre famille aujourd'hui ?

— Matteo est avec sa mère. Ils sont allés faire les courses.

— Bon, bon. Je viens d'apprendre que votre Matteo est un Bonomi. Vous appartenez à l'une des familles de glaciers les plus célèbres d'Italie.

— Oui. On en a de la chance.

— Les conseils de ses parents doivent vous être précieux.

— D'une certaine façon, répondit Anna en haussant imperceptiblement les sourcils.

Luigi saisit immédiatement ses réserves.

— Je vois. Toute médaille a son revers, commenta-t-il en riant. C'est ça, la famille.

Matteo revint à la boutique dans l'après-midi. Anna l'embrassa, mais sentit qu'il restait distant. Quand elle s'écarta, il évita son regard. Il paraissait ailleurs.

— Tout s'est bien passé ici ? demanda-t-il d'un ton neutre et réservé.

— Très bien, merci. Luigi est passé, et ensuite j'ai eu une nuée d'écoliers. Il y a un instant, on a eu des randonneurs espagnols, ils ont dit qu'ils avaient entendu parler de nos esquimaux au cappuccino dans le train. Apparemment, on est la coqueluche des voyageurs du rail.

— C'est génial.

Il détourna les yeux, l'air déstabilisé.

— C'est ce que je me suis dit. Potentiellement, c'est une nouvelle source de clients. Ça va ?

— C'est ma mère. On a discuté en faisant les courses.

— Et… ?

— Elle s'inquiète de ce qu'on fait ici. Elle trouve qu'on va trop loin dans nos innovations, trop vite.

Les gens d'ici sont habitués à la *gelateria* classique, et notre boutique n'en est pas une.

— Et c'est ce qu'on voulait faire, lui rappela Anna en tentant de garder son calme. On l'a toujours dit. Notre projet, c'est de faire quelque chose de neuf, de prendre des risques. Et pour l'instant, ça marche vraiment bien.

— Je sais, mais… Tu sais ce que c'est, répondit Matteo avec un haussement d'épaules résigné. *Mamma* et *papà* pensent qu'on s'écarte de la tradition familiale en se diversifiant.

— Et alors ? Tu es d'accord avec eux ?

Anna sentait ses joues s'empourprer.

— Ils n'ont peut-être pas tort. Après tout, ce qu'on fait depuis deux ou trois ans, ils le font depuis…

— Plus de trente, répliqua Anna d'un ton sec.

— Ce n'est pas la peine de le prendre comme ça. Elle est de notre côté. Lui aussi.

— Je suis désolée, Matteo, mais c'est notre boutique. On n'est pas forcés de suivre les règles tout le temps. On avait décidé de faire les choses à notre façon.

— Et c'est ce qu'on fera, approuva Matteo d'une voix douce. Mais avec peut-être un ou deux changements, c'est tout.

Le lendemain, pendant que Matteo s'occupait de Bella dehors et que la boutique était déserte, Anna appela Imogène. Elles bavardèrent un moment de ce qui se passait à Sorrente. Anna lui raconta qu'Elisa était venue habiter dans la villa avec Carolina, et s'était mise à se mêler de tout.

— Tu trouves que je prends tout ça trop à cœur ? demanda-t-elle à sa sœur.

Elle se sentait trop impliquée émotionnellement pour rester objective.

— Je ne crois pas, non. Moi, ça me rendrait dingue. Et en plus, c'est précisément pour cette raison que vous n'êtes pas allés à Sienne.

— Oui, soupira Anna. J'espérais vraiment qu'on pourrait éviter tout ça. Mais c'était peut-être naïf de ma part. J'aurais dû me douter qu'elle trouverait un moyen de s'immiscer dans notre vie ici. Encore que je n'aurais sûrement pas pu prévoir qu'elle irait jusqu'à s'installer au coin de la rue.

— Mmm, c'est un coup dur.

— On est venus à Sorrente pour prendre un nouveau départ, rien que nous trois, reprit Anna d'une voix amère. Je sais que la famille de Matteo a des décennies d'expérience en matière de crèmes glacées, mais je veux qu'on travaille seuls.

— Évidemment. Nous avons réussi avec la boutique de Mamie, tu n'as besoin de personne.

Anna se sentit mieux, rien que d'avoir pu évacuer sa frustration en parlant à cœur ouvert avec sa sœur, plutôt que de tout garder pour elle comme elle s'y sentait obligée avec Matteo.

— Je ne devrais pas être si négative. Il y a des gens vraiment gentils ici, et Carolina est formidable. Je l'aime beaucoup. Mais certaines choses commencent à me manquer. Sortir prendre un café avec toi, la sensation d'être dans mon monde pour un moment. Tu vois ce que je veux dire ?

— Oui. Tu me manques drôlement.

Une boule se forma dans la gorge d'Anna et elle se rendit compte qu'elle avait plus le mal du pays qu'elle ne se l'avouait.

— Et à Brighton, quelles nouvelles ?

— Tout va bien. La maison d'hôtes a beaucoup de succès. J'ai installé un nouveau système de réservations. Heureusement, parce que le bouche à oreille commence à fonctionner.

— Beaucoup de week-ends ?

— Surtout, même s'il y a une cliente qui est là depuis quelque temps. Depuis l'ouverture, en fait.

— Ah bon ?

— Elle est un peu bizarre. Elle s'appelle Clarissa. Elle est sympa, elle dit qu'elle a connu Mamie à l'époque du *Sunset 99*.

— Je sens qu'il y a un mais.

— Je ne la comprends pas très bien. Elle m'a posé des questions sur Mamie, et sur Martin, aussi. Des questions comme ça, en passant. On dirait qu'elle essaie de se faire une idée de Mamie. Je suppose que c'est normal. La maison contient des objets personnels, ça peut éveiller la curiosité… Mais je commence à me demander s'il n'y a pas autre chose là-dessous. Et puis, elle m'a dit que son père adoptif venait de mourir, et je crois qu'elle est encore sous le coup.

— Ce doit être l'explication, tu ne crois pas ? Elle pense peut-être que vous avez traversé la même épreuve et elle essaie d'établir un lien.

— Peut-être. Mais je ne veux pas me montrer mesquine, reprit Imogène après un silence. Elle est très gentille.

— Comment ça se passe à la boutique ? J'ai reçu les derniers chiffres que tu m'as envoyés. Ça a l'air de bien marcher.

— Ça roule. Evie fait un travail formidable. Les clients l'adorent, et elle m'assure qu'elle s'en sort très bien toute seule.

— Je suis contente, on a bien fait de suivre notre instinct. Mamie aurait adoré savoir qu'Evie est là pour mener la barque.

— Oui, et ça a sûrement adouci son chagrin de vendre la boutique de souvenirs. C'est drôle, ça ne lui fait ni chaud ni froid de voir Finn, Andy et son père tout casser.

— Ils n'ont pas perdu de temps. Finn doit être ravi.

Anna regrettait un peu de ne pas pouvoir constater le changement des arcades de ses propres yeux. Elle avait l'habitude de savoir tout ce qui se passait sur cette petite portion du front de mer, plutôt que d'en entendre parler par quelqu'un d'autre.

— C'est vrai. Ça l'occupe beaucoup. Il travaille souvent tard.

— Tu lui as parlé de ce que tu ressentais ? Désolée, poursuivit-elle devant le silence d'Imogène. Ce sont tes affaires.

— Non, ça va. Mais il est très occupé, et moi… En fait, je ne suis pas occupée du tout, en tout cas pas par le travail.

— Non ?

— Non. Dis-moi, est-ce que tu as prévu quelque chose pour début juillet ?

— Rien qui sorte de l'ordinaire. Jongler entre Bella et une cargaison de cornets, essayer de caser une douche et une conversation avec Matteo de temps en temps. Pourquoi ?

— J'envisageais de venir vous voir.

Anna bondit de joie.

— Ne me fais pas marcher, Imogène. Tu es vraiment sérieuse ?

— Bien sûr !

— Combien de temps ?

— Une dizaine de jours ? Ça t'irait ?

— Tout l'été, ça m'irait ! Nous avons de la place pour toi et Finn dans l'appartement.

— Oh, il n'y aura probablement que moi.

— Comment ça ?

— Finn est très occupé avec les travaux de l'école.

— C'est dommage.

— Je lui proposerai quand même.

— Tu crois que Papa et Maman voudraient venir aussi ? Je comptais le leur proposer, mais je voulais que tout soit en place ici, d'abord.

— Je suis sûre que ça leur plairait, mais…

— Je comprends. Ils pourront venir plus tard. Ils vont bien ?

— Oui, je crois. Maman ne sait pas trop quoi faire de ses dix doigts, mais Papa a l'air en forme. Ils font un saut de temps en temps à la maison d'hôtes pour vérifier que Martin s'en sort.

— Papa s'est fait à l'idée ?

— Oui, tout est rentré dans l'ordre maintenant.

Anna se tut un moment.

— Je suis tellement contente, Imogène. J'espère vraiment que tu vas pouvoir venir. J'adorerais te faire visiter les environs.

De la boutique, Anna aperçut Matteo qui traversait la place, avec Elisa et Bella. Elle se précipita pour lui annoncer la bonne nouvelle.

— Je viens d'avoir Imogène au téléphone. Elle vient nous rendre visite ! Tatie vient nous voir ! ajouta-t-elle en serrant Bella contre elle.

— C'est génial, dit Matteo avec un grand sourire.

— Votre sœur vient ? C'est fantastique, commenta Elisa. Une gentille fille, cette Imogène. Peut-être un peu… Comment dites-vous ? Garçon manqué. Sa façon de s'habiller.

— *Mamma*, protesta doucement Matteo.

— Mais c'est peut-être la mode, en Angleterre, se corrigea Elisa. En tout cas, c'est une bonne nouvelle. Ça vous fera de la compagnie.

— Je meurs d'impatience, dit Anna.

— Elle pourra peut-être vous aider à faire le ménage dans l'appartement. Apparemment, vous n'avez pas le temps de vous en occuper.

— Je ne crois pas qu'on fera le ménage pendant son séjour, répliqua Anna d'une voix calme et égale, en essayant de ne pas se laisser affecter par la remarque d'Elisa.

— Vous ne devriez pas vous laisser aller trop longtemps. Carolina pourrait peut-être vous aider. La maison où elle habite avec Filippo à Sienne, c'est comme à la télévision. Tout brille, le linge de lit est repassé…

Anna inspira à fond pour se retenir de répondre. C'était toujours Carolina et Filippo ci, Carolina et Filippo ça… L'argent, la cuisine, la maison. C'était fatigant d'être comparé à un couple qui paraissait si parfait.

— La situation de Carolina est un peu différente, intervint Matteo avec diplomatie. Et puis, elle et Filippo ont une femme de ménage.

— Moi, je n'en ai jamais eu, commença Elisa, et…

— Qu'est-ce que vous avez acheté ? demanda Anna pour changer de sujet, en désignant les sacs en plastique que tenait sa belle-mère.

— Je n'ai pas pu résister, j'ai acheté quelques vêtements à ma magnifique petite-fille, déclara Elisa en déballant un article.

Bella observa le tissu rose avec délice et, quand sa grand-mère souleva la robe, révélant une cascade de dentelles et de volants, elle joignit les mains de bonheur.

— Vous voyez ! Je savais bien qu'elle l'aimerait ! se réjouit Elisa, très contente d'elle.

— C'est une gentille attention, *mamma*, merci, déclara Matteo.

— Oui, merci, Elisa, ajouta Anna pendant que sa fille tâtait les volants en piaillant de joie.

— Oh, ce n'est que le début. Il y en a bien d'autres !

Elle plongea la main dans un autre sac et en sortit une paire de chaussures roses pailletées, à talons, et une trousse de maquillage.

Anna regarda Matteo, un peu inquiète, et leurs regards se croisèrent. Elle attendit qu'il dise quelque chose.

— Je ne sais pas, Elisa. Elle n'a même pas deux ans. Elle est trop petite pour…

— Des chaussures ! s'exclama Bella en s'en emparant avec une expression de bonheur sans nuages.

Anna lança un coup d'œil à Matteo pour qu'il la soutienne, mais il resta silencieux. Maintenant qu'ils habitaient ici, les cadeaux ne pouvaient plus « disparaître » au fond de la penderie de Bella. Elisa s'attendrait à la voir les porter. Avec l'aide de sa grand-mère, la petite fille ouvrit le tube de rouge à lèvres et Elisa lui en mit un peu sur la bouche.

— C'est vraiment très gentil, commença Anna. Mais je crois qu'il vaut mieux attendre un peu pour les talons. Ces chaussures sont magnifiques, mais ses pieds sont en pleine croissance et il faut être prudent.

— Oh, tout ira bien. On en a mis à Carolina dès son plus jeune âge. Et regardez, Bella les adore. Je crois qu'elle les préfère à ce qu'elle porte ces temps-ci.

Anna contempla la salopette à rayures bleues et les sandales Clark rouges qu'elle avait mises à sa fille ce matin-là.

— Elle m'a l'air plutôt contente de sa tenue. (C'était l'idéal pour ce que Bella aimait le plus : courir, embrasser les chiens, jouer dans la boue.) Franchement, je ne suis pas sûre qu'elle remarque ce qu'elle a sur le dos.

— Mais ce n'est pas très féminin. Vous avez vu les autres petites filles du quartier ?

— Je ne veux pas qu'elle soit comme toutes les autres.

L'émotion montait dans la voix d'Anna, elle ne pouvait plus contenir son irritation.

— Mais Matteo est de mon avis. N'est-ce pas, Matteo ?

— *Mamma*…

— Vous voyez ? Lui aussi trouve qu'elle a de la chance d'avoir une grand-mère comme moi pour lui acheter de jolies choses. Tu ne crois pas, Bella ?

Bella sortait un monceau de vêtements roses des sacs de sa grand-mère en gazouillant gaiement.

— Beaucoup de chance, grinça Anna.

Chapitre 21

Après sa conversation avec Anna, Imogène poursuivit sa promenade sur le front de mer. Elle avait éprouvé un sentiment étrange en passant sous silence la lettre et la photo qu'elle avait trouvées. Elle avait eu l'impression de mentir à Anna, la personne dont elle se sentait pourtant le plus proche, l'autre petite-fille de Viviane. Mais que savait-elle en réalité ? Sa seule certitude, c'était que le lien entre Viviane et cet homme inconnu était si fort qu'elle pensait encore à lui des années plus tard, au point de reprendre contact. Imogène voulait en apprendre davantage avant de courir le risque de bouleverser un membre de sa famille pour ce qui pourrait se révéler une broutille.

Imogène se remémora son grand-père, Stanley. Viviane était folle de lui. Sa disparition, avant même ses soixante ans, l'avait dévastée. Ou alors, Imogène et sa famille avaient fait fausse route. Peut-être que durant toutes ses années avec Stanley, et après la mort de ce dernier, Viviane ne rêvait en réalité que de retrouver quelqu'un d'autre.

Le mariage de ses grands-parents… Elle l'avait toujours cru parfait. Ils disposaient des meilleurs ingrédients : la bonté, l'amour, la stabilité… Et pourtant, malgré tout, ils n'avaient pas réussi. Pas comme tout le monde le croyait, en tout cas.

Elle contempla l'étendue de mer où les cendres de sa grand-mère avaient été dispersées. Le lieu de son dernier repos n'avait en fait rien d'un lieu de repos, secoué qu'il était, en permanence, par le flux et le reflux. Peut-être son esprit aussi était-il agité.

— Qui était-ce ? demanda-t-elle à voix basse, tournée vers les vagues.

Elle devait découvrir la vérité. Et quelque chose lui disait qu'elle ne la trouverait qu'en Italie.

Ce soir-là, Finn réveilla Imogène en rentrant. Il prit une douche puis pénétra dans leur chambre. Elle consulta son téléphone : il était plus de minuit.

— Tu rentres tard, remarqua-t-elle en repoussant la couette.

— Oui. Ce sera comme ça quelque temps, j'en ai peur. Mais on progresse.

Il s'allongea près d'elle.

Elle se souleva sur un coude et l'observa. Il l'embrassa avec douceur.

— J'ai eu Anna au téléphone aujourd'hui.

— Comment ça va pour eux ?

— Bien, je crois. On n'a pas discuté longtemps, mais ils ont l'air de trouver leur place. Je parie qu'ils vont passer un été génial là-bas. Et franchement, ils ne manquent pas grand-chose ici, pas vrai ?

L'été n'avait pas encore tout à fait trouvé la côte sud de l'Angleterre. Malgré une journée de soleil de temps en temps, la grisaille commençait à saper le moral d'Imogène.

— D’habitude, c’est le contraire. C’est toi qui pars pour un endroit de rêve tandis que nous, on reste sous la pluie. C’est le tour d’Anna.

— Je sais.

— Tu as envie d’y aller ?

Elle mesura combien sa sœur lui manquait. Puis elle pensa à l’autre raison qui la poussait à partir en Italie : la lettre, le mystère autour de sa grand-mère, qu’elle se sentait obligée d’élucider.

— Oui, très.

— Alors vas-y.

Il semblait détaché, silencieux. Comme souvent ces derniers temps.

— Sans toi ?

Il haussa les épaules.

— J’adorerais t’accompagner, mais avec ce qui se passe à l’école, je ne peux pas me permettre de prendre des vacances. Tu as l’habitude de voyager seule, non ?

— Oui, bien sûr.

Elle ne s’attendait pas à se sentir si triste.

— Encore un peu de gigot, Imogène ? proposa Jan en tendant le plat à sa fille.

— Non merci, Maman.

— Allez, ressers-toi. Tu y as à peine touché.

Finn et Imogène étaient venus passer le week-end dans le cottage de Tom et Jan à Lewes, tout près de Brighton. Imogène et Anna se sentiraient toujours chez elles dans cette maison, avec sa porte encadrée de jasmin et les sculptures de Tom le long de son allée. Ce qui était réconfortant, d’un côté, se dit Imogène. Et rageant de l’autre.

— C'est vrai que tu n'as pas mangé grand-chose, ma chérie, intervint Tom en regardant la tranche de viande à peine entamée dans l'assiette de sa fille.

— Je n'ai pas très faim aujourd'hui.

— Tout va bien ? demanda son père avec douceur.

— Oui, très bien. On a pris un énorme petit-déjeuner ce matin, c'est tout.

Du coin de l'œil, elle vit Finn lui lancer un regard, ce qui ne fit qu'accroître le poids de son mensonge sur sa conscience. À la vérité, son appétit avait chuté depuis quelques semaines. Elle ne s'en expliquait pas la raison, sinon que, depuis le départ d'Anna, elle avait l'impression persistante que quelque chose clochait.

— Je suppose que tu as besoin de carburant, déclara Tom à Finn. J'ai entendu dire que tu travaillais dur à l'extension de l'école.

— En fait, on fait surtout de la démolition, répondit Finn avec un sourire. Murs abattus, poussière de plâtre partout… Evie se montre très compréhensive, elle nous apporte même du thé pendant qu'on trime. J'avais peur qu'elle ne soit triste, mais selon elle, ça a quelque chose de satisfaisant de voir la boutique changer aussi radicalement. En tout cas, on devrait avoir pratiquement fini à l'automne.

— Je suis sûr que ce sera une réussite, comme pour l'école elle-même, déclara Tom.

— Ça fait quelque temps qu'on en parlait, Andy et moi, alors on est vraiment contents de se lancer. C'est très coûteux dans l'immédiat, mais on est certains que ça nous apportera des revenus plus stables à l'avenir.

— C'est appréciable, remarqua Jan. N'est-ce pas, Imogène ?

— Oui, bien sûr. Ce sera formidable quand ce sera fini.

— Un jeune couple comme vous a besoin d'un peu de sécurité quand il s'installe, et ton domaine… Disons qu'il n'est pas très fiable, n'est-ce pas, Imogène ?

Finn croisa son regard. Il parut percevoir son irritation.

— Non, Maman, en effet.

— Ce n'est pas cher payé pour faire ce qu'on aime, commenta Tom en souriant à sa fille. Et pour ton dernier projet, c'est dommage, mais je suis sûr que quelque chose d'encore mieux va se présenter bientôt.

— Merci, Papa. Et puis, ce n'est pas comme si Finn m'entretenait. Je shoote en studio, à des mariages. J'ai même réussi à mettre un peu d'argent de côté.

— Très raisonnable, approuva Jan. Je serais quand même plus tranquille si tu ne travaillais pas en freelance. C'est affreusement risqué : pas de retraite, pas de congés maladie. Tu devrais penser à ouvrir un compte d'épargne. C'est défiscalisé et…

— En fait, je sais déjà comment je vais le dépenser, coupa Imogène. Un voyage en Italie.

— Oh ! fit Jan. Ça paraît très soudain. Tu en as parlé à Anna ?

— Bien sûr. Elle est ravie.

— C'est formidable. Tu l'accompagnes ? demanda Tom à Finn.

— Je voudrais bien, mais avec les travaux, je vais avoir de quoi m'occuper ici.

— En plus de voir Anna, je pourrais faire des photos, surtout à Capri. J'ai toujours rêvé d'y aller.

— Merveilleux, commenta Tom, le regard voilé. Ta grand-mère disait toujours que c'était magnifique.

Imogène pensa aux interrogations que la lettre avait fait naître en elle. Elle espéra qu'en Italie elle pourrait commencer à y voir plus clair.

— Enfin, tant que ce n'est pas un prétexte pour prendre des vacances, soupira Jan. Parce que tu en as eu suffisamment.

Imogène lui lança un regard noir.

— Quoi ? se défendit Jan. Tout le monde doit s'installer un jour ou l'autre. Même toi. Quelqu'un veut un dessert ?

Chapitre 22

Anna traversa la place pour entrer dans le restaurant de Luigi. À dix heures du matin, l'établissement était calme. Son voisin essuyait les tables en chantant à tue-tête des airs d'opéra qu'Anna connaissait vaguement pour les avoir entendus dans des publicités pour crèmes glacées.

— *Milady !* la salua-t-il. Encore une fois, vous venez éclairer ma journée, *principessa*.

Anna éclata de rire.

— J'ai reçu de bonnes nouvelles hier, Luigi. Ma sœur a réservé son billet d'avion pour venir nous voir.

Tard dans la soirée, un texto enthousiaste lui avait confirmé la venue d'Imogène.

— Formidable ! Si elle vous ressemble, la rencontrer sera un plaisir.

— Imogène ne me ressemble pas du tout. Et c'est tant mieux. Elle va vous plaire.

— J'en suis sûr. Et ce sera agréable pour vous d'avoir quelqu'un de chez vous ici, j'imagine.

Anna hocha la tête. La solitude s'était insinuée en elle, si discrètement qu'elle ne l'avait presque pas remarquée, et la perspective de retrouver Imogène lui remontait le moral.

— Amenez-la manger ici. Je vous réserverai la meilleure table de la maison.

— Merci, je n'y manquerai pas.

— Je pourrais me raconter que vous n'êtes venue que pour le plaisir de ma conversation, mais je sais que vous êtes très occupée.

— C'est vrai, vous avez raison, Luigi. Je suis venue vous demander un service. Nous sommes à court de coupes pour nos glaces, figurez-vous. En auriez-vous à nous prêter ?

— Bien sûr, bien sûr, dit-il en lui faisant signe de venir derrière le comptoir. Les clients sont plus nombreux que prévu ?

— Je pensais qu'il nous faudrait du temps pour nous bâtir une réputation. Mais on a eu la queue jusque sur la place ce matin !

— C'est une bonne nouvelle, commenta Luigi en empilant des coupes sur un plateau. Vous l'avez bien mérité. Les touristes ? Ils ne sont pas trop exigeants. Mais les gens d'ici ne se déplacent pas pour n'importe quelle glace, vous savez.

— Oui, c'est flatteur. Comment votre fille s'adapte-t-elle à son nouveau travail ?

— Très bien, merci. Les journées sont longues, mais elle aime vraiment son travail et elle a fait des études poussées pour en arriver là. En fait, on attend tous un coup de fil en ce moment. Son frère – mon fils – travaille la terre tout près d'ici. Lui et sa femme vont avoir un bébé.

— C'est génial !

— D'un jour à l'autre, je vais devenir grand-père.

— Merveilleux ! Tenez-moi au courant.

Elle vit quelque chose de nouveau en lui, de l'euphorie dans ses yeux. Elle pensa à son propre père et à la façon dont il avait tenu Bella dans ses bras, à sa naissance. Ce jour-là, leurs vies, à elle et Matteo, n'avaient pas été les seules à changer.

À la fin de cet après-midi-là, Anna prépara du thé et un gâteau. Carolina vint s'installer avec elle et Matteo sur le balcon. Comme Elisa gardait Bella, Matteo avait proposé de l'inviter.

— Comment se passe le voyage de Filippo ? s'enquit-il. *Mamma* n'arrête pas de s'extasier sur la bonne marche de ses affaires.

— Les affaires sont en plein essor, répondit Carolina.

— Mais ? reprit Matteo.

Ainsi, lui aussi avait perçu la froideur dans la voix de sa sœur, se dit Anna.

— À tel point que je ne crois pas qu'il viendra nous rejoindre de tout l'été.

— C'est dommage, commenta Anna.

— Ah bon ? fit Carolina en haussant les épaules.

Anna remarqua des ombres noires sous ses yeux.

— Ça va ? demanda-t-elle avec douceur.

— Pas vraiment. Franchement, je me demande ce que je lui trouvais.

Anna se figea un instant, interdite.

— Ça va si mal que ça ? interrogea-t-elle.

Matteo aussi semblait inquiet.

— Pire. Je crois que notre mariage est terminé.

— Qu'est-ce qui s'est passé ? demanda Matteo.

— On avait déjà des problèmes avant Noël, et là, il a dit qu'il ne pourrait pas venir en Angleterre avec nous, raconta Carolina dans son anglais clair et précis. Mais j'ai pensé qu'on pourrait arranger les choses, je croyais que notre mariage avait de la valeur.

— Il y a quelqu'un d'autre ? avança timidement Anna.

— Oui.

Les yeux de Carolina s'emplirent de larmes.

Matteo secoua la tête. Anna vit qu'il s'efforçait de réprimer sa colère.

— Tu en es sûre ? insista Anna.

— Oui. Je sentais que quelque chose n'allait pas. J'ai vérifié ses reçus de carte de crédit, et j'ai vu qu'il avait passé des nuits à l'hôtel et payé des dîners hors de prix à des moments où il prétendait être en voyage d'affaires.

— Il l'a avoué ? demanda Matteo.

— Non, bien sûr que non. Ce serait trop facile. Il dit que je suis paranoïaque, ajouta-t-elle en secouant la tête. Et que j'ai eu tort de fouiller dans ses affaires.

— C'est affreux, soupira Anna.

Carolina haussa les épaules.

— C'est pénible. On doute de soi. Je ne sais plus qui a tort et qui a raison. C'est peut-être moi qui l'ai rejeté.

— Rien de ce que tu aurais pu faire ne mérite qu'il te trompe, affirma Matteo. Tu vas divorcer, bien sûr.

Anna lui lança un regard sévère, dans l'espoir qu'il comprendrait et montrerait un peu plus de douceur.

Carolina leva la tête, les yeux pleins de larmes.

— Tu es trop bien pour lui, Caro, reprit Matteo.

— J'ai besoin de temps pour m'éclaircir les idées, c'est tout.

Chapitre 23

Très tôt, par une belle matinée de juillet, Imogène vérifia le contenu de sa valise : pantalons d'été, trois maillots deux-pièces, des tongs et un chapeau par-dessus quelques autres affaires. Puis elle prépara la sacoche de son appareil photo. Tout ce qu'il lui fallait pour un voyage sur la côte amalfitaine.

Elle brûlait d'impatience à l'idée de revoir Anna, et de sentir à nouveau le soleil sur son visage. C'était le moment idéal pour partir en voyage. Au cours des semaines précédentes, Evie avait fait preuve d'un vrai talent pour la confection et la vente de glaces, et à la maison d'hôtes, Martin avait trouvé ses marques. De sorte qu'Imogène ne laissait tomber personne. Elle n'avait qu'une seule réserve, liée à la maison d'hôtes. Elle s'inquiétait pour Clarissa. Elle avait vu son père sombrer dans la dépression et ne voulait pas revivre cette expérience. Elle avait demandé à sa mère de passer la voir de temps en temps, pour s'assurer qu'elle allait bien.

Il ne restait qu'un objet à ranger dans ses bagages. Elle prit une pochette dans le tiroir de son bureau et la glissa dans son sac à main. À l'intérieur se trouvaient la lettre et la photo de la boîte en carton, ainsi que le plan et la carte dénichés à la maison d'hôtes, pliés. En Italie, elle découvrirait ce qui s'était passé. Elle éluciderait ce mystère.

Elle regarda Finn, toujours endormi. L'homme qu'elle aimait, mais dont elle se sentait si éloignée ces temps-ci. Dans quelques jours, elle aurait mis de l'ordre dans ses idées, se raisonna-t-elle. Elle ferma sa valise et vérifia l'heure.

Finn remua.

— Tu t'en vas ? demanda-t-il en frottant ses yeux ensommeillés.

Il était adorable, à moitié endormi.

— Oui. Le taxi va arriver d'un instant à l'autre.

— Amuse-toi bien. Tu vas me manquer.

Elle se pencha près du lit et l'embrassa, puis enfouit son visage dans le creux chaud de son épaule. L'espace d'un instant, tout parut parfait.

— Je t'appelle en arrivant, promit-elle.

— D'accord. Embrasse Anna et Matteo pour moi. Et aussi Bella. Dis-leur que la prochaine fois, je viendrai avec toi.

Un bourdonnement annonça l'arrivée d'un texto sur le téléphone d'Imogène : « Taxi ».

— Je t'aime, dit Finn, simplement et clairement.

— Moi aussi.

Les mots se bloquèrent dans sa gorge. Ils étaient sincères, mais elle avait le sentiment qu'ils ne suffisaient plus.

TROISIÈME PARTIE

Chapitre 24

Ce dimanche-là, Anna sourit de bonheur en voyant sa sœur déboucher dans le hall des arrivées, vêtue d'un sarong à l'imprimé orange éclatant et d'un haut noir à bretelles, ses lunettes de soleil perchées au sommet de son crâne. Elle se précipita pour l'embrasser.

— Je n'arrive pas à croire que tu es vraiment là, s'écria-t-elle en la serrant contre elle.

— Du calme ! protesta Imogène en riant. Tu m'étouffes ! Je t'ai tant manqué que ça ?

— Oui.

— C'est gentil. Toi aussi, tu m'as un peu manqué. Comment va Bella ? Et Matteo ?

— Très bien, merci. Matteo tient la boutique aujourd'hui, et Carolina s'occupe de Bella. Je voulais avoir ma sœur tout à moi pour un petit moment. On saute en voiture et on y va.

Elles chargèrent la valise d'Imogène dans le coffre et filèrent vers Sorrente.

— La boutique marche bien ? demanda Imogène en s'attachant les cheveux.

— Oh oui. On travaille beaucoup. C'est un endroit génial et on a ouvert au moment idéal pour faire parler de nous, et…

— Alors qu'est-ce qui te rend malheureuse ? interrogea Imogène en examinant le visage de sa sœur. Je vois bien que ça ne va pas.

— Arrêtons-nous prendre un verre, proposa Anna. Je te raconterai.

Elles firent une halte dans un café de la côte, à une demi-heure de Sorrente. Loin de la famille de Matteo, Anna se sentait libérée. Avec Imogène, elle pouvait dire ce qu'elle voulait sans craindre que ses paroles ne reviennent aux oreilles de la mauvaise (ou de la bonne) personne. Le serveur leur apporta deux grands verres de prosecco bien frais.

— Commençons par le commencement. À ta venue ! dit Anna en levant son verre.

— À ma venue, répéta Imogène en trinquant avec sa sœur. Alors qu'est-ce qu'il y a ? Vide ton sac. C'est encore la mère de Matteo ?

— Oui, répondit Anna, soulagée de pouvoir s'épancher. Elle n'arrête pas de se mêler de tout. De la boutique, de Bella…

— Pire que Maman ?

— Oh, mon Dieu ! À côté d'elle, Maman est une sainte ! Mais ce n'est pas tout. Il y a aussi Matteo. Avec moi, il est fort et plein d'assurance, mais après cinq minutes avec sa mère, il approuve tout ce qu'elle dit.

— Ah bon ? s'étonna Imogène.

— J'essaie de comprendre, mais c'est comme s'il y avait en lui une facette que je n'avais jamais vue.

— Tu devrais lui parler. J'ai l'impression que cela ne se résoudra pas tout seul.

— Mais c'est sa mère. Pour Matteo, la famille représente tout. Je ne veux pas qu'il se sente obligé de prendre parti.

— Et quelle est l'alternative ? Tu te tais et tu sombres lentement dans la folie ?

— Ne sois pas si dramatique, Imo ! protesta Anna en souriant malgré elle.

— Je suis sérieuse !

— Je ne peux pas.

— Très bien. Si tu refuses de mettre les pieds dans le plat, alors au moins, sors avec moi ce soir, histoire de décompresser un peu.

— Ça me paraît être une excellente idée.

En fin d'après-midi, Imogène s'installa sur le balcon de l'appartement pour se vernir les ongles des pieds. Anna vint la rejoindre.

— Bonne nouvelle ! annonça-t-elle, ravie. Matteo s'occupe de Bella ce soir, alors je suis officiellement disponible pour te faire découvrir les hauts lieux du quartier.

— Génial !

— Jolie couleur, remarqua Anna en admirant ses orteils.

— Merci. Alors, c'est quoi le plan ? Comment on s'habille ?

Anna éclata de rire.

— On commence par dîner chez Luigi. (Elle désigna l'humble restaurant de l'autre côté de la place, pour l'instant encore envahi par l'habituelle cohorte du déjeuner, composée de touristes en tongs équipés de bouées.) C'est un peu plus élégant le soir, les gens s'habillent davantage, mais je dirais que ce que tu as sur le dos convient parfaitement.

— Tant mieux, parce que je voyage léger cette fois. Les compagnies aériennes sont de plus en plus strictes sur les bagages. J'espérais me débrouiller en combinant mes quelques fringues.

— Ça ira très bien. Personne ne se met sur son trente et un ici. Ce n'est qu'à Capri qu'il faudra que tu relèves le niveau. Tu prévois toujours d'y aller ?

— Oui, j'y tiens. Juste avant de repartir pour l'Angleterre. Tu n'aurais pas envie de m'accompagner ?

Anna se rembrunit quelque peu.

— J'aurais adoré, mais je ne peux pas. Entre la boutique et le reste…

— D'accord, très bien. Alors il va falloir en profiter au maximum tant que je suis là. On commence tout de suite.

Elle saisit son téléphone et prit une photo d'elles deux, joue contre joue, avec la place en arrière-plan. Puis elle la posta sur Facebook : « À Sorrente, avec la meilleure sœur de la planète ».

Dans la soirée, Anna et Imogène étaient attablées chez Luigi en terrasse, avec vue sur la fontaine. Les enfants jouaient près de l'eau dans la lumière pâle de la lune, et, en les regardant rire, Anna se rappela ce qui, dans la culture italienne, lui avait donné envie de venir vivre là. Elle ne pouvait laisser les tensions entre elle et Elisa occulter ce sentiment de bien-être.

— Que dis-tu de ces *linguine ?* demanda-t-elle en regardant sa sœur enfourner les délicieuses pâtes fraîches dans sa bouche.

— Elles sont incroyables ! s'enthousiasma Imogène, la bouche encore pleine. Rien à voir avec les pâtes qu'on trouve chez nous.

Anna approuva de la tête.

— Luigi est un des meilleurs cuisiniers du coin. Il utilise des ingrédients frais et locaux, selon la recette de ses grands-parents. C'est dommage que tu ne puisses pas faire sa connaissance.

— Où est-il ?

— Il est allé rendre visite au nouveau-né de son fils. Il vient de devenir grand-père, il est fou de joie.

— C'est génial !

Grand-père, se dit-elle. Donc, vraisemblablement, dans la même tranche d'âge que Viviane. Elle étudia la possibilité qu'il soit l'homme qui avait écrit à leur grand-mère. L'initiale de son prénom – L – appuyait ses soupçons.

— Est-ce qu'il est aussi fier que l'était Papa ? s'enquit-elle.

— Presque. Mais personne ne peut l'être autant, rit Anna.

— C'est quoi, son nom de famille ?

Elle sentait son cœur battre plus vite à l'idée d'élucider le mystère.

— En fait, je ne sais pas. Je n'ai jamais eu de raison de le lui demander.

Imogène tenta de ne pas laisser paraître sa déception. Anna ramena la conversation sur leurs parents.

— Ils acceptent bien notre départ ? Je me sens tellement mal d'avoir emmené Bella si loin.

— Ils vont bien. Elle leur manque, évidemment, vous leur manquez tous. Mais ils savent que vous avez pris la bonne décision pour vous en tant que famille. Et aussi, que c'est formidable pour Bella d'avoir l'occasion de découvrir une deuxième culture.

— Elle ne sera pas une pure Anglaise ennuyeuse comme nous ! Pas étonnant que tu recherches toujours l'aventure à droite et à gauche, comme Papa à son époque.

Imogène se tut un moment.

— Parfois, je me dis que ce serait plus facile, si je pouvais simplement accepter les choses comme elles sont. Si je ressemblais plus à Maman. Elle est contente de son sort, ne se soucie vraiment que de sa famille, tient une jolie maison, se laisse aller à quelques commérages avec les voisins dans les limites des convenances…

— Tu n'es pas sérieuse ? se récria Anna en haussant un sourcil.

— Pas complètement. Mais peut-être un peu. Parce que, ne pas tenir en place, ça ne facilite pas l'engagement. Comment est-ce qu'on peut aimer quelqu'un, dire qu'on sera toujours là pour cette personne, quand une part de soi ne rêve que de partir ?

Imogène chercha la réponse à sa question dans les yeux de sa sœur, mais elle n'y lut que de l'inquiétude. Était-ce cela que Viviane avait ressenti, tant d'années auparavant ?

Chapitre 25

Le lendemain matin, Imogène était assise sur le balcon, buvant un café en regardant la place s'éveiller lentement autour d'elle, les habitants ouvrir leurs volets, se diriger vers la boulangerie. Anna allait prendre son après-midi pour qu'elles puissent emmener Bella en promenade ensemble, mais elle avait la matinée tout à elle. Normalement, elle serait sortie avec son appareil pour prendre quelques photos sur la place, mais elle avait l'esprit ailleurs. Elle examina une des photos de sa grand-mère en Italie et la compara avec ce qu'elle avait sous les yeux : les mêmes bâtisses, l'église, la fontaine. C'était ici, sur cette place. Viviane était venue ici, des décennies plus tôt, et ses petites-filles marchaient sur ses traces. Mais que s'était-il passé exactement ?

Elle prit la carte et regarda les croix que Viviane y avait inscrites. À première vue, il s'agissait de sites touristiques classiques, rien d'extraordinaire. Ce qui, à Brighton, lui avait paru constituer toute une série d'indices se réduisait à présent à bien peu de choses, et tant que Luigi ne rentrerait pas en ville, elle ne pourrait pas non plus suivre cette piste.

Dans l'après-midi, Imogène, Anna et Bella s'installèrent dans un café en bord de mer. Bella partit jouer avec d'autres enfants, et les deux sœurs purent prendre le temps de bavarder.

— Tu te rappelles, Mamie Viv parlait tout le temps d'ici, lança Imogène.

— Ces vacances avec Evie ont dû être vraiment particulières pour elle, approuva Anna en hochant la tête. Ses premières vraies vacances à l'étranger.

— Oui, soupira Imogène. Même si quelquefois, je me demande…

— Qu'est-ce que tu as ? demanda Anna en surveillant du coin de l'œil sa fille qui courait après un ballon rouge, en essayant de suivre des enfants plus âgés.

— Je ne sais pas encore. Mais j'ai la sensation qu'il s'est passé autre chose dans la vie de Mamie, quelque chose qu'on ignore tous, même Papa et Martin. Tu crois que c'est possible ?

— Vraiment ? Ce n'était pas le genre à avoir des secrets. Elle et Papy se disaient tout. C'est ce que Papa répète sans arrêt.

— Qui peut dire si Papa le sait vraiment ? Peut-être qu'il y avait un aspect d'elle qu'aucun de nous ne connaissait.

Bella tomba, se cogna la tête et poussa un cri de douleur. Les autres enfants coururent après le ballon, l'abandonnant à son sort.

Anna se leva et rejoignit sa fille. Elle la souleva dans ses bras et la câlina.

— Elle va bien ? s'inquiéta Imogène.

— Ce n'est qu'une bosse.

Imogène embrassa le crâne de sa nièce.

Heureusement qu'elle s'était arrêtée avant d'en dire trop. Elle ne connaissait pas encore les faits. Demain, elle en découvrirait davantage, et alors seulement, elle en parlerait à Anna.

Plus tard, pendant qu'Anna et Matteo donnaient son bain à Bella avant de la coucher, Imogène appela Finn. Elle avait besoin d'entendre sa voix. Elle espérait qu'en parlant de détails quotidiens – ce qu'elle avait fait, l'avancement des travaux à l'école de surf – ils pourraient redevenir ce couple tranquille et heureux, comme au temps où ils riaient ensemble et se disaient tout. Elle ne savait pas très bien ce qui avait disparu, seulement que ce n'était plus là.

Mais elle tomba sur sa boîte vocale. Elle écouta l'annonce enregistrée, puisant un certain réconfort en entendant sa voix. Elle lui laissa un message pour dire qu'elle allait bien et qu'elle pensait à lui. En raccrochant, elle ne savait plus quoi faire.

Déstabilisée, elle se leva et sortit sur le balcon pour contempler la mer derrière les toits des maisons, vers Capri, où elle devait se rendre à la fin de la semaine. Elle avait souvent rêvé de découvrir cette île. Elle avait le sentiment qu'elle y trouverait ce qui lui manquait. L'inspiration, peut-être. Oui, sans doute.

Le silence sur le balcon laissait beaucoup trop de place aux pensées perturbatrices qui en profitaient pour tourbillonner dans sa tête. Elle reprit son téléphone et appela la ligne fixe de ses parents. Jan répondit.

— Salut, Maman, c'est moi.

— Bonjour, Imogène, s'exclama sa mère. Je devrais peut-être dire *Ciao* ! Comment vas-tu ?

— Très bien, merci. Anna et moi nous sommes bien amusées. La boutique est un vrai bijou, et avec Matteo, ils y font des merveilles. La place où ils habitent est ravissante. Je crois que ça vous plairait.

— Ça paraît extraordinaire. Je suis contente que tu sois bien arrivée et que tu te plaises là-bas. Et Bella ?

— Toujours aussi mignonne. Elle a même appris quelques mots d'italien.

— Oh, le petit cœur ! Elle me manque terriblement. Mais je suis contente que tout aille bien pour eux, naturellement.

— Et chez vous, quoi de neuf ? Et Papa ?

— Ton père est en pleine forme. En fait, il a reçu quelques commandes, pour un type qui s'installe dans le coin. Très riche, je crois. On dirait une star du rock sur le retour.

Imogène sourit. Les commérages de Jan avaient une familiarité rassurante. Depuis toujours, elle examinait de près les nouveaux arrivants en ville.

— Et Martin ?

— Ça va. Je suis passée à la maison d'hôtes hier. En fait, je suis contente que tu appelles, parce que j'avais quelque chose à te dire. J'ai parlé à Clarissa.

— Ah bon, dit Imogène en revoyant fugitivement l'image de Clarissa. Comment va-t-elle ?

— Comme tu disais. Lointaine, un peu triste. Martin dit qu'il l'a trouvée dans le salon l'autre jour, à minuit, alors j'ai pensé que je pourrais lui dire deux mots.

— Tu as été subtile, au moins ?

— Évidemment. Je lui ai posé des questions sur Viviane, le lien entre elles. Elle m'a dit que sa mère avait fait sa connaissance quand elle était adolescente.

Elle passait à la boutique de temps en temps. Viviane s'était montrée gentille avec elle, au moment où elle en avait le plus besoin. Et sa mère était venue ici, cette maison représentait quelque chose pour elle.

— Ah bon ? Elle n'en avait encore jamais parlé. Elle a dit autre chose ?

— Non, pas vraiment, seulement ça. Et puis elle s'est refermée.

— Bon. Et elle avait l'air bien ?

— Comme quelqu'un qui a perdu son père adoptif. Elle paraît bien s'entendre avec Martin, et elle emmène Hepburn en promenade. Je crois que ça lui plaît.

Imogène sourit. En effet, Hepburn semblait avoir le don de remonter le moral des gens.

— Bon. Merci d'être allée la voir. Papa est là ? Je pourrais lui dire bonjour ?

— Je vais le chercher.

Imogène discuta un moment avec son père. Elle lui raconta son voyage, puis raccrocha pour aller aider Anna à préparer le dîner. Apparemment, Bella dormait déjà.

En reposant son téléphone, elle vit une nouvelle notification Facebook. Elle cliqua dessus d'instinct, et trouva un nouveau message dans sa boîte. Un visage qui lui rappela des souvenirs d'une autre époque : « Imogène, je viens de découvrir que tu es à Sorrente. C'est incroyable ! Viens me voir, je suis à Capri. »

Le sang lui monta aux joues. Le message venait de Luca.

Chapitre 26

Le soleil était à peine levé qu'Anna mettait son tablier pour s'atteler à la préparation de nouveaux bacs de sorbet au citron et de crème glacée au chocolat pour la journée. La boutique n'en étant encore qu'à ses débuts, elle et Matteo devaient faire tout leur possible pour lui donner un bon départ, même si cela signifiait renoncer à une matinée avec Imogène. Heureusement, sa sœur avait paru se satisfaire de la perspective d'explorer les environs toute seule.

Matteo vint la rejoindre, Bella dans les bras.

— Bonjour.

Ils s'embrassèrent.

— Ah, tu fais encore le sorbet comme ça ? demanda-t-il.

— Oui, comme je l'ai toujours fait.

— Ah…

— Ah ? se hérissa Anna. Il y a un problème ?

— C'est juste… Laisse tomber.

— On a dit qu'on ajouterait quelques-unes des recettes de ta famille. Ça me convient très bien. Mais je n'ai jamais dit que j'acceptais de renoncer au reste.

— Non, bien sûr, tu as raison. Mais le citron… Ça compte beaucoup pour ma mère qu'on essaie la méthode italienne.

— Tu veux que je recommence ? s'exclama Anna, les yeux écarquillés.

— Non, pardon, c'est très bien.

— Bon.

Bella plongea le doigt dans un petit bol de glace au chocolat et le lécha en gloussant de joie.

— Mais la prochaine fois, peut-être ? poursuivit Matteo. On pourrait essayer de le faire à la façon de mes parents ?

Ce n'était que du sorbet, se raisonna Anna. Pas de quoi monter sur ses grands chevaux. Et pourtant, chaque fois qu'elle cédait aux exigences de la famille de Matteo, elle avait l'impression de rapetisser. Elle se demanda si elle continuerait de suivre ces recettes familiales jusqu'à ce qu'ils la retrouvent, devenue minuscule, telle Alice au pays des merveilles, se débattant dans un bac du fameux granité d'Elisa.

Ce fut un réel soulagement de voir Imogène revenir à la boutique en fin d'après-midi.

— Tu as passé une bonne journée ? lui demanda Anna.

— Excellente, merci.

Anna remarqua que sa sœur paraissait distraite, comme si une part d'elle se trouvait ailleurs. Elle l'avait remarqué dès son arrivée.

— J'ai réfléchi, déclara Imogène. Tu veux arranger les choses avec Elisa, pas vrai ? Et je ne suis là que pour peu de temps. Si on organisait un cocktail ici, à la boutique ? Avec juste quelques amis.

— Une fête ? s'exclama Anna, ragaillardie à cette idée.

— Oui. Des cocktails, quelques canapés… Tu pourrais inviter Luigi et quelques autres voisins, proposa-t-elle avec toute la désinvolture dont elle était capable. (Anna avait dit qu'il serait bientôt de retour, et elle ne voulait pas laisser échapper l'occasion de faire sa connaissance.) Une fête pour montrer à Elisa que tu ne cherches pas à l'exclure, même si tu n'es pas prête à tout accepter de sa part. Et puis, pour me fêter moi, naturellement.

— Bonne idée.

— Je m'en vais ce week-end, ce qui nous laisse exactement… trois jours pour nous préparer, ajouta Imogène en comptant sur ses doigts. Invitations, recettes, ingrédients. Facile.

— D'accord. Je vais en parler à Matteo. Mais je suis sûre qu'il dira oui. Il adore les fêtes. C'est une idée géniale !

Nos cocktails

Une nuit à Sorrente : grappa, glace à la cannelle
Brise marine d'Amalfi : limoncello, prosecco, sorbet au citron vert
Capri : Grand Marnier, jus d'orange, glace orange-chocolat

Anna et Imogène se mirent à l'œuvre pour préparer les réjouissances, et le vendredi soir, la boutique était illuminée de loupiotes et de lanternes colorées. Derrière le comptoir, Matteo et Anna préparaient les cocktails, tandis qu'Imogène les apportait aux invités. Elle bavardait en anglais avec entrain, en employant souvent et très fort les quelques mots d'italien qu'elle connaissait.

Elisa était venue avec Carolina. Toutes deux, élégantes et très à l'aise, discutaient avec les autres Italiens présents. Les cheveux courts de Carolina étaient ramenés en arrière et elle y avait accroché une fleur rouge.

— Merci pour cette idée, Imogène, déclara Anna en entourant de son bras les minces épaules de sa sœur pour la serrer contre elle. La politique des petits pas, c'est sans doute la meilleure façon d'améliorer mes relations avec la mère de Matteo.

— Regarde, elle s'amuse bien, observa Imogène en désignant Elisa, en grande conversation avec un voisin.

— Tu as peut-être raison, convint Anna, le cœur plus léger. Oh, tiens, voilà Luigi. Je vais te le présenter.

Le cœur d'Imogène se mit à battre plus vite. Elle examina Luigi. Il leur tournait le dos et discutait avec une femme d'une cinquantaine d'années.

— Luigi ! appela Anna.

Il se retourna. Imogène en eut le souffle coupé. Ses yeux, ses cheveux… Un peu plus âgé, peut-être, mais il ressemblait trait pour trait à l'homme de la photo.

Anna se dirigea vers lui avec sa sœur.

— Imogène, Luigi, Maria, Imogène, s'empressa-t-elle de dire. Je ne vaux pas grand-chose comme hôtesse, ajouta-t-elle avec un petit rire. (Carolina lui prit le bras et l'entraîna.) Je vous laisse faire connaissance, s'excusa-t-elle.

— Bonjour, Imogène, lança gaiement Luigi. Anna m'a beaucoup parlé de vous !

— Ah bon, répondit Imogène, l'esprit en ébullition.

— Rien que du positif.

— Je sais que tous les deux, vous l'avez accueillie ici très chaleureusement.

— Oui. Chez les Esposito, on dit qu'on doit traiter les étrangers comme des amis potentiels.

— Pardon ?

Le nom qu'il avait prononcé et sa signification la frappèrent en pleine poitrine. La confirmation qui lui manquait. « L. Esposito. » Le nom inscrit au dos du plan. Et presque certainement l'homme qui avait écrit à sa grand-mère. Celui qu'elle avait tenté de retrouver. La lettre. Le choc était tel qu'Imogène faillit s'étrangler.

— Chez nous, on dit..., commença Luigi.

C'est lui. Imogène s'excusa et partit en courant. Une fois dehors, elle inspira l'air frais à pleins poumons, mais le choc, l'incrédulité persistèrent.

*

À une heure du matin, la fête s'acheva et les convives sortirent sur la place. Anna chercha sa sœur des yeux, en vain. Elle avait tant discuté avec les invités qu'elle l'avait laissée se débrouiller seule pour s'intégrer.

— Tu as vu Imogène ? demanda-t-elle à Matteo qui faisait du rangement derrière le comptoir.

— Je crois qu'elle est montée. Mais c'était il y a un moment.

Anna s'engagea dans l'escalier. L'euphorie de la fête subsistait en elle, désormais mêlée d'inquiétude pour sa sœur. Elle trouva Imogène dans la salle de bains, assise sur le rebord de la baignoire, toute pâle. Elle semblait ébranlée.

— Ça va, Imo ? Qu'est-ce que tu as ?

— Rien.

— Si, il y a quelque chose, objecta Anna en s'asseyant à côté d'elle. Un instant, tu es l'âme de la fête, et le suivant, tu disparais. Qu'est-ce qui s'est passé ?

Imogène se mordit la lèvre pour l'empêcher de trembler.

— Tu sais, quand tu crois connaître quelqu'un, et que tu découvres quelque chose qui te fait tout remettre en question ?

— Finn ?

— Non, Mamie.

Anna haussa les sourcils, étonnée.

Imogène lui parla de la lettre qu'elle avait trouvée et de sa tentative pour discuter avec Luigi pendant la fête.

— Mais…, commença Anna. Luigi ?

Imogène lut sur son visage une perplexité égale à la sienne.

Anna rassembla les bribes d'informations dont elle disposait, ce que Luigi lui avait dit de son passé lors de leurs conversations. L'idée ne l'avait pas effleurée qu'il ait pu être lié à quelqu'un qu'elle connaissait, quelqu'un de si proche.

— Oui, et le truc, c'est que je ne sais même pas ce qui s'est passé. Mais d'après cette lettre… Je vais te montrer.

Imogène sortit la lettre de son sac et la passa à sa sœur.

— Waouh ! souffla Anna.

— On voit bien qu'il tenait à elle, non ? On sent une vraie passion. Et pour qu'elle le recontacte, cela doit signifier quelque chose, tu ne crois pas ?

— Je n'arrive pas à y croire. C'est dingue ! Mais en même temps, pas tant que ça. Si Matteo et moi sommes venus ici, plutôt que n'importe où ailleurs en Italie, c'est parce que Mamie en parlait toujours. Son lien avec cet endroit devait être plus fort qu'on ne croyait.

— Je regrette d'avoir commencé à chercher, dit Imogène, les yeux pleins de larmes.

— Il est trop tard pour regretter. Mais pas question que tu partes avec ça sur le cœur. Quand tu reviendras de Capri, on ira voir Luigi et on découvrira ce qui s'est vraiment passé.

Chapitre 27

Imogène monta à bord du bateau pour Capri dans la fraîcheur du début de matinée, avant qu'il ne fasse trop chaud. Elle n'était pas sûre d'avoir pris la bonne décision. Elle laissait quelque chose en suspens à Sorrente, et avait toujours le message de Luca en tête.

Mais l'île ravissante qui l'attirait depuis son arrivée devenait irrésistible. Capri se rapprochait. La colline s'élevait au-dessus de l'eau, toute colorée de bougainvilliers. Un des plus beaux endroits sur terre. Tout le monde rêvait de visiter Capri. Ç'aurait été une folie de laisser un détail insignifiant tel que la présence de son ancien petit ami la dissuader d'y aller. Même Finn le comprendrait.

Quand le bateau accosta, elle se dirigea vers son hôtel. Il n'était pas très loin, sur une route qui grimpait en serpentant. C'était une petite maison blanche à la porte encadrée de fleurs. Sa chambre était simple, mais parfaite pour une nuit paisible. Quand elle sortit sur le toit-terrasse, tout s'anima. La vue sur la mer était stupéfiante, et les plantes en pot débordaient de fleurs roses. Imogène s'assit un moment pour respirer l'air frais et pur, savourant sa chance de pouvoir contempler cet endroit magnifique. Après un moment de repos, elle se rafraîchit, enfila une robe blanche à bretelles et tressa ses cheveux en une natte lâche. Elle mit ses tongs et partit en exploration.

Chargée seulement de son appareil photo, elle traversa la ville, avec ses boutiques chics et ses restaurants haut de gamme, jusqu'à une partie plus tranquille de l'île, aux rues bordées de petites maisons. Elle continua de marcher, prenant en photos les fleurs rose vif et les oiseaux qui venaient se poser sur les rochers et dans la falaise. Grâce à son zoom, elle put saisir le détail des plumes colorées, avec la mer bleue miroitante en arrière-plan. Loin de l'agitation de Sorrente et des fils épars de l'histoire de sa grand-mère, son esprit s'éclaircit. En photographiant ce qu'elle aimait le plus – la nature qui l'apaisait –, elle sentit son moral remonter en flèche.

Elle tourna au coin d'une rue et déboucha devant une petite fontaine. Elle s'arrêta un moment, s'assit pour passer en revue les clichés qu'elle avait pris. Ce n'étaient peut-être pas les dauphins roses de l'Amazonie, mais ce n'était pas si mal, pensa-t-elle.

Elle sentit une main sur son bras. Elle sursauta et leva les yeux, pour rencontrer le regard d'un homme qu'elle connaissait bien, mais n'avait pas revu depuis des années. Sa peau avait gardé la même teinte cuivrée, ses yeux étaient toujours sombres et perçants.

— Luca, dit-elle doucement.

— Je pensais bien te trouver ici, déclara-t-il en souriant.

— Salut. Je suis désolée, j'ai eu ton message, mais…

— T'inquiète, je comprends.

— Je voulais d'abord prendre quelques photos. C'est tellement beau ici.

— Oui, hein ? Pas besoin de filtres.

Imogène se remémora la dernière nuit qu'elle avait passée avec lui, quatre ans auparavant, à Koh Tao. Ils étaient allés nager, avec le sentiment qu'en cet instant l'île leur appartenait. Elle avait encore la dent de requin qu'il lui avait offerte. Malgré la façon dont leur histoire s'était terminée, elle n'avait pu s'en débarrasser. Cette période… Pour une raison inconnue, elle ne voulait pas s'en séparer complètement.

— Qu'est-ce qui t'amène ici ? demanda-t-elle.

— La famille. J'habite chez mon oncle et ma tante pour l'été, je travaille dans un bar. Tu es venue avec ta sœur, c'est ça ? J'ai vu la photo.

— Oui. Enfin, elle est restée à Sorrente. (Elle désigna le continent.) Je ne suis là que jusqu'à demain.

— Toute seule ?

Il lança un coup d'œil sur la main d'Imogène, et elle prit subitement conscience de son annulaire gauche, dépourvu d'anneau.

La question flotta en l'air un moment. Luca n'avait pas besoin de tout savoir d'elle immédiatement. Elle lui parlerait de Finn quand elle en aurait envie.

— On dirait bien !

Ils se promenèrent ensemble dans les ruelles pavées et sinueuses. Elle se rappela sa promesse d'appeler Finn et se sentit coupable. Elle lui téléphonerait plus tard.

— Je regrette, tu sais, pour ce qui s'est passé, dit Luca.

Imogène se rappela la douleur. Quand elle avait appris à Luca qu'elle devrait rester en Angleterre plus longtemps que prévu, pour aider Anna à démarrer la boutique, il en avait été blessé, et c'était compréhensible. Ils n'avaient pris aucune décision quant à leur avenir commun. Du moins, c'est ce que croyait Imogène, jusqu'à ce qu'elle voie, en ligne, des photos de Luca avec Santiana, sa meilleure amie sur l'île.

— Santiana…, poursuivit-il, embarrassé, c'était juste pour rebondir. J'avais l'impression que tu avais décidé de me quitter, et je crois que c'était une façon de ne pas perdre la face.

— Ça va, dit Imogène en se souvenant du temps écoulé, des circonstances désormais si différentes pour eux deux. Je ne t'avais guère donné de raisons de rester avec moi, sans savoir quand ni où tu pourrais me revoir. En fait, oui, sur le coup, j'étais furieuse, je ne vais pas te mentir. Mais je ne vois pas l'intérêt de remettre tout ça sur le tapis.

— Bon, fit-il, l'air soulagé. Ça n'a même pas duré jusqu'à la fin de l'été, tu sais. Je cherchais une autre toi, et elle ne serait jamais devenue toi.

Imogène sentit ses joues brûler. Cette conversation s'engageait sur une pente glissante. Plus que glissante, en fait. Il était temps d'être franche.

Elle ouvrit la bouche.

— Ce n'est pas la peine, la coupa Luca d'un ton calme et tranquille. Je te disais juste ce que je ressens, c'est tout, parce qu'à l'époque je ne m'étais peut-être pas assez dévoilé.

— Tu… Luca… J'aurais dû te le dire plus tôt, commença Imogène en se passant la main dans les cheveux.

— Tu es avec quelqu'un.

Elle le regarda, déroutée.

— Tu le savais ?

— Il y a quelque chose de différent chez toi.

— Je suis désolée. J'aurais dû te le dire.

— Ne t'inquiète pas. Tu ne me devais rien à l'époque, et encore moins maintenant.

Elle réfléchit à ses paroles.

— Je suppose qu'il vaut mieux que j'y aille, déclara-t-elle.

Mais quelque chose la retenait, l'attirait vers Luca. L'impression qu'ici, à Capri, avec lui, elle pouvait redevenir la jeune femme insouciante qu'elle était quand ils s'étaient rencontrés.

— C'est toi qui vois. Mais j'aimerais bien que tu restes.

*

Le cadre était parfait : la mer, limpide et bleue, qui étincelait sous les derniers rayons du soleil, le prosecco bien frais dans les verres à pied, la chaleur du soir qui permettait à Imogène de rester sur l'élégante terrasse au sommet de la falaise dans sa petite robe d'été. Tout était parfait. Enfin, sauf que l'homme à ses côtés n'était pas le bon. Finn était à Brighton, et elle se trouvait là avec son ex.

— Tu penses qu'ils t'ont cru ? demanda-t-elle quand Luca raccrocha.

— Je ne me suis encore jamais fait porter pâle, répondit-il en haussant les épaules. Si je ne peux pas prendre une soirée de congé de temps en temps, quand il fait aussi beau que ce soir et que j'ai retrouvé quelqu'un que je n'avais pas vu depuis des lustres, alors ça ne vaut pas la peine d'être ici.

Imogène s'était persuadée qu'elle ferait mieux de quitter Luca pour explorer l'île toute seule, mais elle avait finalement choisi de rester avec lui. Elle n'avait aucune raison de ne pas le voir, se disait-elle. C'était un ami, rien de plus, et maintenant qu'il savait la vérité sur elle et Finn, elle n'avait plus à se reprocher de lui cacher quelque chose. Il lui avait raconté des anecdotes sur Capri pendant qu'ils arpentaient les rues pavées.

— Tu crois que tu vas rester ici ? lui avait-elle demandé.

— Encore un mois, peut-être deux. Puis je rentrerai à San Francisco.

— C'est là que tu vis maintenant ?

— Oui. La start-up pour laquelle je travaillais a coulé, mais je prépare une étude de marché pour un projet dans les nouvelles technologies, et je veux me lancer rapidement.

— Et là-bas, tu vis avec…

Imogène s'interrompit.

— Personne.

Quand il la regardait ainsi, elle ne pouvait s'empêcher de se rappeler la Thaïlande, les soirées ensemble dans son hamac, au soleil couchant, en buvant de la bière et en lisant des livres de poche avant que la lumière ne disparaisse tout à fait. Dans cette relation qui débutait – ou du moins, ce qu'Imogène pensait être le début –, elle avait eu l'impression qu'ils allaient peut-être quelque part. Il y avait une véritable connexion entre eux : l'amour des voyages, de la liberté. Elle la sentait à nouveau. Ici, la pression des projets d'avenir n'existait pas.

— Tu ne m'as rien dit sur toi, reprit Luca. Comment ça se passe pour tes photos ?

Elle aurait aimé donner une meilleure réponse.

— Ça suit son cours. J'ai fait pas mal de photos sous-marines ces deux dernières années.

— Waouh, super ! s'exclama-t-il en ouvrant de grands yeux. Tu adores la plongée. Tu gagnes ta vie comme ça ?

Visiblement, il était impressionné.

— Plus ou moins. En fait non, pas vraiment. Je suis à un carrefour, question travail, en ce moment. Je sais que je devrais être plus stable.

— Vraiment ? Tu n'es pas un peu jeune pour te poser ? Tu me disais toujours que tu continuerais à bourlinguer au moins jusqu'à tes trente ans, et tu en es encore loin. Tu devrais rester fidèle à toi-même. À ce qui est important pour toi.

Son commentaire fit mouche.

— Sûrement.

— Ne renonce pas. Tu as du talent, Imogène.

— Merci.

— Écoute, je suis désolé pour ce qui s'est passé. J'ai l'impression que ça aurait pu marcher entre nous. J'ai renoncé et tourné la page trop rapidement.

— Ce n'était pas le bon moment. Je ne pouvais pas repartir si vite après la mort de ma grand-mère, alors que mon père allait si mal.

— Ce qui prouve combien tu te soucies des autres. Tu es une fille bien. Et à l'époque, j'ai tout ramené à moi. Je me disais que si je comptais pour toi, tu reviendrais sur l'île. Je me suis senti abandonné. C'était idiot de ma part.

— Moi aussi, j'aurais pu m'y prendre autrement.

— Enfin, ça n'a plus d'importance. Tu es avec quelqu'un maintenant. Tu vas sans doute te marier bientôt.

— Je suppose.

— Mais aujourd'hui nous appartient.

Chapitre 28

Face à la webcam, Jan se répandit en mots tendres en regardant Bella s'approcher de l'écran, d'un pas mal assuré.

— Oh ! Comme elle a grandi !

— Oui, hein, répondit Anna. Je n'arrive pas à m'y faire. J'ai l'impression qu'hier encore c'était un petit bébé, et maintenant, elle commence à gazouiller. Elle apprend l'italien plus vite que moi !

— Quel est son mot préféré ?

— *Nonna*.

La petite le répétait sans arrêt à Elisa.

— Bien sûr, dit Jan, l'air un peu vexé. Évidemment.

— Ne t'inquiète pas, Maman, elle n'oublie pas pour autant sa grand-mère anglaise. Elle promène la photo de toi et Papa dans toute la maison en l'embrassant.

— Quel amour !

— Salut, ma chérie ! lança Tom en apparaissant à l'écran. Vous avez pu discuter avec Imogène ?

— C'était merveilleux de la voir. On a fait une petite fête ici, et on a passé un peu de temps en tête à tête.

— En fait, on a essayé de la joindre. Elle ne répond pas. Elle n'est pas avec toi ?

— Elle est partie à Capri ce matin. Peut-être que la batterie de son téléphone est à plat.

— Je te l'avais dit, Tom. Tu la connais. C'est sûrement ça.

— Elle rentre demain. On a quelques petites choses à faire ensemble avant son départ.

Anna pensa à Luigi, à ce qu'elle avait promis à Imogène. Si leurs soupçons se confirmaient, leur père en serait probablement effondré.

— Je suis certain qu'elle nous racontera ses aventures quand elle sera rentrée. C'est bon de te voir, Anna. Tu es heureuse, là-bas ?

— Oh oui, affirma Anna, en se demandant si c'était bien la vérité. C'est génial ! La mère et la sœur de Matteo habitent à côté. Elles arrivent d'une minute à l'autre pour prendre le thé, alors je ferais mieux d'y aller.

— Naturellement, approuva Jan. Salue-les de notre part, d'accord ?

— Bien sûr. Dis au revoir, commanda-t-elle à Bella en la prenant sur ses genoux pour qu'elle puisse voir de nouveau ses grands-parents.

Bella embrassa l'écran, Tom et Jan agitèrent la main.

— Vous nous manquez.

Dix minutes après la fin de la conversation, Carolina et Elisa entrèrent dans la boutique. Anna les salua et elles allèrent s'asseoir avec Matteo.

Carolina paraissait fatiguée, elle avait les épaules voûtées. Tandis que sa mère bavardait, Anna constata qu'elle restait silencieuse, ne participant à la conversation qu'à coups de « hum hum » ou de « oui » de temps en temps, juste assez pour qu'Elisa ne remarque pas son manque d'attention.

— Carolina, dit doucement Anna en percevant le malaise de sa belle-sœur, tu veux faire une balade avec moi ? Je suis sûre que Matteo et ta mère survivront sans nous une petite heure.

Son expression s'éclaira et elle hocha la tête.

— Elisa, pourriez-vous garder un œil sur Bella un moment ?

Elisa acquiesça avec enthousiasme, sans hésitation, comme Anna s'y attendait.

Les deux femmes sortirent sur la place animée.

— Un endroit tranquille, demanda Carolina.

— Il y a un chemin qui longe la falaise. C'est tout près, proposa Anna en prenant la main de sa belle-sœur pour l'entraîner à l'écart de la foule.

Dix minutes plus tard, elles marchaient sur l'étendue herbeuse qui bordait la falaise.

— C'est étrange : avant de venir ici, je m'étais toujours imaginé de longues plages de sable blanc, remarqua Anna. Mais ce n'est pas ça du tout, en tout cas pas ici. Il faut s'éloigner pour en trouver.

Carolina hocha la tête.

— Mais à la place, tu as l'un des panoramas les plus spectaculaires du pays. C'est mieux que la plage, non ?

— Je trouve, mais Bella ne serait pas d'accord. Ce n'est pas facile de bâtir des châteaux de sable ici !

À mesure qu'elles marchaient, Carolina paraissait se détendre. Les muscles de ses épaules, remontées et voûtées, se relâchaient, et son rire chaleureux s'élevait plus facilement.

— Tu vas bien ? s'enquit Anna.

— Pas vraiment, répondit Carolina, les yeux emplis d'une profonde tristesse. Filippo paie la location de la villa parce qu'il se sent coupable de ce qui s'est passé. Et ça me rend malade. Et naturellement, *mamma* le considère toujours comme la huitième merveille du monde.

— Tu ne pourrais pas lui dire simplement la vérité ? Tu n'as pas à avoir honte. C'est lui qui est en tort.

— Le problème..., commença Carolina, les yeux pleins de larmes. C'est plus compliqué que ça.

— Qu'est-ce qu'il y a ? lui demanda Anna en posant la main sur son bras.

Elle s'arrêta pour qu'elles puissent parler.

— Mon Dieu, Anna, c'est un tel gâchis !

— Dis-moi ce qu'il y a.

— Tu ne dois pas le dire à mon frère.

À contrecœur, Anna hocha la tête.

— Je suis enceinte.

Stupéfaite, Anna chercha quelque chose à dire.

— Il est de Filippo. Ça s'est passé avant que je ne découvre la vérité. On a été négligents.

— De combien de mois ? demanda Anna en baissant instinctivement les yeux vers le ventre de sa belle-sœur, dont la robe ample ne révélait rien.

— Douze semaines.

— Qu'est-ce que tu ressens ?

— De la confusion.

— Tu l'as dit à Filippo ?

Elle secoua la tête.

— Je sais qu'il le faut. Mais ça ne changera rien. Il n'a jamais voulu d'enfant.

— Il mérite quand même d'être informé.

— Sûrement. Mais je ne peux pas revenir auprès de lui. Je ne veux pas.

— Tu n'y es pas obligée. C'est ton choix.

— Tu dis ça, mais attends que ma mère l'apprenne. Elle n'acceptera pas la honte de me voir mère célibataire. Elle insistera pour que je retourne auprès de lui. Elle le vénère. Il n'a jamais tort à ses yeux.

— Elle sera bien obligée de comprendre.

— Enfin, Anna, tu la connais !

— C'est ta vie.

— Je ne sais pas comment je vais pouvoir y arriver toute seule, soupira-t-elle, abattue.

— Tu n'es pas seule, déclara Anna en posant la main sur son bras.

Chapitre 29

Imogène se réveilla enroulée dans les draps de coton léger. Les premiers rayons du soleil matinal s'infiltraient à travers le store. Elle avait l'esprit embrumé. Elle se retourna et enfouit sa tête dans l'oreiller. Elle y perçut une odeur : after-shave.

Finn.

Elle huma encore le tissu. Non, comprit-elle, le cœur battant. Ce n'était pas celui de Finn.

— Oh, merde ! murmura-t-elle en se rappelant quelques bribes de la soirée précédente.

Elle n'avait quand même pas… Elle parcourut la pièce du regard. Elle était seule. Elle attendit que ses souvenirs lui reviennent, mais ils demeuraient fragmentaires.

Elle était restée tard sur la terrasse avec Luca après le dîner, à bavarder en se rappelant leur séjour en Thaïlande, quand ils n'avaient d'autre souci que de se badigeonner de crème solaire et d'organiser leurs séances de plongée. Le prosecco descendait tout seul, et ils en avaient commandé davantage. Après les deux ou trois premiers verres, les souvenirs d'Imogène se brouillaient. Elle se rappelait avoir pensé qu'elle devait appeler Finn, sans le faire pour autant.

La porte s'ouvrit et Luca entra en se frottant vigoureusement les cheveux avec une serviette.

— Salut, dit-il.

Le cœur d'Imogène accéléra. Elle savait qu'elle avait fait une bêtise. Le sentiment de culpabilité au creux de son estomac était bien reconnaissable. Mais elle ne parvenait pas à se souvenir de ce qui s'était passé, ni jusqu'où ils étaient allés.

— Ça va ? s'inquiéta-t-il en remarquant son expression de panique.

Elle hocha la tête en silence, malade d'inquiétude et de remords.

Le sourire disparut du visage de Luca.

— C'est à propos d'hier soir ?

Elle se souvenait maintenant : le ciel nocturne, le parfum entêtant des bougainvilliers qui éveillait ses sens, le contact de Luca, chaud et doux sur ses épaules. Il s'était penché vers elle…

— On s'est embrassés, marmonna-t-elle.

Et voilà. Elle avait réussi à tout gâcher pour de bon. Quel genre de personne était-elle ? Comment avait-elle pu tromper Finn, alors qu'elle l'aimait tant ?

Luca secoua la tête, une lueur de déception dans les yeux.

— Tu n'as rien fait de mal, ne t'inquiète pas. On n'a fait que cuver.

— Mais je me rappelle…, commença-t-elle en assemblant les fragments de souvenirs.

— Tu as dit non. Et je n'aurais sans doute pas dû essayer. Je croyais qu'il y avait encore un lien entre nous.

— Alors comment se fait-il que tu sois là ?

— Il était tard. Tu as dit que je pouvais rester.

Elle regarda les draps où ils avaient dû dormir côte à côte.

— Il ne s'est rien passé, je te le jure.

En avait-elle eu envie ? En avait-elle encore envie maintenant ? Luca s'était assis au bord du lit. Son beau visage familier lui rappelait le temps où la vie était plus simple. Imogène se sentait tiraillée.

Elle se leva et s'écarta du lit.

— Ça n'aurait pas dû arriver.

— Alors tu oublieras facilement, rétorqua Luca.

Il rassembla ses affaires et sortit.

Quelques minutes plus tard, Imogène consulta son téléphone. Deux appels en absence, trois textos qu'elle n'avait pas lus. Un d'Anna, deux de Finn.

Elle se sentait vide. Elle entra dans la salle de bains et s'aspergea le visage d'eau froide. Dans le miroir, elle vit son reflet : fatigué, tendu. Elle n'avait pas l'air d'une fille bien.

Elle n'avait rien fait. Mais elle y avait pensé, non ?

Chapitre 30

Anna disposait les sorbets qu'elle venait de préparer dans les présentoirs de la boutique quand la porte s'ouvrit à la volée. Imogène entra, chargée d'un petit sac à dos. Anna vint l'accueillir.

— Bienvenue !

Elle embrassa sa sœur, puis remarqua ses cernes noirs et son expression fatiguée.

— Ça va, Imo ? Je pensais que tu nous reviendrais en pleine forme. Il s'est passé quelque chose ?

Imogène secoua la tête en retenant ses larmes.

— Pas vraiment. J'ai tout fichu en l'air, c'est tout.

— Allons dehors, dit Anna en retirant son tablier. On va s'asseoir à la fontaine. Matteo s'occupera de la boutique.

Elles sortirent ensemble sur la place.

Quand elles furent assises, Anna prit la main d'Imogène.

— Allez, vide ton sac. Ça ne peut pas être si grave.

— Tu crois ? répondit Imogène d'un ton morose.

Anna attendit qu'elle poursuive.

— Luca était là-bas. À Capri. J'ai passé la nuit avec lui. Enfin, il ne s'est rien passé, rien du tout.

Mais ce n'est pas une excuse. Surtout qu'une partie de moi voulait peut-être qu'il se passe quelque chose.

— Mon Dieu !

— Merci, je me sens beaucoup mieux.

— Désolée, s'excusa Anna en comprenant peu à peu les implications de ce que venait de dire Imogène. Je suis surprise, c'est tout. Luca ! Je croyais que c'était loin derrière toi, avant même ta rencontre avec Finn.

— Oui, c'était loin. Ça l'est toujours. Je ne sais pas…

— Que dirait Finn s'il l'apprenait ?

— Il serait un peu blessé. Contrarié. Comme je le serais à sa place.

— Mais si tu lui expliques, il comprendra, pas vrai ? C'est un mec génial, Imogène, et il t'aime vraiment.

— Je sais, dit-elle en éclatant en sanglots. Je suis une idiote.

— Tu n'as rien fait. C'est ça qui compte. Alors quel est le vrai problème ? Tu tiens à Luca ?

— Je ne sais pas. Peut-être. Quand je l'ai vu, je me suis sentie vivante.

— Vivante, répéta Anna.

— Oui. Alors je suppose que je tiens à lui.

— Tu m'as parlé de toi, pas de lui.

— C'est vrai. C'était plutôt ça. On a beaucoup discuté.

— Tu peux t'imaginer avec lui pour de bon ?

Imogène réfléchit, puis secoua la tête.

— Non. Ce temps-là est révolu. (Anna attendait patiemment.) Ça ne marcherait pas.

— Tu l'as toujours su ?

— Non. Je crois que je me suis longtemps dit qu'il existait une possibilité. Tu sais, quand on se dit « et si… »

— Et maintenant ?

— Je me sens mal, Anna. Je ne trouve pas d'excuse. Je n'aurais pas dû.

— Tu crois toujours à cette possibilité ?

— Non. Tout ce que je veux, c'est retrouver Finn.

— Alors, dis-lui la vérité. C'est un garçon sensé. Il comprendra.

— D'accord. Je lui dirai tout et, avec un peu de chance, il comprendra que je suis encore plus certaine que c'est avec lui que je veux vivre.

— C'est ça. Tout ira bien, petite sœur, assura Anna en l'entourant de son bras.

Imogène essuya ses larmes et hocha la tête.

— En attendant, on a quelque chose à faire avant ton départ.

Luigi travaillait en cuisine quand Anna et Imogène entrèrent dans son restaurant le lendemain.

— On ne devrait peut-être pas, s'inquiéta Imogène. Je ne sais même pas par où commencer !

— Dis-lui simplement ce que tu m'as dit. Sur ce que tu as découvert.

— Bonjour ! les salua Luigi en essuyant ses mains couvertes de farine sur son tablier. Quel plaisir de vous revoir si vite toutes les deux ! C'était une belle fête, l'autre jour.

— Merci d'être venu, dit Anna.

— Alors, dites-moi. Que puis-je faire pour vous ? C'est un peu tôt pour déjeuner, mais je peux vous préparer des expressos.

— Non, non, ne vous dérangez pas, refusa Imogène. En fait, j'espérais…

Elle se mit à bafouiller. Anna lui donna un coup de coude et elle se tut.

— On peut s'asseoir ? demanda Anna.

Il s'installa avec elles, les sourcils froncés de perplexité.

— Je voulais vous demander quelque chose, reprit Imogène. J'ai essayé, à la fête, mais je ne trouvais pas les mots. Vous savez, notre grand-mère est venue ici il y a des années. Et récemment, j'ai trouvé des souvenirs. Une lettre de vous, une photo. Mais elle est morte il y a trois ans, alors je ne peux pas l'interroger.

— Elle est morte ? s'étrangla Luigi.

— Oui, et elle nous manque beaucoup. Nous ne savions pas du tout qu'elle était amoureuse de vous, mais on le sent dans cette lettre. Nous espérons simplement que vous voudrez bien nous raconter toute l'histoire.

— Vous avez une photo d'elle ? demanda-t-il, les yeux emplis d'une profonde tristesse.

— Oui, dit Imogène. J'en ai une quelque part.

Elle parcourut les photos de Viviane qu'elle avait prises avec la lettre, et en sortit une d'elle et Evie en train de manger des glaces sur le front de mer.

Il sourit.

— La voilà.

Anna et Imogène échangèrent un regard, toutes deux émues de lire tant d'amour dans son regard. Le lien paraissait encore si fort.

Il leva vers elles un regard triste.

— C'était une femme merveilleuse.

— C'est vrai.

Il se pencha à nouveau sur la photo.
— Ma magnifique Evie.

Imogène et Anna repartirent vers la boutique de glaces.
— J'aurais dû m'en douter, déclara Imogène. Mamie n'était pas du genre à avoir une aventure. Mais essayer de caser sa meilleure copine, ça, c'est elle tout craché.
— Elle voulait toujours voir les gens heureux.
— Elle avait dû comprendre qu'Evie avait raté sa chance.
— L'expression de Luigi quand il a compris qu'elle était encore en vie, soupira Anna. J'ai cru qu'il allait pleurer de joie.
— On doit faire quelque chose. On doit les réunir.
— Imo, la reprit Anna d'un ton un peu suspicieux. Tu es sûre ?
— Ça comptait pour Mamie, apparemment.
— Je ne suis pas certaine qu'on doive s'en mêler. Et de toute façon, tu ne crois pas que tu devrais te concentrer sur ta propre vie en ce moment ?
— Non. Je suis ravie que tout ça passe au second plan quelque temps, merci bien. Si Mamie Viv pensait que ce type convenait à Evie, elle avait peut-être raison.
— Tu ne laisseras pas tomber, n'est-ce pas ?
— Sûrement pas !

Chapitre 31

Dans l'avion qui la ramenait en Angleterre, Imogène se sentait tout étourdie. Devant le carrousel, elle adressa un texto à Finn pour lui annoncer qu'elle était presque arrivée. Il lui envoya une réponse ravie, conclue par un baiser. Ce petit mot, si facile à écrire, fit naître une nouvelle bouffée de remords.

Elle monta dans le train pour Brighton et regarda par la vitre les champs verdoyants céder la place aux maisons de style georgien, aux teintes pastel, qui annonçaient les abords de la ville. Elle parlerait à Finn dans la soirée. Elle irait droit au but et lui expliquerait ce qui s'était passé à Capri entre elle et Luca.

Quand elle entra dans leur maison de Brighton, l'air était chargé de riches effluves de cuisine. Finn chantonnait l'air qui passait à la radio en coupant des légumes.

— Salut, lança-t-il en s'avançant vers elle, les yeux brillants.

Elle l'embrassa et le serra dans ses bras.

— Salut, Finn.

Dans ses bras, elle se sentait bien à nouveau.

— Tu m'as vraiment manqué, déclara-t-il.

— Toi aussi.

Une pointe de culpabilité lui noua l'estomac, mais elle s'obligea à la chasser.

Ils s'assirent pour déjeuner et Imogène décrivit à Finn la nouvelle vie d'Anna et la boutique de glaces. Alors qu'elle commençait à débarrasser la table, il lui toucha l'épaule.

— Laisse ça. J'ai une surprise pour toi.

— Une surprise ?

— Oui. Viens dehors.

Il l'entraîna vers le jardin.

— Ferme les yeux.

Il se plaça derrière elle et mit une main sur ses yeux pour qu'elle ne puisse rien voir.

Elle éclata de rire. Elle se sentait en sécurité entre les bras puissants de Finn, même privée temporairement d'un de ses sens. Cette perte provisoire de contrôle lui procurait une sensation d'excitation et de soulagement, tout à la fois. En marchant avec lui, sans rien voir, sauf le noir et la lueur du soleil qui filtrait entre les doigts de Finn, elle avait l'impression que son voyage à Capri n'avait jamais eu lieu. Que rien ne comptait sinon eux deux.

— J'espère que c'est une bonne surprise.

Elle marchait sur les dalles maintenant ; elle se rappelait les avoir installées l'été précédent, quand tout était encore neuf. Quand elle s'était rendu compte qu'elle n'avait plus à chercher qui elle était, qu'elle ne se trouverait pas au fond d'un océan lointain. Que c'était dans les bras de Finn qu'elle se sentait le mieux.

— Oui, je te le promets.

Il embrassa doucement la peau délicate de son épaule.

Elle continua de marcher, en reconnaissant le parfum des végétaux qu'elle et Finn avaient plantés ensemble : les touffes odorantes de lavande qui grouillaient d'abeilles en été, le petit carré d'herbes aromatiques – menthe et thym –, et les rosiers près de la remise. Elle percevait leur odeur maintenant. Ses parents les lui avaient offerts quand elle s'était installée avec Finn. Son père était venu les planter. Tout ce qui l'entourait, ces fragments de leur vie lui semblaient plus précieux à présent. Elle avait failli tout gâcher.

Un claquement de métal et un tintement de clefs.

— Attends ! protesta-t-elle. Tu ne vas pas m'emmener dans la remise !

La structure en bois méritait à peine ce nom. Ce n'était guère qu'un tas de planches branlantes qui contenait leur râteau, le balai d'extérieur et quelques outils de jardinage.

— Sois patiente.

Elle avança et sentit l'atmosphère changer. Elle était à l'intérieur, mais sûrement pas dans l'appentis humide infesté d'araignées qu'elle connaissait.

— Maintenant, regarde.

Il enleva sa main.

Imogène ouvrit les yeux, mais elle ne voyait toujours rien. Il faisait noir comme dans un four. Elle leva une main vers son visage. Elle distinguait à peine ses doigts.

— J'ai l'impression d'être devenue aveugle.

Elle entendit le déclic d'un interrupteur et la pièce fut envahie d'une lueur rouge. C'est alors qu'elle compris où elle se trouvait, en découvrant un alignement de bacs, des bidons de produits chimiques et des fils d'étendage portant de petites pinces.

— Finn, s'exclama-t-elle en observant la pièce, une chambre noire. Ma propre chambre noire !

Dans la lumière rouge, il la serra contre lui.

— J'ai bien travaillé ?

— Oui, dit-elle, saisie à la fois d'une émotion profonde et d'horribles remords.

— Tu pourras travailler en pyjama. Ou dans cette grenouillère que tu aimes tant. Comme tu voudras, sourit-il.

— Je l'adore.

— Je suis bien content. Lauren m'a aidé à commander le matériel, alors tu devrais avoir tout ce qu'il te faut.

— Mais comment tu as pu faire tout ça ?

— Ton père m'a donné un coup de main.

— Mais l'école…

— J'ai pris goût à la maçonnerie.

Elle se tourna vers lui, leva la main pour effleurer la barbe naissante, dure, sur sa mâchoire, et l'attira plus près. Elle l'embrassa, d'abord doucement, puis plus profondément, en savourant son parfum d'air salé et la chaleur de sa peau.

— Merci.

Voilà ce que j'ai, et c'est bien, se dit Imogène. Elle ne prendrait pas le risque de tout perdre. Il valait mieux taire certaines choses, et le temps qu'elle avait passé sur l'île avec Luca en faisait partie. Elle avait compris la leçon, c'était le plus important.

Le lendemain matin, elle attendait que l'eau chauffe dans la bouilloire. Devant elle étaient posés deux mugs et deux bagels à la cannelle, fraîchement beurrés. Elle apportait à Finn le petit-déjeuner au lit ce matin-là. Elle avait pris la résolution de faire en sorte qu'ils partagent davantage de moments agréables.

Debout devant le plan de travail, elle consulta son téléphone. Son cœur accéléra quand elle découvrit un nouveau message, de Luca. « Tu dois être rentrée chez toi maintenant. Tu as oublié facilement ? Moi, j'ai du mal. »

Paniquée, elle ferma le message. Elle pensa à Finn qui dormait encore dans leur chambre, et sentit le poids écrasant de ce qu'elle lui avait tu. Elle devait remettre les choses en ordre. Il le fallait. Mais elle avait laissé passer l'occasion de tout lui raconter, et ne savait plus trop comment s'y prendre.

Plus tard, Imogène se retrouva seule à la maison. Finn avait été ravi de leur petit-déjeuner, ce qui aggravait encore son sentiment de culpabilité. Il s'était préparé pour partir travailler et l'avait embrassée. Elle sentait encore le doux contact sur ses lèvres. Puis il était sorti, la laissant seule avec sa conscience tourmentée.

Ensuite, elle était allée dans sa nouvelle chambre noire. Elle avait travaillé, lentement mais avec détermination, sur les photos qu'elle avait prises durant son voyage, des images de glaces, d'arbres et d'eau miroitante. Elle avait développé une photo de Luigi prise juste avant de partir. Quand viendrait le bon moment pour parler à Evie, Imogène aurait ce portrait à lui montrer.

Quand elle eut terminé, elle rentra dans la maison et vérifia son agenda : thé avec sa mère dans le quartier de Kemp Town avant le déjeuner, puis deux séances photos dans l'après-midi. Retour au travail. Un peu de normalité après le tourbillon italien. C'était ce dont elle avait besoin.

Elle alla en ville à bicyclette et retrouva sa mère dans leur salon de thé préféré, un petit établissement vintage dans une ruelle. Elles s'étreignirent, et l'agacement qu'éprouvait souvent Imogène envers sa mère ne se manifesta pas. Sa vie lui paraissait si pleine d'incertitudes que le réconfort des liens familiaux était exactement ce qu'il lui fallait.

— C'est bon de te revoir, Imogène. Allez, raconte-moi tout.

Imogène décrivit Sorrente, les gens du quartier, la situation entre Anna et sa belle-famille. Puis elle lui parla d'Evie et de Luigi. La tentation était trop forte.

— Oh, comme c'est romantique ! s'extasia Jan. Toutes ces années, et il pense toujours à elle ! Tu dois le lui dire.

— Je vais le faire. Mais je veux choisir le bon moment.

Les yeux de Jan brillaient d'excitation à l'évocation de Luigi.

— Tu ne diras rien, hein ? Je t'en prie, Maman.

— Motus et bouche cousue, promis.

— D'accord.

Bien entendu, elle avait donné une version soigneusement expurgée de son séjour en Italie. Pas question qu'elle souffle mot de Luca. Avant que sa mère ne puisse lui poser des questions embarrassantes, elle changea de sujet :

— Et la maison d'hôtes ?

— Cette semaine, elle est presque remplie par un groupe de touristes japonais. En dehors de la chambre de Clarissa, naturellement.

— Elle est encore là ?

— Oui. Elle fait pratiquement partie des meubles maintenant. Je trouve qu'elle paraît un peu plus heureuse. Et ton oncle dit qu'ils n'ont plus de problèmes de promenades nocturnes ces derniers temps.

— Bien.

— Apparemment, elle a juste envie d'être là. De comprendre quelque chose à propos de cette maison. C'est bizarre, je te l'accorde. Mais si ton oncle n'y trouve rien à redire, je ne vois pas où est le mal.

— Bien sûr.

— Tu sais, ce qui est drôle, c'est que quand ton père l'a vue, il a cru la reconnaître. Il dit qu'il n'arrive pas à mettre le doigt dessus, mais qu'elle a quelque chose de familier. Il s'est dit que sa mère avait peut-être séjourné là, dans la maison, quand lui et Martin étaient petits. Mais quand je lui ai posé des questions, il a… Enfin bref, tu le connais. Il est devenu très évasif.

Quand elles eurent fini leur thé, Imogène prit le chemin du studio et entra avec la clef que lui avait donnée Lauren. Son amie avait laissé des informations sur les séances qu'Imogène assurerait ce jour-là : des jumelles, et une chienne, Trixie.

À seize heures, elle commençait à se demander si elle n'avait pas perdu la main. La première séance, passée à tenter d'arracher un sourire à deux écolières renfrognées, avait viré à l'épreuve d'endurance. Et maintenant, elle se retrouvait face à Trixie, la chienne la moins joyeuse de la planète.

— Lancez-lui la balle maintenant !

Trixie était une vieille chienne bobtail adorée de son maître entre deux âges, Samuel. Elle restait assise au milieu de la scène, calme et tranquille. À chaque ordre, elle se contentait de pencher légèrement la tête.

Samuel lança la balle et les yeux de Trixie bougèrent imperceptiblement pour la suivre, mais elle ne broncha pas. Elle était très douce, mais se révélait un vrai cauchemar en matière de photographie. Imogène s'attendait à un après-midi facile, mais ses prévisions étaient loin de se vérifier.

— Elle n'est pas comme ça d'habitude, assura Samuel, perplexe. Elle a toujours l'air montée sur ressorts.

Imogène leva un jouet couineur au-dessus de sa tête et appuya dessus pour attirer l'attention de Trixie, qui ne réagit pas.

— Tiens, ma belle, fit-elle en s'agenouillant pour lancer quelques friandises en forme d'os en direction de la chienne.

Elle s'en approcha sans grand enthousiasme, mais d'un pas un peu plus dansant, et Imogène put prendre quelques clichés.

— Je devrais peut-être la ramener un autre jour, proposa Samuel.

Il leur restait une demi-heure. Ce n'était pas l'idéal, mais ils réussiraient peut-être à obtenir quelques clichés corrects, espérait-elle.

— Essayons encore une fois.

Leurs tentatives demeurèrent vaines. Imogène mit fin à la séance, craignant de n'avoir que quelques photos utilisables. Lauren ne serait pas contente, mais elle avait fait de son mieux.

Chez elle dans la soirée, avant le retour de Finn, Imogène comprit que la situation ne s'améliorerait pas, qu'elle n'aurait pas l'esprit libre tant qu'elle ne prendrait pas le taureau par les cornes. Toute la journée, elle avait pensé au mail de Luca. Sa seule présence dans sa messagerie lui paraissait une preuve contre elle, sur laquelle revenait sans cesse sa mauvaise conscience. Elle devait tirer un trait définitif sur cette histoire. C'était la seule façon d'avancer.

« Luca,

Il ne s'est rien passé entre nous. Et il ne se passera rien. Je suis amoureuse de mon compagnon et c'est avec lui que je veux être. J'ai eu la bêtise de l'oublier un temps, c'est tout. Je t'en prie, ne me contacte plus.

Imogène. »

Elle envoya le message. Puis elle effaça le mot de Luca et sa réponse. Et voilà. Maintenant, elle pouvait chasser toute l'affaire de son esprit.

Chapitre 32

— Imo ! appela Bella en courant dans le séjour. Imo ?

Au saut du lit, ses cheveux bruns étaient encore tout emmêlés, mais elle avait les yeux brillants.

Anna souleva sa fille et la serra dans ses bras.

— Je suis désolée, mon cœur. Imogène est partie. Tu te rappelles, quand on lui a dit au revoir ?

— Au 'voir, répéta Bella, l'air un peu déconfit.

— On dirait que tu n'es pas la seule à regretter son départ, remarqua Matteo.

— C'était génial de la voir, non ? dit Anna en souriant au souvenir de sa visite.

— C'est vrai. La maison paraît bien calme maintenant.

— C'est sûr.

— Alors, retour à la normale pour nous, constata-t-il.

— Oui, et je veux améliorer les choses tout de suite. J'ai rendez-vous avec ta mère tout à l'heure.

À la fête, Anna avait entrevu une possibilité qu'elle et Elisa trouvent un nouvel équilibre. Et avec les confidences de Carolina, elle avait le sentiment qu'il était de son devoir de faire la paix.

— Ah bon ?

— Je lui ai proposé qu'on prenne un café toutes les deux. Pour discuter.

— J'apprécie, répondit prudemment Matteo. Merci, Anna.

Cet après-midi-là, Anna traversa la place et prit la direction de la villa, avec un gâteau acheté à la boulangerie.

— Entrez, Anna, l'accueillit Elisa quand elles se retrouvèrent à la porte.

Quelques minutes plus tard, elles étaient attablées dans la cuisine autour du gâteau et de la cafetière.

— Je suis heureuse que vous ayez proposé cette rencontre, déclara Elisa, l'air ravi.

— Je me suis dit… Les journées passent si vite qu'on a rarement l'occasion de vraiment parler, toutes les deux. Je voulais y remédier.

— C'est vrai.

— Je sais que nous sommes parfois en désaccord, à propos de la boutique, mais j'espère que vous avez remarqué que nous tenons compte de certaines de vos suggestions.

— Oui. Cela vous rendra service, j'en suis sûre.

— J'ai conscience que vous essayez de nous aider.

— Et je sais que vous avez besoin de faire certaines choses par vous-mêmes.

Anna pensa qu'elles se comprenaient enfin.

— Et naturellement, vous aurez une grande décision à prendre bientôt, poursuivit Elisa. Je veux vous aider aussi pour ça.

— Une décision ?

Elisa fit la moue, puis poursuivit :

— Nous voulons toutes les deux ce qu'il y a de mieux pour Matteo, et pour Bella, n'est-ce pas ?

— Bien sûr.

— Et je crois qu'on voit toutes les deux combien ils s'épanouissent en Italie.

Anna remua sur sa chaise.

— Oui. Tout semble bien se passer.

— Alors vous allez envisager de vous installer de façon définitive, n'est-ce pas ?

— Je ne sais pas. Nous n'en sommes qu'au tout début. Nous devons attendre de voir comment marche la boutique…

— Suivez mes conseils et vous n'aurez aucun problème dans ce domaine.

— Et je dois aussi penser à ma famille, Elisa. Je ne suis pas certaine d'être prête…

— Mais vous n'avez aucun scrupule à tenir Matteo éloigné de la sienne.

— Ce n'est pas vrai, déclara Anna d'un ton résolu.

Elisa fronça les sourcils.

— On le dirait bien, pourtant.

— Vous avez Carolina…

— Et regardez-la, Anna. Elle se dévoue corps et âme à son mari. Elle n'a pas peur d'accepter des compromis pour lui, pour le bien de la famille. Pour moi, il en a toujours été ainsi. Pourquoi êtes-vous si différente ?

Anna pensa à sa conversation avec Carolina. Elisa en savait bien peu sur ce qui se passait dans sa famille, qu'elle prétendait si précieuse à ses yeux.

— Vous êtes injuste, dit-elle.

— Le bonheur de mon fils est important pour moi. Il devrait l'être aussi pour vous.

Ce soir-là, Anna et Matteo prirent leur repas sur le balcon, aux chandelles. Sur la place en dessous, promeneurs et dîneurs bavardaient avec animation. Le bourdonnement des conversations montait jusqu'à eux.

— Je suis donc allée voir ta mère aujourd'hui, commença Anna en essayant de rester calme.

— Comment ça s'est passé ? demanda-t-il d'un ton prudent.

— Pas aussi bien que j'espérais.

— Raconte.

— Au début, j'ai cru qu'on se comprenait. Et puis elle a commencé à me mettre la pression. À insister pour que je m'engage à ce qu'on s'installe ici définitivement.

— Oh, mon Dieu ! Je suis désolé.

— Tu as évoqué cette idée avec elle ?

— Je lui ai dit que j'étais content d'être là, répondit-il, sourcils froncés. Rien de plus.

— De toute évidence, ça lui a suffi à conclure que je t'empêche de vivre comme tu l'entends.

— Elle croit nous rendre service.

— Eh bien, elle se trompe. Choisir où l'on vit est une décision très importante. Elle n'a pas son mot à dire là-dessus.

Matteo parut blessé.

— Tu crois que je ne le sais pas ? Je ne suis plus un enfant, Anna.

— J'ai l'impression que, quoi qu'elle dise, tu l'approuves.

— J'essaie simplement de maintenir la paix. Faire ce qu'on veut, ça paraît facile, à t'entendre. Mais ce n'est pas si simple. Je ne peux pas ignorer complètement ce qu'elle souhaite. C'est ma famille.

— Ce n'est pas nous, ta famille, maintenant ? Bella et moi ?

L'expression de Matteo se durcit.

— Tu veux que je tourne le dos à ma mère, à mes parents ?

— Bien sûr que non ! s'exclama Anna, exaspérée du tour que prenait la conversation. Ce n'est pas du tout ce que je voulais dire.

— Je veux que tu sois heureuse, Anna. Vraiment. Mais je suis coincé au milieu.

— Tu ne me parais pas du tout au milieu.

— Qu'est-ce que tu veux dire ?

— J'ai l'impression que tu es de son côté, déclara Anna d'une voix gagnée par l'émotion.

— Il n'y a pas de côtés, objecta Matteo en secouant la tête. Ce n'est pas ça du tout.

*

Pendant la nuit, Anna voulut se blottir contre Matteo, pour se rassurer au contact de son corps chaud. Mais il réagit à peine. Elle eut le sentiment d'avoir brisé quelque chose en lui, en l'obligeant à choisir. Et peut-être avait-elle également brisé quelque chose en elle-même.

À une heure du matin, un cauchemar la réveilla. Elle avait la nuque glacée. Elle enfila sa robe de chambre et sortit sur le balcon.

Les étoiles parsemaient le ciel au-dessus de la place pavée. Sans éclairage public, elles étincelaient. Réverbères, maisons et voitures affaiblissaient leur éclat à Brighton. D'habitude, la vue depuis le balcon l'apaisait, mais en cet instant le panorama lui paraissait froid et étranger. Elle ne voyait que des maisons et un paysage bien différents de ceux où elle avait grandi, et l'étendue du ciel au-dessus d'elle ne faisait qu'aiguiser sa conscience de la distance, qui semblait infinie. Regarder au-dehors lui rappelait combien elle se trouvait loin de sa sœur, de sa famille, de son appartement, de tout ce qui constituait son foyer.

Derrière elle, la porte s'ouvrit. Elle se retourna. Matteo vint la rejoindre sur le balcon.

— Salut, murmura-t-il. (Il avait les cheveux emmêlés au sortir du lit, et il se frottait les yeux.) Qu'est-ce que tu fais là ?

— Je ne pouvais pas dormir.

Il lui entoura la taille de son bras et contempla la vue avec elle.

— C'est beau, hein ?

— Oui.

Elle sentit sa voix s'étrangler d'émotion.

Ils se turent un moment.

— Je ne vois plus la beauté, déclara-t-elle enfin.

— Est-ce que c'est à cause d'aujourd'hui ? de la discussion avec ma mère ?

— Bien sûr. J'ai l'impression que tu ne me soutiens pas du tout. Et je ne crois pas que ta mère m'accepte telle que je suis.

— Ce n'est pas vrai. Évidemment qu'elle t'apprécie. Elle est comme ça, c'est tout. Je lui parlerai.

Anna ne pouvait plus retenir ses larmes.

— Je veux rentrer chez moi. Je veux rentrer avec Bella, retrouver ma famille. Je commence à me sentir étrangère ici.

La voix de Matteo se durcit.

— Et tu crois que je n'ai jamais connu ça ? Tu sais que j'adore vivre à Brighton, je ne prétends pas le contraire. Mais quand tu parles avec tes amis, que vous lancez des blagues que vous êtes seuls à comprendre, ou quand ta famille parle d'endroits où je ne suis jamais allé, d'émissions que je n'ai jamais vues, tu ne crois pas que je ressens la même chose ?

— Ma famille t'a toujours accepté ! riposta Anna.

— Je sais. Mais ça ne veut pas dire que je ne me sens jamais étranger en Angleterre.

— Je ne le savais pas.

— Pas tout le temps, répondit Matteo avec un haussement d'épaules.

— Qu'est-ce qu'on va faire ? Parce qu'à mon avis, où qu'on vive, l'un de nous sera malheureux.

— Tu as sans doute raison.

— Alors quoi ? On vit séparés ?

Dès que les mots eurent passé ses lèvres, elle les regretta.

Il secoua la tête.

— Ne dis pas ça. (Il s'interrompit.) On ne peut pas faire ça à Bella, finit-il par ajouter d'une voix à peine audible.

Anna se représenta sa petite fille, endormie dans sa chambre, le visage enfoui dans le lapin en peluche qu'elle emmenait au lit tous les soirs, les joues rosies de sommeil. Chez elle, ce n'était pas un pays. C'étaient ses deux parents, la chaleur de leur double étreinte.

Son chez-elle existait-il encore ?

Chapitre 33

Imogène rentra chez elle et déposa ses sacs de courses à la porte. Elle s'était arrêtée à un petit marché en chemin et avait acheté des produits frais pour le dîner : des soles avec des légumes verts et des frites de patate douce. Finn apprécierait. Elle brûlait d'impatience de voir l'expression sur son visage et de l'embrasser. Tout lui paraissait plus léger depuis qu'elle avait rompu le contact avec Luca, et elle sentait même une étincelle d'inspiration se rallumer en elle.

Elle ouvrit la porte et appela Finn. La maison était silencieuse. Elle regarda autour d'elle, et l'aperçut devant le plan de travail de la cuisine. Leurs yeux se rencontrèrent et il secoua légèrement la tête. Son visage était empreint d'une profonde tristesse. Le cœur d'Imogène s'alourdit. Quelque chose clochait.

— Tout va bien ? s'enquit-elle.

Elle s'avança et, en approchant du plan de travail, elle vit une série de photos étalées devant lui. Des photos qu'elle reconnut. Elle les avait prises elle-même.

— Je les ai trouvées dans ta chambre noire.

La poitrine d'Imogène se comprima. Elle dévisagea Finn, son front plissé, ses cheveux en bataille, et fut submergée de regrets. Pas un mot ne lui venait.

— J'ai entendu un bruit là-bas, quelque chose qui tombait. C'est pour ça que je suis entré. Et je les ai vues accrochées au fil.

Imogène avait la gorge sèche.

— Elles ont été prises en Italie, c'est ça ? demanda-t-il en désignant les fleurs d'un rose éclatant et les murs de brique effritée.

— Oui, à Capri.

— Et ce type ? poursuivit-il en haussant les sourcils.

Les yeux bruns de Luca la dévisageaient sur les clichés étalés entre eux.

Elle se serait giflée d'avoir été si négligente.

— Qui est-ce ?

— Luca.

— Luca, ton ex ? insista-t-il, incrédule.

— Oui. Je suis tombée sur lui à Capri. Ce n'était pas prévu.

Finn contempla à nouveau une des photos qu'Imogène avait prise avec le retardateur. Leurs visages bronzés tout près l'un de l'autre, leurs sourires rayonnants. Elle frissonna en imaginant ce que Finn pouvait en penser.

— Il ne s'est rien passé, s'empressa-t-elle de préciser.

— C'est ça. Il ne s'est rien passé, répliqua-t-il d'un ton neutre. Alors pourquoi est-ce que tu as pris en photo ce qui ne se passait pas ?

— Je ne sais pas. Je ne me rappelais même pas les avoir prises.

— Et c'est censé me réconforter ?

— Non. J'avais l'intention de t'en parler en rentrant. Je ne sais pas pourquoi je ne l'ai pas fait. Luca et moi, on est allés prendre un verre. Et puis on a dîné. Écoute, je sais que ça a l'air louche, mais il ne s'est rien passé, je t'assure. On n'a fait que parler.

— Tu comptais me dire quoi, exactement ? Que pendant que j'attendais que tu m'appelles, tu étais en train de prendre du bon temps à Capri avec ton ex ?

— Ce n'était rien, je te jure. (Les mots se bousculaient.) Finn, je ne mettrai jamais en danger ce qu'il y a entre nous. (Elle devait absolument trouver les mots justes.) J'ai dû me sentir flattée de ses attentions. Et ça paraissait naturel de passer du temps avec lui, sans penser à l'avenir. On en parle tellement tous les deux depuis quelque temps…

— Alors c'était ça ! s'exclama Finn, les yeux écarquillés.

— Non. Mais oui. Enfin… peut-être.

— Décide-toi. Parce que je n'y comprends plus rien. Est-ce que je te rends heureuse ?

— Bien sûr ! répondit-elle d'une voix où le désespoir commençait à poindre.

— Je me rappelle, maintenant : tu n'as pas répondu au téléphone ce soir-là. Tu avais choisi d'être avec lui plutôt qu'avec moi ?

— Il ne s'agissait pas de toi ou lui. La question ne se pose pas. J'ai rompu avec Luca pour de bonnes raisons, et je suis tombée amoureuse de toi pour les centaines de bons côtés qu'il y a en toi, et en nous deux ensemble. Mais… (Elle devait faire preuve d'une franchise qu'elle n'avait pas eue jusque-là, elle le savait. C'était leur seule chance d'avancer dans leur couple.) J'ai cru que tu allais me demander de t'épouser.

Finn sursauta, stupéfait.

— Et alors ?

— Je veux être avec toi, mais le mariage…

— Ouais. Aïe, ça fait mal.

— Désolée. Je ne savais plus où j'en étais.

— Waouh, le début de cette conversation n'était déjà pas terrible, commença-t-il en se frottant le front d'un geste las, les yeux baissés. Mais là, on atteint des sommets.

— Je suis désolée.

Elle se sentait vaincue, ne savait plus comment s'y prendre pour redresser la situation, pour les sortir de l'impasse où ils s'étaient engagés.

— Tu as la trouille à l'idée de te marier, et c'est comme ça que tu réagis ? Au lieu de me parler, tu trouves ce type et tu traînes avec lui ?

— Ce n'était pas ça…

— Je crois que j'ai besoin d'être un peu seul, déclara Finn.

— OK.

Elle se sentait clouée sur place, mais savait qu'elle devait partir. Cette maison était devenue leur foyer, mais elle appartenait toujours à Finn, et c'est elle qui était en tort.

— Je vais rassembler mes affaires, alors.

Il hocha la tête et haussa les épaules.

Imogène entra dans leur chambre et sortit son sac à dos rangé sous le lit. Elle balaya la pièce du regard, les draps blancs froissés où ils avaient dormi ensemble, la photo d'eux avec leurs planches de surf sur une plage sablonneuse du Devon, encadrée sur la commode.

Ses joues brûlaient. Les larmes ruisselèrent. Elle entassa quelques-unes de ses affaires dans le sac en essayant de ne pas penser à quand, ni dans quelles circonstances elle pourrait revenir.

Chapitre 34

— Des pancakes à la banane ? proposa Anna à Bella en prenant un fruit dans la corbeille.

Elle avait besoin de quelque chose pour ensoleiller sa matinée. En général, les pancakes étaient efficaces.

— Oui ! fit Bella en tapant dans ses mains.

— D'accord, parfait, dit Anna en sortant les ingrédients du placard.

Matteo apparut à la porte de la cuisine, tout juste sorti de la douche. Il se séchait les cheveux avec une serviette.

— Pancakes ? demanda doucement Anna.

— Volontiers, merci.

Ils n'avaient pas parlé depuis la nuit précédente, et la tension entre eux était palpable. Durant leur conversation, Anna s'était sentie poussée à bout, au point d'envisager quelque chose qui, à la lumière du jour, était trop insupportable pour qu'elle y repense. Elle ne cherchait pas à tout effacer, à faire comme si cette conversation n'avait jamais eu lieu, ni comme si les exigences d'Elisa ne l'avaient pas blessée, mais c'était ainsi qu'ils procédaient, elle et Matteo, se disait-elle en versant le mélange dans la poêle, en écoutant Matteo rire et jouer avec leur fille. La bonne cuisine était leur base et les aidait à affronter chaque journée, même les plus difficiles, comme celle-ci.

Matteo prit son assiette avec reconnaissance et coupa quelques morceaux pour sa fille.

— Tu as eu des nouvelles d'Imogène récemment ?

— Non, répondit Anna en secouant la tête. C'est bizarre, en fait. J'ai reçu un texto pour dire qu'elle était bien arrivée, et depuis, plus rien. Je l'appellerai tout à l'heure.

Elle s'inquiétait déjà depuis un moment.

— Les gens du blog de cuisine viennent aujourd'hui. On devrait leur préparer quelque chose de spécial. Tu te rappelles ? Le rendez-vous que tu as pris ?

— Oui, bien sûr. En fait, j'ai mis quelques échantillons de côté au freezer. Donc, on est prêts.

— Et Bella ?

En l'entendant prononcer le nom de leur fille, Anna se demanda si elle représentait le dernier lien entre eux.

— Carolina pourra sans doute la garder pendant que les blogueurs seront là.

— Oui. Ou alors, je peux demander à *mamma*.

— Je n'ai pas vraiment envie de lui confier Bella pour l'instant.

— Comment ça ? Tu veux la faire sortir de notre vie parce qu'elle ne pense pas comme toi ?

— Bien sûr que non. Mais après ce qui s'est passé hier… Je préférerais demander à Carolina, c'est tout.

— Elle finira par entendre raison.

— Je l'espère. Parce que c'est notre relation, Matteo. Je ne veux pas faire ménage à trois.

Anna prit quelques instants, avant l'arrivée des blogueurs, pour prendre des nouvelles de sa sœur.

— Les choses ont pris un tour inattendu, annonça Imogène. Ou alors, j'aurais dû comprendre dès le début qu'elles ne pouvaient pas tourner autrement.

— Que s'est-il passé ?

— Tu veux vraiment le savoir ? (Anna entendait les larmes dans sa voix.) Je suis dans la camionnette, avec mes affaires. Je déménage.

— Quoi ? s'écria Anna, prise au dépourvu. Toi et Finn…

Elle s'assit sur une des chaises en terrasse, à l'écart des clients.

— Il a trouvé des photos de moi et Luca à Capri. Je ne sais pas pourquoi j'ai eu la bêtise de penser qu'il ne saurait jamais rien, que je pouvais tout simplement ne rien lui dire et que ce serait comme si rien ne s'était passé. Mais dans ces circonstances, comment lui reprocher de croire que je lui cachais quelque chose de plus grave ?

— Oh, Imogène ! Je suis tellement désolée. Tu sais où aller ? Chez Lauren ? Chez Papa et Maman ?

— Lauren héberge son frère et, non, pas question que je revienne chez Papa et Maman. Je ne suis pas désespérée à ce point. (Elle laissa échapper un rire amer.) J'ai appelé Martin et il a une chambre de libre, alors je vais à la maison d'hôtes.

— Ça va s'arranger. Laisse-lui du temps.

— Je ne voulais pas le faire souffrir, reprit Imogène d'une voix plus douce. Je me déteste pour ce que j'ai fait. Je voudrais pouvoir revenir en arrière et m'y prendre autrement.

À quatorze heures, Anna et Matteo fermèrent la boutique une heure pour recevoir les blogueurs.

Une douzaine de chroniqueurs gastronomiques les interrogèrent sur leurs débuts, devant des smoothies.

— Nous avons notre propre boutique à Brighton, expliqua Anna. Mais nous avons eu envie de revenir en Italie, où Matteo a grandi, et ça paraissait l'occasion rêvée de présenter nos recettes à un public plus large.

Devoir faire bonne figure devant des étrangers et présenter un front uni avec Matteo ne pouvait que les aider, se dit Anna. En décrivant une période plus heureuse, elle oubliait presque la conversation dévastatrice qu'ils avaient eue pendant la nuit. Presque.

— En fait, les recettes anglaises ont très bien voyagé, reprit Matteo. L'esquimau au gin-tonic et citron a fait un tabac ici. Et notre classique Wimbledon, fraise et crème.

Les blogueurs prenaient des notes, goûtaient les échantillons qu'Anna avait disposés devant eux. Ils inspectèrent la boutique, intrigués.

— Vous l'avez beaucoup transformée, remarqua une femme nommée Lucy. J'ai déménagé ici depuis le Royaume-Uni il y a dix ans et je rêvais d'un endroit où je me sente chez moi. Dès que vous avez repris cette boutique, j'ai su que je l'avais trouvé.

— Merci, dit Anna. C'est très gentil.

— Certaines personnes m'ont confié qu'elles trouvaient rafraîchissant de voir un mélange de différents styles sur votre carte. Évidemment, l'Italie est célèbre pour ses glaces, et à juste titre, mais on trouve les produits traditionnels partout. Je crois que vous sortez du lot parce que vous n'avez pas peur de tenter de nouvelles expériences.

Matteo écoutait en hochant la tête. Anna se sentait un peu réconfortée par le commentaire de Lucy. Mais tout cela ne paraissait plus aussi important désormais. La situation avait empiré.

— Vous êtes de la famille des Bonomi, non ? reprit Lucy.

— Vous êtes bien informée.

— Avez-vous rencontré des difficultés à rompre avec les traditions familiales ?

Anna et Matteo se regardèrent l'espace d'un instant.

Anna parla la première :

— Tout commerce implique des difficultés, non ? Ce qui compte, c'est de les surmonter.

Lucy sourit et nota quelque chose sur son iPad.

Quand Matteo lui toucha la main derrière le comptoir, la chaleur l'envahit, et elle referma les doigts sur les siens.

Les blogueurs repartirent juste après quinze heures et la boutique retrouva sa tranquillité. Carolina arriva avec Bella et un nouveau ballon – bleu, décoré d'étoiles argentées – qu'elles faisaient rebondir en marchant.

— On dirait que vous vous êtes bien amusées toutes les deux, observa Anna.

— Oui. On a fait le tour des boutiques et Bella a appris à dire « *Grazie* ». Pas vrai, ma chérie ?

Bella les dévisagea, déroutée.

— Il va falloir me croire sur parole. Alors, comment ça s'est passé ?

— Vraiment très bien, répondit Anna.

— Ça vaut toujours la peine de recevoir les médias, pour s'assurer que l'information circule.

Encore qu'apparemment, vous suscitiez déjà pas mal de curiosité.

— Oui. Et toi, comment tu te sens ? chuchota Anna.

Elle était presque sûre que Matteo n'était pas à portée de voix, mais ne voulait prendre aucun risque.

— Je suis malade comme un chien. Je croyais que les nausées étaient censées se calmer, mais les miennes empirent. Bella est très efficace pour me changer les idées.

— Je suis bien contente. Mais si ça devient trop difficile, tu dois me le dire.

— Ne t'inquiète pas. Et d'une certaine façon, je devrais te remercier. Jusque-là, *mamma* n'arrêtait pas de me harceler pour savoir quand arrivait Filippo. Maintenant, elle a une nouvelle obsession, savoir si vous allez rester ici. On dirait qu'elle a complètement oublié Filippo.

— Elle t'en a parlé ?

— Oui. Je suis désolée. Tu sais comment elle est quand elle a une idée en tête. Elle va se calmer, avec le temps.

— J'espère. Je la respecte, vraiment, mais c'est à nous de prendre cette décision.

— Bien sûr. Et c'est normal. Mais ma mère ne peut pas s'empêcher de se mêler de tout. Tu comprends pourquoi je ne me confie pas à elle ? Comment crois-tu qu'elle réagira quand elle découvrira que je me sépare d'un des hommes les plus riches de la région ? Et pour devenir mère célibataire, en plus !

— Je voudrais pouvoir t'aider.

— Tu le fais déjà, en m'écoutant. C'est mon problème.

— Il y a une chose que je peux te proposer. Ça ne réglera pas tout, mais tu te sentiras peut-être mieux. Ma solution testée et approuvée contre les nausées du matin. Le sorbet citron-gingembre. C'est léger comme l'air. Propriétés curatives presque garanties.

Un sourire naquit lentement sur le visage de Carolina.

— Je croyais ne rien pouvoir manger pour l'instant, mais ça paraît irrésistible.

Chapitre 35

À la maison d'hôtes, Imogène défit son sac et suspendit ses vêtements dans la petite armoire d'une des chambres. À son arrivée dans la soirée, Martin l'avait accueillie sans lui poser de questions, pressentant apparemment qu'elle avait besoin de tranquillité.

Sur le chemin, elle s'était sentie à bout de nerfs en se remémorant sa conversation avec Finn, mais maintenant elle puisait du réconfort dans son environnement. La maison de sa grand-mère serait toujours un refuge. Elle avait le pouvoir de la ramener à une époque où elle avait le sentiment que rien de mauvais ne lui arriverait jamais, à une enfance passée essentiellement à pleurer de rire avec sa sœur et ses parents, à construire des cabanes et concocter des potions magiques, mélange de friandises et de produits chimiques trouvés dans les placards. La vie était plus simple en ce temps-là.

Un coup frappé à sa porte l'arracha à ses souvenirs. Martin lui lança un sourire d'excuse.

— Tes parents sont ici.

— Quoi ? Mais pourquoi ?

— Ils sont passés dire bonjour. J'ai laissé échapper que tu étais là, et Jan insiste beaucoup.

— OK. Ne t'inquiète pas, je vais descendre.

Imogène suivit son oncle dans l'escalier, le cœur lourd. Elle n'avait envie de parler à personne, et encore moins à sa mère.

— Ah, Imogène, l'accueillit celle-ci, assise sur le canapé du salon, une tasse de thé à la main. Tu as quitté Finn ?

— Quelque chose comme ça, répondit Imogène en s'asseyant.

— Quel gâchis !

— Merci, Maman. Ça m'aide beaucoup.

— Vous alliez si bien ensemble tous les deux. Je ne comprends vraiment pas comment ça a pu arriver. Il y a à peine quinze jours, ton père l'aidait à aménager ta chambre noire.

— Je suis désolée, s'excusa Imogène en se tournant vers son père.

Penser au travail accompli pour la chambre noire l'attristait encore davantage.

— Oh, pas de souci. Aucune importance. On veut juste être sûrs que tu vas bien.

— C'est gentil. Je crois que ça va.

— Tu es sûre que tu ne veux pas revenir à la maison ? Pour quelque temps ? proposa sa mère.

— Non, pas question. Désolée, mais je ne crois pas que ce soit une bonne idée.

Imogène remonta dans sa chambre, le moral encore plus bas. Elle aimait ses parents, savait qu'elle avait de la chance d'être proche d'eux, mais en de tels moments, elle aurait aimé qu'ils restent en dehors de sa vie. Quand ils tentaient de l'aider à leur façon, elle avait l'impression de redevenir une enfant.

Au dernier étage, elle remarqua que la porte de Clarissa était ouverte. Elle était assise sur son lit, avec un livre.

Sur une impulsion, Imogène passa dans sa propre chambre prendre une bouteille de limoncello qu'elle avait achetée au duty-free. Elle retourna devant la porte de Clarissa et frappa doucement.

— Désolée de vous déranger. Vous ne voudrez sans doute pas m'aider avec ça ?

Elle s'attendait à essuyer un refus poli et passer la soirée à noyer son chagrin en solitaire, mais le visage de Clarissa s'éclaira.

— Ça me ferait très plaisir. Entrez.

Imogène prit place dans le fauteuil tapissé de velours rouge près du lit. Elle ouvrit la bouteille et en servit deux petits verres. Elle en tendit un à Clarissa et descendit le sien d'un coup.

— C'est à ce point-là ? demanda gentiment Clarissa.

— Oui. Je crois que mon compagnon et moi venons de nous séparer.

— Je suis navrée. Ce doit être dur.

— C'est ma faute. J'ai été stupide.

— Vous l'aimez toujours ?

— Oui.

Les émotions qu'Imogène faisait tant d'efforts pour contenir remontèrent à la surface, et sa lèvre inférieure se mit à trembler.

— Alors il y a encore de l'espoir, non ? dit Clarissa, dont les yeux verts parurent s'adoucir. Tout ce qui vaut la peine d'être vécu, vaut la peine de se battre.

— Oui, mais je ne vois pas comment je peux espérer qu'il me pardonne. Je crois que je ne peux même pas me pardonner moi-même. Et ma mère commence déjà à me rendre folle, à me bombarder de questions… Désolée, s'interrompit-elle. Je n'ai pas réfléchi. Je sais que j'ai de la chance de l'avoir.

Clarissa posa le livre qu'elle tenait encore sur ses genoux. Imogène remarqua qu'il s'agissait en réalité d'un cahier relié de tissu, avec un marque-page en satin.

— Ma mère est morte il y a des années. Et j'ai l'impression de commencer tout juste à la connaître.

Imogène résista à son habitude de meubler les silences. Elle attendit que Clarissa poursuive.

Ses yeux s'emplirent de larmes.

— Mon père adoptif a conservé ce cahier toutes ces années, mais il me l'a donné juste avant de mourir. C'est le journal de ma mère. Il débute bien avant ma naissance.

— Waouh !

Ses problèmes lui paraissaient soudain insignifiants.

— Je ne lui en veux pas. Je sais qu'il a beaucoup réfléchi à ce qu'il devait faire. Maman ne l'avait pas jeté, mais elle ne l'avait pas non plus laissé à un endroit où je l'aurais trouvé. Elle l'a laissé là où elle savait que lui le trouverait.

— Ça a dû être une décision difficile pour lui.

— C'est certain. Je sais que vous devez me croire folle de rester ici en mettant à peine le nez dehors. Mais d'une certaine façon, je ne me suis jamais sentie aussi proche de Maman. Je vois une partie de sa vie dont elle n'a jamais parlé à personne.

Imogène la regarda, perplexe.

— Et voilà que je me mets à parler par énigmes ! observa Clarissa avec un rire penaud. Désolée.

— Qu'est-ce que ça raconte ? demanda Imogène en désignant le cahier.

— Beaucoup de choses que j'ignorais. Je l'ai déjà lu, naturellement, mais je ne peux en absorber qu'une quantité limitée chaque fois. J'y reviens, j'essaie de comprendre petit à petit.

— Elle a séjourné ici, c'est ça ?

— Oui. Maman – elle s'appelait Emma – a grandi à Brighton avec ses parents et son frère. Quand elle était adolescente, elle allait au *Sunset 99* avec ses amis, pour boire un verre ou manger un esquimau après l'école. Ça, c'est ce qu'elle m'avait toujours raconté. Mais là, poursuivit-elle en touchant le cahier, il y a le reste.

Clarissa inspira profondément, puis continua :

— Ensuite, Maman s'est mise à y aller toute seule, pendant les heures de cours. Elle n'avait que seize ans, alors votre grand-mère s'est sentie obligée de lui demander ce qui n'allait pas, pourquoi elle n'était pas en classe. Maman lui a dit qu'elle avait quitté l'école. Elle était enceinte. De moi.

— Oh, mon Dieu ! Ça n'a pas dû être facile.

— Non. Elle était allée à Londres avec un voisin, un homme marié. Elle avait dit à ses parents qu'elle dormirait chez une amie. Bref, il lui avait promis de l'emmener voir un spectacle – elle adorait les comédies musicales – et elle n'avait pas pu résister. Mais quand ils sont arrivés, il l'a emmenée dans un hôtel. Elle n'était pas consentante, pas du tout, apparemment. Mais en rentrant à la maison, elle n'a pu raconter à personne ce qui s'était passé, à cause de son mensonge. Quand elle n'a plus pu cacher sa grossesse, ses parents lui ont soutiré le nom du voisin. Ils l'ont accusée d'avoir essayé de briser sa famille, ils ont dit qu'ils ne comprenaient pas comment elle avait pu faire ça. Elle s'est sentie obligée de partir.

— Où est-ce qu'elle est allée ?

— Ses parents lui avaient donné un peu d'argent, et elle s'est installée dans un hôtel à Hove. Mais c'était sordide, et plus la naissance du bébé approchait, plus elle angoissait. Et puis un soir, votre grand-mère l'a vue y entrer. Elle a insisté pour qu'elle vienne avec elle. Elle l'a installée ici, dans cette maison. Vos grands-parents avaient leurs propres enfants – votre père et votre oncle –, mais ils lui ont fait une place. Quinze jours plus tard, je suis née.

Imogène réfléchit. Cela paraissait incroyable, et pourtant, c'était arrivé. De la part de sa grand-mère, cela n'avait rien de surprenant.

— Ma mère est restée ici trois mois, jusqu'à ce qu'on soit toutes les deux plus fortes.

— C'est pour ça que Papa…, commença Imogène.

— Je crois qu'il a reconnu quelque chose de Maman chez moi. Je lui ressemble beaucoup. Il devait être petit à l'époque, mais ça a dû le marquer de nous avoir à la maison. Enfin bref, le moment était venu pour ma mère d'avancer, alors Viviane l'a aidée à s'installer dans un appartement à Hastings, et elle a parlé d'elle à quelques employeurs du quartier. Elle a fini par travailler dans une boutique. Mais de toute évidence, elle a été marquée par cette maison, et par la gentillesse de votre grand-mère.

— Je comprends que vous ayez voulu venir.

— Oui, et vous comprenez peut-être maintenant combien je regrette d'être arrivée trop tard. Mais mon voyage n'aura pas été inutile. C'est merveilleux d'être ici, entre ces quatre murs. Là où elle était à l'époque.

— Mais quel dommage que vous n'ayez pas pu la rencontrer ! s'attrista Imogène, le cœur encore plus lourd. Elle aurait été si contente de faire votre connaissance.

— Parfois, la vie vous conduit dans une impasse. On doit faire demi-tour. Je reste un peu ici avant.

Imogène remplit le verre de Clarissa, puis le sien. En buvant le liquide jaune et sucré, lentement cette fois, elle eut une idée. Elle se rappela les journaux qu'Anna tenait, plus jeune. Imogène y jetait un coup d'œil en cachette de temps en temps, toujours déçue d'y trouver des recettes et des bribes de conversations avec des amis ou des professeurs, et très peu d'intrigues amoureuses. Elle se souvint d'avoir vu, sur la page de garde, au stylo noir, l'adresse du cottage où elles habitaient, à Hove.

— Je peux regarder ? osa-t-elle en désignant le cahier. Je ne vais pas le lire, je voudrais juste vérifier quelque chose.

Avec une certaine méfiance, Clarissa lui passa le cahier.

Imogène l'ouvrit et là, sur le papier à motifs, se découpait un espace blanc où quelque chose avait été écrit. Ensuite, on l'avait raturé au stylo, jusqu'à rendre l'inscription presque illisible. Mais on pouvait la distinguer : « 61, Washington Street ». Elle connaissait, une de ses amies y avait habité ; c'était une rue ordinaire, bordée de petites maisons mitoyennes de style georgien, dans une zone résidentielle non loin du Royal Pavilion.

— Ce n'est peut-être pas une impasse.

Clarissa la dévisagea, sourcils froncés.

— Peut-être que, sans le savoir, vous êtes venue ici pour rencontrer quelqu'un d'autre.

— Pas lui, cet homme, qui qu'il soit, protesta vigoureusement Clarissa.

— Non, la rassura Imogène en secouant la tête. Ce n'est pas à lui que je pensais.

*

Le lendemain, n'ayant aucune séance photos prévue, Imogène alla voir Evie. Depuis le seuil de la boutique, elle constata que l'école de Finn était ouverte, et entendit des bruits de travaux sous l'arcade voisine. Elle eut très envie de s'approcher, éprouva le besoin pressant de revoir Finn, même pour un instant seulement. Le simple fait de pouvoir entrer dans le local pour estimer l'avancée des travaux l'aurait aidée à se sentir à nouveau un peu plus connectée à lui. Quand elle était partie de chez eux, sa crainte à l'idée de s'installer, de s'enraciner s'était évaporée. Désormais, elle était presque inexistante. À présent, elle rêvait de stabilité, alors que tout, autour d'elle, paraissait instable et fugitif.

— Bonjour, Imogène, la salua Evie. Quelle bonne surprise ! Comment s'est passé ton voyage ?

— Très bien. Et pas si bien. C'est une longue histoire.

— Ton père m'a dit que tu habitais à « Elderberry House ».

— Oui. Finn et moi avons rompu.

— Oh, ma chérie ! Je suis désolée. En fait, je viens de le voir, déclara-t-elle doucement après une pause.

— Ah bon, fit Imogène en essayant de prendre un ton détaché.

— Il avait l'air aussi malheureux que toi, si ça peut te consoler.

— Pas vraiment.

Elle éprouva une nouvelle vague de remords en pensant à la souffrance qu'elle lui avait infligée. Il lui manquait. Le contact de son corps contre elle, son rire. Son soutien inconditionnel, quoi qu'elle entreprenne, avec tant de discrétion qu'elle ne l'avait pas vraiment remarqué avant d'en être privée.

— Vas-y, l'encouragea Evie. Va le voir. Il est là avec Andy. Quel mal y a-t-il à passer dire bonjour ?

Imogène hésitait, mais son instinct la poussait vers Finn.

— Donne-moi cinq minutes.

— Prends tout le temps qu'il te faudra.

Imogène sortit de la boutique, le cœur battant. Elle apercevait déjà Finn de dos, à quelques mètres, qui s'activait à l'entrée de ce qui avait été la boutique d'Evie, en jean et tee-shirt. Il évacuait des gravats. Elle s'arrêta, clouée sur place. Elle tenta de s'obliger à avancer, mais son corps refusait obstinément de coopérer.

Finn était concentré sur sa tâche, la construction de quelque chose qui comptait à ses yeux. Quand ils étaient encore un couple, il y voyait un avenir solide pour eux deux. C'était une de ses motivations. Pourquoi ce simple fait lui avait-il donné envie de fuir ? Elle n'était même plus capable de le comprendre.

Tout ce qu'elle savait, c'est qu'elle s'était trompée. Luca représentait peut-être, vaguement, une forme de liberté pour elle, mais avec son style de vie erratique et ses ambitions grandioses, il n'arrivait pas à la cheville de Finn. Et n'y arriverait jamais.

Finn se retourna, comme s'il avait senti sa présence, et l'aperçut. Leurs regards se croisèrent, et le cœur d'Imogène s'arrêta un instant.

— Salut, dit-il froidement.

— Salut. Je passais voir Evie, alors je…

Ce qu'elle voulait dire, la raison de sa visite, lui était sorti de la tête. Si la rupture était définitive – et l'absence de contact entre eux le laissait craindre –, alors elle ne représentait plus rien à ses yeux.

Il se taisait.

— Je n'aurais pas dû venir, déclara-t-elle, une boule dans la gorge. C'est sans doute trop tôt.

— Peut-être, fit-il en haussant les épaules.

Les larmes aux yeux, elle tourna les talons et s'éloigna. Elle n'avait même plus le droit d'être là, de lui parler, et c'était plus douloureux qu'elle ne l'aurait jamais cru possible.

Sur la table de la cuisine, à la maison d'hôtes, Imogène trouva du courrier qui lui était adressé. Une carte postale de Bella, un gribouillis au crayon jaune qu'Anna avait transformé en soleil. Imogène lut au dos du dessin : « Tu nous manques, Tatie Imo. Bisous. Bella. »

Elle fut saisie de nostalgie.

Sous la carte se trouvait une mince enveloppe blanche à l'écriture élégante. Elle l'examina. Elle aussi venait de Sorrente.

Curieuse, elle l'ouvrit et déplia la lettre.

« Chère mademoiselle Imogène », commençait-elle. « Veuillez excuser mon anglais. Depuis longtemps je n'ai pas écrit de lettres comme celle-ci. »

Elle sut immédiatement de qui elle venait. Le visage de l'expéditeur apparut dans son esprit.

« Auriez-vous la bonté de faire passer cette lettre à Evie ?

Parce que, voyez-vous, depuis que vous et votre sœur êtes venues me voir, je ne peux m'empêcher de penser à elle. »

Imogène avait peut-être fichu en l'air sa propre vie sentimentale, mais elle était plus résolue que jamais à réussir celle d'Evie.

Elle lui téléphona.

— Evie, je sais qu'il est tard, mais c'est important. Je peux passer te parler de quelque chose ?

Chapitre 36

Les sirènes retentirent sur la place de Sorrente, et Anna se précipita pour regarder à travers la vitrine de la boutique, le cœur battant.

— Que se passe-t-il ? demanda-t-elle à Matteo.

Un véhicule de police passa en trombe, suivi de près par une ambulance. Une foule de badauds s'était rassemblée.

— Je vais voir, dit Matteo.

Il sortit en courant. Anna le regarda aborder un couple de gens du quartier, mais ils haussaient les épaules et leur visage restait sans expression. Ensuite, il s'adressa à un homme debout à côté d'une Nissan bleue.

Depuis qu'ils étaient en Italie, Anna ne se rappelait pas avoir entendu la moindre sirène de police ou d'ambulance. Un bref moment, elle s'était sentie à l'abri des dures réalités de la vie. Bella tira sur sa jupe et Anna la prit dans ses bras pour la serrer contre elle.

— Pin-pon, chantonna la fillette en montrant du doigt les gyrophares, désorientée.

— Oui, s'empressa de répondre Anna pour la rassurer. Il doit y avoir un chat coincé dans un arbre quelque part. C'est sûrement ça.

Mais son cœur battait toujours la chamade. Elle avait perdu Matteo de vue dans la foule.

Un homme du quartier entra, coiffé d'un béret, et demanda un expresso. Distraite, Anna passa derrière le comptoir pour le lui préparer.

— *Incidente*, l'informa-t-il.

— Que s'est-il passé ? demanda Anna en italien.

— Un cyclomoteur, sur la route. Ils sont fous, ces touristes, commenta-t-il en secouant la tête.

Un frisson parcourut l'échine d'Anna.

— Est-ce qu'on sait déjà de qui il s'agit ? Ce qui s'est passé ?

— Je les ai vus la mettre dans l'ambulance. Une femme.

— Vieille ? Jeune ?

L'homme haussa les épaules. Anna pensa aux blogueurs qui étaient venus quelques jours plus tôt. Un ou deux d'entre eux avaient des cyclomoteurs. Elle n'y avait pas prêté attention sur le moment.

Elle se rapprocha de la vitrine, avec Bella. La place avait retrouvé sa tranquillité. Les véhicules de secours étaient partis, mais les badauds restaient nombreux. Elle chercha Matteo des yeux, sans succès.

Son téléphone sonna dans sa poche. Le nom de Matteo apparaissait sur l'écran. Elle prit la communication.

— Anna, cria-t-il sur un fond sonore de circulation routière. Je suis dans la voiture d'un ami, on va à l'hôpital.

— Qu'est-ce qu'il y a ? s'affola Anna. (Elle sentit qu'elle serrait trop fort la main de Bella. La fillette se dégagea.) Tu vas bien ?

— Non, fit Matteo d'une voix brisée.

— Qu'est-ce qui s'est passé ? demanda Anna, sentant son émotion.

— C'était un accident de cyclomoteur, sur la route principale. La femme a été heurtée à grande vitesse par une camionnette.

Sa voix trembla.

— Non, souffla Anna, devinant ce qu'il s'apprêtait à dire. Oh, mon Dieu, non !

— C'est Carolina.

Chapitre 37

Imogène grimpa l'escalier en colimaçon qui menait à l'appartement d'Evie, au premier étage. En dessous s'étendait un jardin luxuriant, soigneusement entretenu. Après toutes les vicissitudes qu'elle avait traversées, Evie semblait avoir trouvé un mode de vie qui la rendait heureuse. Imogène appuya sur la sonnette en espérant avoir pris la bonne décision.

— Salut, Imogène, dit Evie qui l'avait vue par la fenêtre de la cuisine, en lui ouvrant la porte. Entre.

— Merci, dit Imogène en s'essuyant les pieds sur le paillasson.

Elle vit l'expression d'Evie changer quand celle-ci comprit qu'Imogène avait un sujet sérieux à aborder.

— C'est grave ? demanda la vieille dame en préparant le plateau pour le thé. J'en ai bien l'impression.

— Non ! rit Imogène. J'espérais simplement pouvoir te poser quelques questions.

— D'accord. Apparemment, on ferait bien de s'asseoir, déclara Evie en sortant un paquet de biscuits.

Imogène regarda Evie droit dans les yeux.

— Tu sais pratiquement tout de ma vie amoureuse depuis près de trois ans, mais tu ne m'as jamais parlé de la tienne.

— Oh, Imogène ! sourit Evie. Il y a une bonne raison à ça. J'ai près de soixante-dix ans. Je n'ai pas grand-chose à raconter.

— Et ça ne pourrait pas changer ?

— La solitude me convient. Je suis une vieille mule. J'ai pris l'habitude de vivre à ma façon. Je sais ce que je veux.

— Mais est-ce que ça ne pourrait pas tourner à ton avantage ? insista gentiment Imogène. À force de ne pas savoir ce que je veux, je me prends sans arrêt les pieds dans le tapis. Toi, tu sais très bien ce que tu veux, et pourtant tu te résignes à rester seule.

— Tu n'as pas l'intention de me parler de rencontres sur Internet ? On dit que tout le monde fait ça de nos jours, mais crois-moi, je suis absolument sûre d'être trop vieille pour certaines choses.

Imogène secoua la tête.

— Pas du tout ! Tu ferais un malheur, mais non.

— Alors quoi ?

— Tu dis toujours que personne ne te connaissait comme ma grand-mère. Au point qu'elle aurait presque pu parler à ta place.

— Oui, c'est vrai. On a tout vécu ensemble.

— Tu étais au courant pour ça ?

Imogène lui tendit la lettre reçue par Viviane, avec la photo de Luigi.

— Viviane, soupira Evie d'un ton à la fois affectueux et exaspéré. Elle me jouait toujours de drôles de tours, ta grand-mère.

— Parle-moi de lui, demanda Imogène avec douceur.

— Luigi ? C'est le seul homme que j'ai vraiment aimé. (Son visage s'était adouci à la vue de la photo, et les fines rides autour de ses yeux s'estompaient.) Il n'a pas changé, tu sais. Ses cheveux sont un peu plus gris, mais il a les mêmes yeux. Impossible de ne pas les reconnaître.

— Comment l'as-tu rencontré ?

— Je visitais la côte amalfitaine, toute seule avec ma Mobylette, un an après mon premier séjour avec Viviane. J'avais quarante-cinq ans. J'aurais dû avoir un peu plus de jugeote, pourrait-on dire. Mais j'avais économisé jusqu'au moindre centime pour ce voyage, et rien n'aurait pu m'arrêter. Ton grand-père était tombé malade, alors Viviane ne pouvait pas m'accompagner. Et puis elle n'en avait pas envie, tout ce qu'elle désirait se trouvait ici, dans son monde. Moi, j'ai toujours eu la passion des voyages. C'est ce qui me motivait pendant les longs mois d'hiver, penser à mon prochain départ.

Imogène hocha la tête pour l'encourager à poursuivre.

— Il n'avait rien du genre d'homme qui me faisait craquer d'habitude, mais quand je l'ai rencontré, j'ai su que j'avais bien fait de ne pas m'installer avec quelqu'un plus tôt. J'ai eu des propositions, mais personne avec qui j'avais envie de partager ma vie, personne pour qui j'aurais fait les sacrifices qu'implique le mariage. Mais avec Luigi, c'était autre chose. On a accroché tout de suite. J'avais l'impression qu'il comprenait tout ce que je disais. On n'avait pas besoin de s'expliquer. On a fait connaissance très vite là-bas, en Italie, alors j'ai prolongé mon séjour, en demandant à un ami de s'occuper de ma boutique. Au début, Viviane a été surprise, je crois, mais aussi très contente pour moi. Je lui avais dit que je lui expliquerais tout à mon retour.

— Tu étais tombée amoureuse ?

— Oui. Et j'étais euphorique. Mais ça, c'était au début, avant qu'on ne comprenne que pour être ensemble, il nous faudrait blesser ceux que Luigi aimait le plus.

— Pourquoi ?

— Tu as fini ton thé ? demanda Evie en regardant la tasse d'Imogène.

— Presque.

— Je vais remplir nos tasses. Parce qu'on va en avoir pour un moment.

Evie se rassit et commença son histoire.

— La vie de Luigi était compliquée, je le savais depuis le début. Il s'était marié avec son premier amour, une femme issue d'une famille du coin très appréciée. Ils avaient eu deux enfants. Et puis sa femme est morte à trente-quatre ans. Il était effondré, comme toute sa famille. Tous l'adoraient.

— Ça paraît difficile de rivaliser avec un tel souvenir.

— Exactement. Et c'est pourquoi nous avons décidé de garder le secret. Je connaissais sa famille, je les voyais en ville – Sorrente est tout petit. Mais ils ne savaient pas du tout que je faisais partie de sa vie.

— Ça devait être dur.

— Quand on a quarante, cinquante ans, ou plus, on sait que la plupart des gens ont un bagage sentimental. Et je comprenais ses raisons. Nous étions convenus que, si ça marchait entre nous, on l'annoncerait. Mais il était très proche de sa fille, et il ne voulait pas lui donner l'impression qu'il trahissait la mémoire de sa mère.

— Alors que s'est-il passé quand tu as dû rentrer ?

— Je suis revenue dans ce pays pluvieux. Il me manquait atrocement, mais j'espérais que son souvenir s'estomperait et que je pourrais reprendre ma vie. Pourtant, je n'arrivais pas à le chasser de mon esprit.

— Vous êtes restés en contact ?

— Oui, on s'écrivait. Et l'été suivant, j'ai pris le risque de retourner là-bas.

— Comment se sont passées vos retrouvailles ?

— Merveilleusement. Mais vers la fin de la semaine, sa fille a commencé à poser des questions à mon sujet. Alors on a décidé d'un commun accord qu'il devait d'abord penser à sa famille, se concentrer sur ses enfants. Après ce voyage, je n'y suis jamais retournée.

— Et tu ne t'es jamais interrogée sur ce qui aurait pu se passer ?

— Oh si ! Tous les jours. Et c'est ta pauvre grand-mère qui en a fait les frais. Je suppose que c'est pour ça qu'elle s'en est mêlée.

Chapitre 38

Matteo et Anna avaient décidé qu'elle resterait à la maison avec Bella tandis qu'il attendrait d'avoir des nouvelles de sa sœur. Mais Anna ne pouvait s'empêcher de penser à sa voix au téléphone, empreinte de désespoir et de douleur. Juste après vingt et une heures, elle changea d'avis. Elle avait besoin d'être auprès de lui. Elle appela Maria et lui demanda de s'occuper de Bella, puis prit un taxi pour se rendre à l'hôpital.

Elle parcourut les couloirs aseptisés à la recherche de Matteo. Elle vit d'abord Elisa, blottie dans les bras de son fils. Tous deux étaient assis sur des chaises en plastique. Son visage d'ordinaire fort et résolu était creusé d'angoisse. Matteo la serrait si fort qu'il était difficile de déterminer qui soutenait l'autre.

— Anna, l'accueillit sa belle-mère. Vous êtes venue.

Anna se pencha pour l'embrasser avant d'étreindre Matteo.

— Je ne pouvais plus supporter d'attendre à la maison. Je suis tellement navrée.

Elisa secoua la tête.

— Je lui avais dit de ne pas prendre cette route. Je lui répétais : « Prends la voie secondaire, tu n'es pas pressée. » Mais elle est toujours impatiente. Elle est comme ça.

— Tout le monde sait qu'elle est dangereuse, cette route, intervint Matteo. Mais elle devait croire qu'il ne lui arriverait rien. Ils disent qu'elle a été heurtée sur le côté par une camionnette. Le cyclo a quitté la route et elle a dévalé la pente.

— Mon Dieu ! s'exclama Anna. C'est très grave ?

— Assez, je crois, répondit Matteo. Elle est en soins intensifs, avec des lésions internes. (Les larmes lui montèrent aux yeux et il s'empressa de les essuyer.) Ils sont tous incompétents ici. Ça fait trois heures qu'on attend, et on ne nous a rien dit, pas un mot.

Elle n'avait jamais entendu tant de colère et de frustration dans sa voix. Elle serra sa main plus fort, regrettant de ne pouvoir atténuer sa peine.

— Vous saviez ? demanda Elisa.

— Non, je ne savais pas que c'était elle…

— Je ne parle pas de ça, mais du bébé.

Anna se sentit comme assommée par le choc. Bien sûr, les médecins l'avaient découvert et leur en avaient parlé.

— Oui.

Elisa hocha la tête, l'air triste et fatigué.

— Je m'en doutais.

— Elle comptait vous en parler. Elle avait besoin de temps pour s'habituer à cette idée.

Matteo dévisagea Anna.

— Tu as gardé ça pour toi ?

— Il le fallait bien. Elle m'a fait promettre de n'en parler à personne.

— En tout cas, je suis contente qu'elle n'ait pas été toute seule, déclara Elisa d'une voix étranglée par l'émotion. Et avec ce que Matteo vient de m'apprendre sur Filippo… Je me demande si je connais vraiment ma propre fille. Ça n'a peut-être plus d'importance maintenant, ajouta-t-elle, les yeux pleins de larmes.

Matteo l'entoura de son bras. Mais au lieu d'avoir l'impression qu'ils se trouvaient dans deux camps différents, comme d'ordinaire, Anna sentit qu'ils affrontaient cette épreuve ensemble, que le bien-être de Carolina était leur priorité à tous.

— Je vais nous chercher du café, dit-elle en vérifiant sa monnaie dans son sac.

Elle leva la tête. Les yeux de Matteo étaient fixés sur elle.

— Je suis content que tu sois venue, Anna. J'avais besoin de toi.

Anna se fit un expresso et prépara la boutique pour la clientèle du début de matinée. Elle nettoya le comptoir et disposa les glaces qu'ils vendraient ce jour-là dans les présentoirs. Framboise, fraise, citron… Les couleurs vives et les arômes de fruits frais lui apportaient un peu de réconfort. Elle avait reçu un appel de Matteo l'informant que Carolina avait été emmenée en chirurgie, et qu'il resterait à l'hôpital jusqu'à ce qu'elle sorte du bloc. Imaginer sa belle-sœur allongée sur la table, seule et inconsciente, lui noua l'estomac. Mais ils s'étaient mis d'accord : le mieux à faire était d'ouvrir la boutique. La routine leur serait bénéfique, dans cette situation qui leur échappait.

Cependant, elle ferma tôt dans l'après-midi, et emmena Bella avec elle à l'hôpital. Le taxi se gara devant l'entrée. Matteo était là, au bord du parking. Il fumait une cigarette, les yeux dans le vague. Depuis qu'elle le connaissait, elle ne l'avait jamais vu fumer. Il lui avait dit avoir arrêté à trente ans. Il paraissait plus vieux, et la tension se lisait sur son visage.

Elle lui donna un rapide baiser et il se baissa pour prendre Bella dans ses bras. Elle se mit à gazouiller quand il la souleva et la serra contre lui.

— Papa ! s'exclama-t-elle, ravie de le revoir.

— Tu m'as manqué, mon cœur, déclara-t-il en la reposant doucement sur ses pieds.

— Tu as vu Carolina ? demanda Anna.

— Oui, il y a une heure. Mon Dieu, Anna, elle a une mine affreuse ! Elle a le visage tout tuméfié, et tous ces tuyaux…

Il désigna du doigt ses mains et ses bras.

— Mais ?

Il se mordit la lèvre.

— Elle est consciente. C'est incroyable. Je lui ai parlé, et elle m'a répondu.

Les larmes lui montèrent aux yeux.

— Triste, dit Bella en pointant du doigt les yeux de son père.

Il secoua la tête.

— Non, ma chérie, je suis heureux.

Anna prit sa main et la serra.

— Elle est sortie des soins intensifs. Ils pensent qu'elle va se remettre.

Sa voix s'étranglait.

— C'est merveilleux ! s'exclama Anna, soulagée.

— Et il y a plus !

— Le bébé ?

— Le médecin m'a dit qu'elle ne l'avait pas perdu.

— Elle le sait aussi ?

— Oui.

Anna et Matteo traversèrent avec leur fille le service où Carolina reprenait des forces. À la porte, Anna comprit aussitôt ce que voulait dire Matteo. Carolina semblait l'ombre d'elle-même. Étrangement, son corps paraissait plus frêle. Elisa était auprès d'elle.

— Allons jouer dehors, proposa-t-elle à sa petite-fille.

— Ma visite ne risque pas de la fatiguer ? chuchota Anna à Matteo.

— Non, déclara-t-il fermement. Tu es de sa famille. Elle doit avoir envie de te voir.

Il referma la porte, laissant les deux femmes seule à seule.

Anna resta immobile un moment, observant sa belle-sœur. D'ordinaire impeccablement maquillée, Carolina était presque méconnaissable. Son visage et sa poitrine étaient couverts d'hématomes foncés.

— J'ai une tête épouvantable, non ? dit Carolina avec un soupçon de son sourire chaleureux sur ses lèvres boursouflées.

— Le gonflement va diminuer, assura Anna pour tenter de la réconforter.

— Apparemment, ils ont bien travaillé. J'avais un collapsus pulmonaire. Brrr ! Quand j'y pense, si un arbre ne m'avait pas retenue…

Elle secoua la tête, mais d'un millimètre à peine, et même cet infime mouvement la fit grimacer.

— Tu es là maintenant. C'est tout ce qui compte.

— Et le bébé aussi, ajouta Carolina avec une expression plus douce.

Anna se tut, lui laissant le choix de poursuivre. Après une pause, elle reprit :

— On a tous les deux une deuxième chance.

— Tu te sens prête maintenant ?

— Oui. Je sais que ce sera difficile. C'est dingue, vraiment. Mais je n'ai jamais été aussi sûre de moi. Je ferai ce qu'il faut pour que ça marche.

Anna dévisagea sa belle-sœur tuméfiée, mais plus forte, et se sentit honorée de la connaître.

— Je devrais te laisser te reposer, conclut-elle en lui touchant doucement le bras. Nous sommes tous heureux que tu ailles mieux, et on sera là à chaque étape.

— Merci, Anna. Et merci de m'avoir écoutée.

Chapitre 39

Par une chaude journée du mois d'août, Evie et Imogène étaient attablées devant des sorbets au citron dans la boutique. Le tohu-bohu de la matinée était passé, et il ne restait qu'un habitué, un homme âgé, plongé dans son journal.

— Qu'est-ce que je vais bien pouvoir écrire à Luigi ? Sa lettre était très gentille, mais ça fait si longtemps…

— Parle-lui de ce que tu fais, proposa Imogène nonchalamment. Décris-lui la boutique. Ou alors, raconte-lui le dernier livre que tu as lu, ta baignade de ce matin… Ça n'a pas vraiment d'importance. Tout ce qui compte, c'est que tu lui répondes.

— Tu crois ? demanda Evie avec un sourire un peu timide.

— J'en suis sûre.

— Il me dit qu'il tient toujours son restaurant, alors il ne s'attend peut-être pas à ce que j'aie accompli des exploits. (Elle se tut un moment.) Qu'as-tu pensé de lui, Imogène ?

— Il m'a plu. Je l'ai trouvé chaleureux, drôle, sincère.

— C'est ainsi que je me le rappelle. Et dévoué à sa famille, bien sûr.

— Ajoutons-y quelques photos. Il a adoré celle où tu étais avec Mamie.

— Oh, ça ne m'étonne pas. Elle date d'il y a longtemps. Mais je suis une vieille dame maintenant. Je crois bien que je n'ai pas une seule photo récente de moi.

— Eh bien, il est peut-être temps d'y remédier.

Imogène remit en place une mèche des cheveux d'Evie et déplaça légèrement sa chaise pour que son visage capte la lumière.

— Tout est prêt ! annonça-t-elle.

Elle recula et installa son appareil. Il ne lui avait guère fallu de temps pour rassembler son matériel, et le calme d'après-déjeuner était l'occasion idéale.

— Pense à l'Italie ! Essayons de retrouver un peu de cette Evie-là !

Evie éclata de rire :

— Imogène ! J'étais bien plus jeune !

— Voilà ! Parfait, l'encouragea Imogène en prenant cliché sur cliché.

Ravi de toute cette animation, Hepburn se précipita vers Evie et lui sauta sur les genoux.

— Hepburn ! le réprimanda-t-elle.

Sans se soucier de ses remontrances, il s'installa confortablement.

— OK, très bien. On a de quoi faire. Avec le chien, maintenant.

Puis elle se servit du zoom pour quelques gros plans.

— Et voilà, c'est fini.

— Déjà ?

— Oui. Tu es le modèle idéal. Voyons ce qu'on a.

Elle approcha une chaise de celle d'Evie.

— Celle-ci n'est pas mal, non ? commenta Evie en désignant l'écran. Je crois que c'est celle où je me retrouve le plus.

— Génial ! Je vais la retravailler cet après-midi, avec quelques autres, et je te les imprimerai.

— Merci, Imogène, c'est très gentil. Alors maintenant, c'est mon tour de faire un effort. Je dois répondre à Luigi. Et envoyer la lettre. (L'assurance naturelle d'Evie parut la déserter un moment.) Et si…

— Il sera ravi de recevoir ta lettre et ta photo. Je le sais.

La clochette qui annonçait l'arrivée de nouveaux clients retentit, et Imogène se tourna vers la porte. Clarissa entra. Elle avait natté ses cheveux auburn et portait une robe à fleurs qui lui arrivait au genou, avec des sandales. C'était la première fois qu'Imogène la voyait hors d'« Elderberry House ». Elle avait les joues toutes roses et paraissait revigorée.

— Bonjour, la salua Imogène. Quelle bonne surprise !

— Je peux me joindre à vous ?

Imogène lui présenta Evie. Elle la salua poliment, mais ses yeux étaient emplis d'une exaltation un peu folle.

— Je m'excuse, c'est très impoli de ma part de vous interrompre, mais il fallait que je vienne vous voir. Il s'est passé quelque chose de vraiment très étrange, et je ne peux pas garder ça pour moi seule.

Evie alla préparer du thé, et Imogène entraîna Clarissa vers une table isolée. Quand Evie revint avec une grande théière et des tasses, Clarissa commençait à reprendre haleine.

— Washington Street, commença-t-elle. Depuis que vous m'avez montré l'adresse, je n'arrêtais pas d'y penser.

— Oh, mon Dieu ! J'ai ouvert la boîte de Pandore, s'exclama Imogène en se mordant l'intérieur de la joue.

Elle n'avait pas vraiment réfléchi aux sentiments que sa découverte pourrait inspirer à Clarissa.

— Oui, sans doute. Je n'arrêtais pas de me demander qui pouvait habiter là maintenant. Après tout, ma mère en est partie depuis plus de quarante ans. Je suis allée jusqu'à la rue, et puis j'ai fait demi-tour.

— Je suis désolée. Ce n'était peut-être pas très délicat de ma part, s'excusa Imogène.

— Non. Vous ne m'avez forcée à rien. Vous vous êtes contentée de me donner une idée, en me laissant décider moi-même. Mais j'ai commencé à me dire que je n'avais pas assez de courage. Je me demandais si ces gens – ces étrangers – accepteraient de me parler, et même s'ils étaient encore en vie.

Evie servit le thé en silence. Elle n'intervenait pas dans la conversation, mais ne quittait pas non plus la table. Sa présence avait un effet apaisant.

— Alors, qu'avez-vous décidé ? s'enquit Imogène.

— Que je ne pourrais jamais rentrer à Londres sans savoir. Que je ne voulais pas réfléchir trop longtemps et découvrir que je m'étais décidée trop tard, comme avec votre grand-mère. Donc j'y suis allée tout à l'heure.

— Et alors ? la pressa Imogène, dévorée de curiosité.

— Ils sont encore en vie, tous les deux ! Vincent et Catherine.

Elle s'interrompit, puis se remit à parler, d'une voix tremblante.

— Et apparemment, ils étaient contents de me voir. Très contents.

Les larmes montèrent aux yeux de Clarissa et restèrent en équilibre sur sa paupière inférieure.

Evie lui passa un mouchoir et elle s'essuya les yeux.

— Ils sont pleins d'énergie, poursuivit-elle en riant, les yeux à nouveau humides. Ma mère m'a eue si jeune… De ce côté-là, c'est un avantage. Je m'attendais à rencontrer des vieillards, si même il restait quelqu'un en vie, et je me suis retrouvée face à Catherine, qui fait du bénévolat à la bibliothèque, et à Vincent, qui est lui aussi en parfaite santé. Ils sont encore vaillants. Ça n'a pas grande importance, mais…

Elle s'essuya à nouveau les yeux et prit un moment pour se ressaisir.

— Vous avez discuté ? demanda Imogène en tendant la main pour lui toucher l'épaule. Du passé ?

— Oh, oui ! Impossible de nous arrêter.

— Est-ce qu'ils… ?

— Est-ce qu'ils m'ont cherchée ? Oui, ils ont cherché. Ils regrettaient terriblement ce qui s'était passé, ce qu'ils avaient fait. À tel point que, quand j'ai dit qui j'étais et qu'ils m'ont invitée à entrer, on est restés assis en silence. Un silence complet. Je me suis rendu compte qu'ils attendaient que je dise quelque chose, que j'exprime de la colère. Mais en voyant leur visage – ils étaient au bord des larmes, tous les deux –, ce n'est pas ce que j'éprouvais. Pas du tout.

Ils m'ont dit qu'ils avaient toujours pensé que Maman reviendrait, un jour ou l'autre. Ils s'étaient rendu compte de leur erreur pratiquement dès son départ. Je crois qu'ils ont compris que, même si leur fille avait fait de mauvais choix, ça ne valait pas la peine de la perdre. La femme de mon père avait tout découvert, elle était effondrée et traitait Maman de tous les noms. Ils s'étaient sentis si choqués et humiliés qu'ils avaient réagi sans réfléchir, à ce qu'ils m'ont expliqué.

— Vous leur avez raconté ce qui s'était réellement passé ? Que votre mère n'était pas consentante ?

Clarissa fronça les sourcils, le regard soudain plein de douleur.

— Non. Je n'ai pas pu. C'est si terrible de savoir ça. C'est déjà difficile pour moi, mais eux, ils ont eu cet homme comme voisin pendant des années. Mais je le leur dirai, quand le moment sera venu. Je crois qu'il est important qu'ils connaissent la vérité.

Evie, instinctivement, la prit dans ses bras, et elle en parut réconfortée.

— Bien sûr, c'est une situation horrible. Alors, ils vous ont cherchées ? reprit Imogène.

— Ils sont venus chez Viviane, mais elle ne leur a pas dit où nous étions. Elle l'avait promis à Maman. Elle leur a seulement dit que le bébé – moi – était une fille. Apparemment, elle avait eu pitié d'eux, c'est pour ça qu'elle le leur a dit.

— Et ils ne vous ont jamais retrouvées ?

— Maman s'est mariée l'année suivante, et mon beau-père m'a adoptée. Maintenant, je me demande si elle n'était pas contente de se débarrasser de son nom, d'ailleurs. D'après son journal, toute cette histoire lui avait brisé le cœur. Et puis elle est morte. Ils l'ont su, d'une façon ou d'une autre. Mes grands-parents… Ça paraît si étrange de prononcer ces mots. Ils auraient peut-être pu chercher mieux. Je ne sais pas. Peut-être qu'ils ont respecté sa décision de ne pas être retrouvée.

— Vous pensez que vous allez vous revoir ? s'enquit Imogène d'un ton plein d'espoir.

— Oh oui ! se réjouit Clarissa. C'est déjà programmé. Je vais prendre le thé chez eux la semaine prochaine. Ensuite, ils viendront me voir à Londres, début septembre. Je crois qu'il est temps de rentrer chez moi, non ?

Imogène sourit.

— Je ne vous remercierai jamais assez, Imogène. C'est arrivé grâce à vous et je vous en suis infiniment reconnaissante.

Chapitre 40

— *Buongiorno !* s'exclama gaiement Maria en entrant dans la boutique.

— *Buongiorno*, répondit Anna, rassérénée à la vue de son professeur d'italien. Je vous offre quelque chose à boire ?

— Je ne peux pas m'attarder. Je passais juste voir comment allait Carolina. Il y a du neuf ?

— Elle va beaucoup mieux, merci. En fait, on a eu de bonnes nouvelles hier. Elle va assez bien pour quitter l'hôpital.

— J'en suis très heureuse, déclara Maria en posant une boîte de chocolats sur le comptoir. C'est pour elle. Ce n'est pas grand-chose, mais je trouve que le chocolat est souvent d'un grand secours.

— Merci, c'est très gentil, répondit Anna en rangeant la boîte avec les cartes que les habitués de la petite ville avaient apportées.

Cette semaine-là, tout semblait revenir lentement à la normale dans la boutique. Matteo, si pâle et tendu les jours précédents, commençait même à reprendre son visage habituel. Il passait toutes ses pauses déjeuner et ses soirées avec sa sœur, lui apportait des fruits frais et ses mots croisés préférés. Il disait qu'elle avait meilleure mine à chacune de ses visites.

— Ç'a dû être une période difficile pour vous tous, remarqua Maria avec gentillesse.

— Oui. Mais la famille est très forte.

— Pas de discussion, tu viens chez nous, décréta Matteo en chargeant les affaires de Carolina dans le coffre du taxi. Pas vrai, Anna ?

— Tout à fait. Pas question de refuser. Tu as besoin de temps pour te reposer et guérir. Tu rentreras bientôt à la villa. Je sais que tu es impatiente d'y retourner, mais pendant quelques jours, tu auras besoin qu'on s'occupe de toi, et ça sert à ça, la famille.

— Montez dans le taxi, tous les deux, commanda Elisa. Je voudrais parler un moment avec Anna.

Matteo se tourna vers Anna et leurs regards se croisèrent. « Vas-y », articula silencieusement celle-ci. Elisa l'entraîna vers un square. Elles s'assirent sur un banc. Le cœur d'Anna battait plus vite.

Elisa lui prit la main.

— Je vous demande pardon, Anna, déclara-t-elle doucement.

La tension apparaissait dans les rides profondes autour de ses yeux bruns – si semblables à ceux de Matteo – qui paraissaient plus ouverts, plus confiants qu'auparavant.

— Pour quoi ?

— Vous le savez bien. Inutile d'être polie. Je ne vous ai pas facilité la vie.

— Je sais que vous aimez Bella. Vous l'avez toujours montré.

— Oui, c'est vrai. Mais ce que je n'ai pas assez montré, ma chère, c'est que je me soucie aussi de vous.

Anna sentit l'émotion monter en elle. Elle s'était tant habituée, avec Elisa, à des entrevues chargées d'une rancune réprimée. Cette conversation lui donnait une tout autre impression.

— Nous ne serons jamais d'accord sur tout. Et je ne comprends toujours pas comment vous pouvez faire passer vos désirs avant… (La bouche d'Anna se resserra et Elisa réagit aussitôt, en levant la main.) Désolée, je ne voulais pas parler de ça. Ce que je veux dire, c'est que peut-être ces choses-là ne sont pas aussi importantes que je le croyais. Parce que vous avez prouvé que vous faites partie de la famille, Anna.

Elisa la regarda droit dans les yeux.

— Vous avez été là pour Carolina. Vous l'avez écoutée quand elle avait besoin de quelqu'un à qui parler.

— Je me suis sentie honorée qu'elle m'accorde sa confiance.

— Les temps changent. Et c'est parfois difficile pour moi. Carolina a choisi de renoncer à son mariage, et Matteo me dit que je dois l'accepter. Je me suis trompée sur Filippo. Je m'en rends compte maintenant. Et pourtant, si elle était venue me voir en me disant qu'elle était enceinte, j'aurais insisté pour qu'elle retourne auprès de lui.

Anna écoutait en hochant la tête.

— C'est pourquoi elle ne m'a rien dit, poursuivit Elisa, les yeux baissés, visiblement très affectée. Je croyais connaître ma fille. Je croyais être proche d'elle, mais elle a gardé son secret. C'est douloureux, mais je suis plus reconnaissante que vous ne pouvez l'imaginer qu'elle soit encore là. Qu'elle aille bien. Et qu'elle ait eu quelqu'un à qui parler, quelqu'un qui lui a donné de bons conseils. Ce quelqu'un, c'est vous.

— Elle vous aime. Elle avait simplement peur que vous ne la jugiez.

— Et elle avait raison. Je voudrais qu'il en soit autrement, mais elle avait raison. Et je vois bien que ce n'est pas à elle de changer, mais à moi.

Depuis l'accident de Carolina – les longues heures caféinées à l'hôpital, ensemble, à attendre désespérément de bonnes nouvelles de la part du médecin, au sujet d'une personne qu'ils aimaient tous tendrement –, quelque chose avait changé en Anna. La famille de Matteo n'était plus simplement la famille de Matteo. Elle était devenue aussi la sienne, vraiment. Et en cet instant, la distance dont elle craignait qu'elle ne la sépare de Matteo avait semblé disparaître.

De retour à l'appartement, Anna installa le canapé-lit dans le séjour pour elle et Matteo.

— Ta mère vient de me présenter ses excuses.

— Vraiment ?

— Oui. En fait, elle a été très gentille.

Depuis sa conversation avec Elisa, Anna avait l'impression qu'on lui avait retiré un poids du cœur, qu'elle avait été acceptée, qu'elle pouvait, finalement, entrer dans la famille Bonomi.

— Je suis content, déclara Matteo en lui prenant la main. Je sais qu'il t'a fallu de la patience. Et que c'est en partie ma faute. Tu es trop bonne avec nous tous.

— C'est parce que je t'aime, sourit Anna. Et je m'en veux d'avoir laissé quelque chose d'autre prendre tellement d'importance.

Il serra sa main et, pour un instant, ils furent seuls tous les deux.

— Je ferais mieux d'aller préparer la chambre de Carolina, dit Anna en s'écartant à regret.

— Oui. Merci.

Elle alla mettre des draps propres sur le lit dans la chambre, puis tapota les oreillers. Carolina la regardait, assise près de la fenêtre, tenant dans la main un jus de citron pressé préparé par son frère.

— Merci, Anna, dit-elle doucement.

Son assurance l'avait désertée, remplacée aux yeux d'Anna par une vulnérabilité poignante.

— Je lui ai parlé. Filippo m'a appelée. Quand j'étais à l'hôpital. Il n'a même pas réussi à venir me rendre visite. (Elle secoua la tête, un sourire triste sur le visage.) Bien sûr que non. Ç'aurait été beaucoup trop pour lui… Ne t'inquiète pas, je ne retournerai pas là-bas. Si la semaine passée m'a appris quelque chose, c'est bien que je dois regarder devant moi, et pas en arrière. Je ne peux plus être en colère. Il ne vaut pas la peine que je lui consacre tant d'énergie. Et de toute façon, cette énergie, je ne l'ai pas, même si je voulais la dépenser sur lui !

Malgré son évidente détresse, elle se mit à rire.

— Je n'ai pas de temps pour l'amertume, poursuivit-elle. Je sais maintenant combien la vie peut être courte. Je le sens. Je crois même que j'ai vu la lumière blanche, figure-toi. C'est de la folie ! Savoir que je suis passée si près de la mort… Si près que j'aurais presque pu la choisir. J'aurais pu tendre la main, et abandonner la terre. Et crois-moi, il y a eu des moments, des périodes sombres quand j'étais avec Filippo, où j'aurais pu le faire. Même avant l'accident, je savais que j'avais le pouvoir de choisir la vie ou de choisir l'opposé. Enfin bref, ce que je disais, c'est que, en passant si près de la mort, j'aurais dû me sentir seule. Mais non. Pas un seul instant. (Elle mit la main sur son ventre et regarda Anna.) Alors je le lui ai dit.

— Ah bon ? Et comment a-t-il réagi ?

— Je crois qu'il est en état de choc. Il dit qu'il a besoin de temps pour réfléchir. Mais il n'a jamais voulu d'enfant. Ce n'est pas maintenant qu'il va changer d'avis.

— Et ça te convient ?

— Je crois, oui. Maintenant, il y a moi et le bébé. Ce ne sera pas parfait, mais ça ira. Partager sa vie n'était pas sain pour moi, Anna. Et je ne crois pas que ce serait bon pour le bébé non plus.

Anna s'assit au bord du lit et regarda sa belle-sœur dans les yeux.

— Tu ne seras pas seule.

Elle ne pouvait que lui donner cette assurance. Elle se sentait déchirée, naturellement. Mais il ne s'agissait pas que d'elle. Matteo aurait envie d'être présent pour sa sœur, pour lui donner tout ce dont elle aurait besoin.

— Je ne sais pas où nous vivrons à l'avenir, ici ou en Angleterre, mais de toute façon, nous serons là pour toi.

— Merci, Anna.

Caroline posa la main sur la sienne. Sa peau olivâtre paraissait très foncée sur les doigts blancs d'Anna.

La turquoise sur sa grosse bague en argent se détachait nettement, même dans la pénombre de la chambre.

— J'apprécie. Et bien sûr, j'aurai mes parents, à Sienne. On peut dire ce qu'on veut sur ma mère, poursuivit-elle avec un sourire entendu, mais c'est à coup sûr une grand-mère dévouée. Bien sûr, elle préférerait que les circonstances soient différentes, mais je sais qu'elle et Papa nous soutiendront.

— Je parlerai à Matteo. Je sais qu'il veut..., commença Anna.

Mais elle ne pouvait faire aucune promesse. Il était trop tôt.

— Tu dois faire ce qui est bien pour vous deux, et non organiser ton avenir en fonction de moi.

Anna hocha la tête. Elle voyait que Carolina était fatiguée.

— Bon, je vais te laisser dormir, annonça-t-elle doucement, en tendant la main pour lui caresser les cheveux. Si tu as besoin de quelque chose, dis-le-moi.

Anna et Matteo étaient assis sur le balcon. En ce début de soirée, la place en dessous d'eux était très animée, mais dans l'appartement, le calme régnait enfin. Bella s'était endormie et Carolina lisait dans sa chambre.

— C'est bon de l'avoir ici, remarqua Matteo. De pouvoir veiller sur elle et la savoir en sécurité.

— Elle est très forte. Les médecins disent qu'à leur avis elle se remettra très vite. Bien sûr, avec le bébé, elle devra se ménager.

— Le bébé. Je ne me suis pas encore complètement fait à cette idée. Carolina, mère... Mais je sais qu'elle sera une maman formidable.

— La meilleure, approuva Anna.

— Elle est toujours si prévenante. Elle s'en sortira très bien. Mieux, en fait, sans Filippo dans les parages. Je ne sais pas ce qu'il prévoit de faire, et elle m'a dit de ne pas m'en mêler. Si ça ne tenait qu'à moi…

Son visage prit une expression plus dure à la pensée de l'homme qui avait brisé le cœur de sa sœur.

— Elle est parfaitement capable de gérer sa propre vie. Tu le sais, non ?

— Oui. Mais les vieilles habitudes ont la vie dure. Elle est peut-être l'aînée, mais c'est quand même mon rôle de veiller sur elle.

— On est tous là pour veiller sur elle. Ce bébé sera très aimé.

Chapitre 41

Les pieds sur le canapé, Imogène tapait un mail à sa sœur.

À : annalovesamaretto@gmail.com

Objet : Ne m'oubliiiiie pas !

« Salut, Anna,

Très heureuse d'apprendre que Carolina va mieux, et que sa grossesse s'annonce sans problèmes. Vous avez dû tous vous faire un sang d'encre. J'espère que Bella vous aide à garder le sourire et distribue ses super-câlins. Ils me manquent terriblement.

J'ai envoyé à B un petit paquet, quelque chose pour que vous puissiez jouer ensemble. Tu te rappelles quand Mamie Viv nous emmenait à la plage avec nos cerfs-volants ? Je me suis dit qu'elle devait essayer elle aussi. Après tout, c'est une tradition chez les McAvoy !

Tu me demandes comment nous allons ici. Avec quelques encouragements de ma part, Evie a écrit à Luigi. Avec des photos HYPER SEXY prises par mes soins. À toi de suivre la progression des événements.

Sinon, la maison d'hôtes est pleine. Incroyable, non ? Martin ne touche plus terre. Et tout ça, sans

Clarissa. Elle est repartie à Londres, mais elle revient le week-end pour voir ses grands-parents. Ils sont tous venus à "Elderberry House" la semaine dernière. Clarissa voulait leur montrer à quoi ressemble la maison maintenant, et nous les présenter, à Martin et moi. C'était très émouvant. Martin a même essuyé une larme. Vincent et Catherine sont gentils et chaleureux. Clarissa semble bien plus heureuse depuis qu'elle les a rencontrés.

Et moi ? J'ai aussi quitté "Elderberry House". J'ai saisi une opportunité, je suis retombée sur mes pieds.

Bises

Imo. »

— On est en panne de thé ! annonça Lauren en secouant la boîte vide.

— D'accord, je vais en acheter.

Imogène sauta du canapé et enfila ses tongs.

— Comme ça ?

Lauren contemplait son bas de pyjama et son sweat à capuche.

Imogène haussa les épaules.

— Et alors ? C'est de l'autre côté de la rue !

Elles se trouvaient dans l'appartement au-dessus du studio, qu'elles partageaient désormais. Lauren louait à Imogène son cagibi, et celle-ci dormait dans le canapé-lit. C'était parfait pour elles deux : Lauren avait besoin d'argent, et Imogène avait besoin d'un endroit qui ne soit pas la maison d'hôtes familiale où ses parents débarquaient tous les quatre matins pour garder un œil sur elle.

— Si tu prends le journal en même temps, je te ferai un sandwich au bacon !

— Ça marche.

La veille, elles avaient passé la soirée dans un bar et ne se sentaient pas très fraîches.

Dehors, le soleil inondait les ruelles pavées. Imogène louvoya entre les lève-tôt qui faisaient leurs courses et fila à la supérette, où elle prit une grosse boîte de thé et le journal. Elle rafla également un paquet de sablés à la confiture pour faire bonne mesure.

En sortant du magasin, elle aperçut Finn. Il regarda vers elle et leurs yeux se rencontrèrent. Il s'approcha. Le cœur d'Imogène battait la chamade. Elle espéra de tout son cœur qu'il ne remarquerait pas son pyjama.

— Des sablés à la confiture pour le petit-déjeuner ? finit-il par dire.

— Ce sont les préférés de Lauren, expliqua-t-elle en désignant l'appartement. On a une montagne de traitement photo et de retouches à faire cet après-midi. Je me suis dit qu'il nous faudrait un peu de carburant.

— Alors c'est là que tu habites maintenant ?

— Oui. Lauren a une chambre qu'elle n'utilise pas. Ça marche très bien.

Elle haussa les épaules.

Le regard de Finn parut se figer. Il baissa les yeux.

— Tu as encore pas mal d'affaires chez moi. Des fringues, des DVD, des ustensiles de cuisine. Tu veux que je te les dépose, maintenant que tu as trouvé quelque chose de plus permanent ?

Elle se demanda si c'était de la tristesse qu'elle percevait dans sa voix, ou simplement la certitude que leur histoire était finie. Sans voir ses yeux, elle ne pouvait le déterminer.

— Bien sûr, répondit-elle d'une voix un peu fêlée. Merci. C'est gentil. Comment ça se passe, à l'école de surf ?

— Très bien, en fait. La boutique a ouvert la semaine dernière.

— Ah bon ? Vous avez fait drôlement vite.

— Moins de distractions, sans doute.

Le ton était gentil, mais Imogène en fut profondément blessée. Il commençait à découvrir les avantages d'une vie sans elle, débarrassé des vicissitudes et des drames qui semblaient la suivre partout.

— Écoute, je…

Il secoua la tête.

— Ne parlons pas de ce qui s'est passé.

— D'accord, très bien. Bon, si tu es chez toi ce soir, je viendrai chercher mes affaires ?

— Oui, je serai là.

Quand elle enfonça sa clef dans la serrure chez Lauren, des larmes brûlantes ruisselaient sur ses joues. Et voilà. Une nouvelle étape pour eux deux. Elle et Finn étaient séparés pour de bon.

— Venez ici, devant le rosier, commanda Imogène en entraînant à sa suite le couple de jeunes mariés.

C'était un samedi, elle avait récupéré ses affaires chez Finn une semaine plus tôt.

Sarah, la jeune mariée, trébucha. Joe, son tout nouveau mari, l'aida à retrouver son équilibre en la saisissant tendrement par la taille. Leurs regards se croisèrent. Imogène y lut la confiance et l'amour qui les unissaient.

— C'est parfait, commenta-t-elle en capturant l'instant.

Ils continuèrent à rire ensemble et Imogène prit cliché sur cliché. Loin des invités du mariage, leur amour prenait vie. C'était comme si elle n'était pas là, exactement ce qu'elle souhaitait. Quand elle eut fini, elle retourna vers les invités avec le couple.

— Comment vous êtes-vous rencontrés, si je ne suis pas trop indiscrète ?

Ils échangèrent un regard et, sans un mot, parurent décider que ce serait elle qui raconterait l'histoire.

— Au Brighton General Hospital.

— Vous y travaillez ?

— Moi oui, je suis infirmier, dit Joe. Sarah était juste en visite.

— On peut le dire comme ça, reprit sa femme avec un sourire, avant de se tourner vers Imogène : je venais de découvrir que j'étais très malade.

Imogène sentit ses joues s'empourprer.

— Je suis désolée, je n'aurais pas dû vous interroger.

— Ne vous inquiétez pas, la rassura Sarah en prenant la main de son mari. J'ai rencontré Joe quand j'étais au fond du gouffre, et il m'a remise sur pied.

— Elle a retrouvé le bonheur.

— Et deux ans plus tard, je suis toujours là, et nous sommes mariés !

Imogène les contempla, heureux ensemble, en paix.

— Vous avez beaucoup à fêter, déclara-t-elle doucement.

— C'est bien notre avis, répondit Sarah.

Cet après-midi-là, Imogène photographia les amis et la famille du couple dans les jardins du Royal Pavilion. Ils avaient saisi au vol la chance de bonheur qui leur était offerte. Un mariage, ce n'est pas qu'un show, se dit-elle. C'est bien davantage.

Chapitre 42

— Deux sorbets à la mandarine, annonça Matteo en passant les glaces aux clients qui attendaient devant le comptoir.

— Ça m'a l'air délicieux, commenta la femme en relevant ses lunettes de soleil sur sa tête avant de prendre sa glace. On ne parle que de vous sur toute la côte amalfitaine, vous savez. On est descendus dans un hôtel à Positano et les autres clients nous ont dit qu'on devait absolument venir.

— Merci, ça fait plaisir. On débute ici, alors on est contents d'avoir des avis.

— Nous n'avons entendu que des compliments.

Elle s'assit avec son ami à une table dehors, et le silence revint dans la boutique. Anna se tourna vers Matteo.

— Tu crois que les choses vont enfin se calmer ?

— Ne dis pas ça ! se récria Matteo en lui entourant la taille de ses bras et en lui plaquant un baiser taquin sur la nuque. Attendons d'avoir survécu jusqu'au soir.

— C'était gentil de la part de ta mère d'emmener Bella au marché. C'est bien plus facile de faire face ici, comme ça.

— Tu sais que c'est son plus grand bonheur.

— En tout cas, j'apprécie. J'ai l'impression que ma relation avec elle est beaucoup plus simple. C'est une femme très généreuse.

— Et elle a beaucoup de respect pour toi. J'aurais aimé qu'elle le montre mieux dès le début. Mais au moins, vous vous entendez à présent.

— Tout ce qui en vaut la peine prend du temps, il faut croire. J'ai dû dissuader Carolina de les accompagner, tu sais. De toute évidence, c'est une femme qui ne maîtrise pas du tout le concept de repos.

— Il va bien falloir qu'elle apprenne. Les médecins disent qu'elle doit se ménager au moins pendant un mois, peut-être plus, suivant le déroulement de sa grossesse.

— Je lui trouverai de bons bouquins. Elle dit toujours qu'elle veut lire les œuvres complètes de Jane Austen. Maintenant, elle n'aura plus d'excuses.

Matteo attira Anna contre lui et écarta une mèche de son visage.

— Je suis content de t'avoir rencontrée, Anna McAvoy.

— Moi aussi. En partie parce que tu fais la meilleure glace au cappuccino que j'aie jamais goûtée. Mais pas seulement.

Elle l'embrassa, et l'angoisse qui les avait tellement consumés au cours des dernières semaines parut se dissiper.

— Comment ça se passe de ton côté ? demanda Anna. Je ne sais pas ce que tu as trafiqué, mais depuis quelques jours, Luigi est rayonnant.

— Parfait, commenta Imogène. Je me contente d'encourager Evie à communiquer.

— De toute évidence, ça a déclenché quelque chose. Luigi nous a offert une carafe de son meilleur vin hier soir, à Matteo et moi.

— Elle était un peu réticente au début. Je suppose qu'au fil du temps elle s'était habituée à son train-train quotidien. Je crois qu'elle avait peur de rouvrir de vieilles blessures, de souffrir à nouveau. Mais quand elle a reçu la première réponse de Luigi, elle est venue m'en parler et on voyait bien qu'elle était ravie. Et puis je les ai mis en contact par Skype, aussi. Je l'ai installée, puis j'ai…

— Espionné par la porte entrouverte ? compléta Anna.

— Pas du tout ! Je me suis retirée avec tact dans la cuisine. D'où, par le plus grand des hasards, j'ai pu entendre une partie de la conversation.

— Ah ! Allez, crache le morceau !

— Eh bien, disons qu'à mon avis les sentiments sont toujours là. Je n'avais jamais entendu Evie rire comme ça.

— C'est trop mignon. Alors, quelle est la prochaine étape ?

— L'expédier là-bas, évidemment.

— Bien sûr. Je ne crois pas qu'on aura du mal à convaincre Luigi. J'ai l'impression qu'il meurt d'impatience de la revoir.

— Il se trouve que je suis justement tombée sur des vols pour Naples à un prix très raisonnable. Je lui ai imprimé l'offre. Alors tu devrais peut-être dire à Luigi d'aménager son emploi du temps.

Chapitre 43

Un dimanche après-midi, Imogène et ses parents se retrouvèrent à la maison d'hôtes. Les rayons du soleil qui entraient par le bow-window éclairaient le tapis persan et le fauteuil bien-aimé de Viviane. Hepburn s'était blotti contre Imogène sur le canapé et elle lui chatouillait doucement les oreilles.

— Alors, c'est vrai, Evie est partie en Italie ? demanda Jan en ouvrant de grands yeux.

— Directement à Sorrente, en première classe, confirma Imogène. Elle ne voulait pas abandonner la boutique, mais je n'allais pas la laisser s'en tirer aussi facilement. Je la tiendrai quelques jours et Callum, le petit ami de Lauren, s'en occupera le reste du temps.

— Bon, j'espère que tout ira bien pour elle. C'est très excitant, tu ne trouves pas, Tom ?

— J'ai toujours eu l'impression qu'elle n'en avait pas fini avec l'aventure. C'en est peut-être une nouvelle qui commence.

— Je suis très optimiste, déclara Imogène. On dirait qu'il y a pas mal d'amour dans l'air en ce moment.

Elle désigna d'un geste du menton la cuisine où Martin et Clarissa riaient ensemble en préparant du thé pour tout le monde.

— Elle est rentrée à Londres, vous savez, chuchota Imogène. C'est à peine si on le remarque, mais elle revient ici dès qu'elle a une minute. Je suis presque sûre que ce n'est pas seulement pour ses grands-parents.

— Elle a l'air sympa, observa Jan en lui lançant un coup d'œil.

— Elle est adorable. Il s'est bien débrouillé. Et regardez-le, il ne peut pas s'empêcher de sourire. C'est un grand progrès après Françoise, c'est sûr.

— Imogène, sois gentille ! la réprimanda son père.

— Mais c'est la vérité, non ? objecta Jan d'un ton moqueur.

— Il n'y en a pas une pour rattraper l'autre, soupira Tom en secouant la tête.

— Il n'a pas nié ! observa Imogène. (Sa mère éclata de rire.) Alors, qu'est-ce que vous allez faire de vos journées, tous les deux, maintenant que tout est en place ici ?

Jan réfléchit un moment avant de répondre :

— Eh bien, ton père a ses sculptures, et moi, un peu de bénévolat…

— Tout ça peut attendre ! Evie est partie sur un coup de tête, et Anna a tout lâché pour aller habiter en Italie. Quand comptez-vous vivre votre grande aventure à vous ? Vous n'avez quand même pas travaillé pour rien, toutes ces années ?

— Elle n'a pas tort, commenta Tom.

— Ce n'était pas pour rien, c'était pour notre famille, rectifia Jan.

— Je sais, je sais. Et Anna et moi, nous vous en sommes très reconnaissantes. Mais nous sommes adultes maintenant. Vous avez bien mérité de vraies vacances.

Tom et Jan se regardèrent.

— Je n'y ai jamais vraiment réfléchi, dit Jan. Je suis plutôt du genre casanier. Tu le sais bien, Imogène.

— La vie est courte, Maman. Il n'est jamais trop tard pour changer.

Evie entra dans la boutique, en robe d'été et sandales, traînant une valise derrière elle. Elle avait les joues roses et paraissait plus jeune qu'à son départ.

— Tu es revenue ! s'exclama Imogène en posant la cuillère à glace qu'elle tenait, tout excitée.

— Me voilà, confirma Evie. Quel voyage !

— Viens me raconter ! Je veux tout savoir ! déclara Imogène en avançant une chaise pour Evie. (Depuis qu'elle était partie pour l'Italie, Imogène n'avait pratiquement pas cessé de penser à elle.) J'ai essayé d'avoir de tes nouvelles par Anna, mais elle répétait que je devais attendre que tu m'en parles toi-même.

— C'était merveilleux de voir ta sœur là-bas. Elle et Matteo sont très accueillants, et leurs glaces sont délicieuses. La petite Bella s'est bien acclimatée, n'est-ce pas ?

— Oui. C'est bien joli, tout ça, mais…

Evie éclata de rire devant l'impatience si visible d'Imogène.

— J'ai l'impression qu'il y a autre chose qui t'intéresse bien plus !

— Évidemment ! Je suis sur des charbons ardents.

— Alors je vais mettre fin à tes souffrances. J'ai vu Luigi, et ça s'est bien passé. Très bien, même.

— Parfait, déclara Imogène, sans pouvoir retenir un immense sourire.

— Je crois qu'il était encore plus nerveux que moi, si c'est possible. Mais à l'instant où on s'est vus… quelque chose est revenu, raconta Evie, une lueur dans les yeux. Brusquement, ça ne paraissait plus si lointain. Et comme on avait bavardé par ordinateur avant – grâce à toi –, c'était beaucoup plus détendu que prévu.

— Est-ce qu'il était comme dans ton souvenir ?

— Il est plus vieux, plus grisonnant, naturellement. Mais ça lui va bien. Je dois reconnaître que je me demandais ce qu'il allait penser de moi, comme je suis maintenant, mais… (Elle rougit un peu.) Je n'aurais pas dû me faire autant de souci.

— C'est incroyable ! Je suis très fière de toi.

— Je ne sais pas si c'est la chose la plus folle ou la plus sensée que j'aie jamais faite. Mais c'est l'une ou l'autre. En tout cas, ça en valait la peine.

— Tu n'as pas eu envie de rester plus longtemps ?

— Si.

— Alors pourquoi ne pas l'avoir fait ?

— Je voulais rentrer chez moi pour voir ce que je ressentais. C'est beaucoup à encaisser d'un coup, ce genre de retrouvailles. Avoir une véritable chance d'être ensemble paraissait un peu trop beau pour être vrai, ce qui n'était pas le cas quand on était plus jeunes.

— Tu veux être bien sûre de toi.

— Exactement. La côte amalfitaine est tellement magnifique… C'est facile de se laisser entraîner par le romantisme, là-bas. Les paysages, la cuisine délicieuse, les bons vins…

Imogène revit en pensée sa soirée avec Luca. Il lui avait été si facile de se laisser emporter par l'instant. Mais elle comprenait déjà, au sourire ravi d'Evie, que la situation était bien différente pour elle.

— Je ne suis pas du genre qui se précipite. Je ne veux pas me comporter comme une vieille folle.

— Je ne crois pas que ça risque d'arriver. Et il me paraît très sincère.

— Oui, hein ? Gentil. Et charmant. Et on s'est amusés ensemble. Beaucoup. Ma raison me dit qu'on a besoin de plus de temps pour se connaître…

— Mais ton cœur te dit d'y retourner dès que tu pourras.

Evie hocha la tête en riant.

— Dis-moi encore que je ne suis pas une vieille folle !

— Tu l'aimes. C'est génial !

Il y avait une lumière nouvelle dans le regard d'Evie.

— Doucement, Imogène. Tu te mets à ressembler un peu trop à ta grand-mère ces temps-ci.

Chapitre 44

— Tiens, dit Matteo en tendant à Anna un cornet garni de glace au chocolat noir et de sorbet à la framboise. Ton préféré.

— Merci.

Ils avaient travaillé tard pour ranger et nettoyer la boutique, préparer la semaine à venir. Seule la perspective d'une glace quand tout serait fini lui avait permis de tenir.

Il prit son verre, un cocktail au gin agrémenté d'une boule de glace au citron vert.

— La nuit est magnifique. Sortons.

Ils traversèrent la place et s'assirent sur la margelle de la fontaine. Il était près de minuit et, un lundi, la place était déserte. Une faible lueur filtrait de l'arrière-salle chez Luigi, mais les autres cafés et restaurants, comme leur boutique, étaient fermés.

Anna mangea sa glace en silence, savourant ce moment paisible. Être là, avec Matteo, sentir sa proximité, son calme. Avec lui, elle se sentait comblée.

— Ça n'a pas été facile cet été, hein ? demanda-t-il doucement.

— Non. Rien à voir avec les vacances qu'on avait imaginées.

— Mais c'était incroyable, aussi.

Elle hocha la tête et suivit son regard vers la boutique de glaces, mais remarqua qu'il se braquait plus haut, vers la petite chambre où dormait leur fille.

— Chaque moment, acquiesça-t-elle.

— J'ai beaucoup appris.

— Quoi, par exemple ?

— Que quoi qu'il nous arrive dans la vie, je te veux à mes côtés. Je le savais déjà, bien sûr, mais c'est encore plus fort à présent. (Il se pencha et lui prit la main.) Je te fais pleurer, remarqua-t-il en chassant une larme sur la joue d'Anna.

— Ce sont des larmes de joie.

— Juré ?

— Oui. Comment ne pas être heureuse, alors que je mange la meilleure glace du monde ? ajouta-t-elle en faisant disparaître la dernière trace de chocolat.

— Je t'aime, Anna, dit-il avant de l'embrasser.

Elle s'écarta, plongea son regard dans ses yeux bruns et passa la main sur sa barbe naissante.

— Moi aussi, je t'aime.

Elle reporta son attention sur sa glace et croqua un morceau de gaufrette.

— Tu ne devrais peut-être pas manger le cornet jusqu'au bout, observa-t-il.

Elle regarda au fond du cône. Quelque chose réfléchissait la lumière.

— Ce n'est pas vrai ! protesta-t-elle en riant.

Elle renversa le cornet dans sa main. Un anneau en platine orné d'un solitaire étincelait au clair de lune. L'air lui manqua.

— Matteo !

— Si on officialisait ? Dis que tu vas faire de moi l'homme le plus heureux d'Italie !

— Ce n'est pas…, commença-t-elle en hésitant.

— Ça n'a rien à voir avec ma mère, assura-t-il avec un petit rire. C'est entre toi et moi, notre famille. Rien d'autre, ni personne d'autre.

Des souvenirs des trois années écoulées traversèrent l'esprit d'Anna. Les journées à Florence, leurs mails, le moment où Matteo était arrivé à la boutique de Viviane, remplissant la vie d'Anna de bonheur. Oui, ils avaient connu des moments difficiles, aussi, mais tout ce qu'elle voyait désormais, c'est qu'il était l'homme qu'il lui fallait et qu'elle voulait être auprès de lui pour toujours.

— Oui. *Si*, *si* et *si*.

Il éclata de rire.

— Tu es sûre ?

— Tout à fait.

Il lui passa la bague au doigt et l'embrassa.

— Merci, dit-il.

Le lendemain, avec Matteo, elle appela sa famille sur son ordinateur portable.

— Vous avez prévu quelque chose au mois d'octobre ? s'enquit-elle d'un ton taquin.

Imogène fronça le nez.

— Je n'ai rien de prévu au-delà de la semaine prochaine, déclara-t-elle, l'air lugubre.

Jan et Tom haussèrent les épaules.

— Rien qu'on ne puisse organiser autrement, dit Jan. Pourquoi ?

— Je crois que vous allez tous devoir réserver des billets d'avion.

— Anna a accepté de m'épouser, expliqua Matteo avec un sourire chaleureux. Et nous tenons vraiment à ce que vous soyez là avec nous.

— Waouh ! s'exclama Imogène, instantanément rassérénée. C'est fantastique ! Félicitations !

— Merci. J'ai bien failli manger la bague, fit Anna en riant et en montrant le bijou devant l'écran. Il l'avait cachée dans mon cornet de glace.

— Très romantique, commenta Jan. Nous sommes ravis pour vous deux. Bella sera demoiselle d'honneur ?

— Oui. Avec Imogène, poursuivit-elle en hésitant. (Elle avait souvent imaginé ce moment, et elle tenait à le savourer.) Tu veux bien ?

— Essaie de m'en empêcher !

— Je te promets de ne pas abuser du taffetas rose.

— Tout ça est un peu précipité, non ? s'inquiéta Jan. Vous êtes sûrs de ne pas vouloir vous laisser un peu plus de temps pour tout préparer ?

Anna secoua la tête et se tourna vers Matteo.

— Nous sommes plutôt sûrs de nous, déclara-t-il en souriant. Et nous voulons nous marier dès que possible.

— Je trouve ça génial, intervint Tom. Je n'ai jamais compris ces fiançailles interminables. Et vous vous êtes déjà engagés, avec Bella, non ?

— C'est aussi notre avis, acquiesça Anna.

— Très bien, vous pouvez compter sur nous, dit Tom.

— Et ça ne vous fait rien, reprit Anna avec prudence, qu'on fasse ça ici plutôt qu'à Brighton ?

— Bien sûr que non ! s'exclama Jan. On irait sur la lune s'il le fallait pour vous voir vous marier.

— On vous installera dans un bel hôtel, promit Matteo. On en a réservé un à quelques minutes du lieu de la fête. Piscine, spa… la totale. Je vous enverrai la brochure.

— Toi aussi, Imogène. Dis-nous seulement…

Elle s'interrompit.

— Une chambre simple, ça ira, dit Imogène d'un ton neutre. Et merci, il a l'air génial, cet hôtel.

— Ils ne se sont toujours pas rabibochés, chuchota Jan en s'approchant de l'écran.

— Maman ! la reprit Imogène d'un ton sec.

— Quoi, il faut bien qu'elle soit au courant. Ils doivent s'organiser !

— On peut s'arranger, corrigea Anna, gênée pour Imogène. Ne t'inquiète pas.

— On ferait bien de s'occuper des billets d'avion, déclara Jan.

— Encore toutes nos félicitations, ajouta Tom. J'espère que vous allez fêter ça avec des petites bulles ce soir.

— Tout à fait ! confirma Matteo.

— Salut, fit Imogène en agitant la main.

Anna et Matteo coupèrent la communication et se regardèrent.

— Ça s'est bien passé, observa Matteo.

Ils s'embrassèrent, ravis.

— Ça paraît encore plus réel maintenant, remarqua Anna.

— Une famille de faite. Plus qu'une, conclut Matteo.

Chapitre 45

Imogène était chez ses parents, attablée avec eux dans la cuisine. Trois semaines s'étaient écoulées depuis qu'Anna et Matteo avaient annoncé leurs fiançailles. Ce mariage constituait pour Imogène une distraction bienvenue. Oui, elle continuait à photographier des bébés, mais grâce à ce revenu stable, elle aurait bientôt économisé assez pour son billet d'avion.

— Ton père et moi, on a réfléchi. On va prendre la moto.

La mère d'Imogène rayonnait, euphorique.

— C'est une blague ? Maman, c'est tout juste si tu es déjà montée sur cet engin !

— Eh bien, je me suis dit qu'il était temps, déclara Jan avec fierté. Ce n'est pas tous les jours qu'on a une bonne excuse pour partir en Italie. La moto de ton père dort dans cette remise depuis bien trop longtemps. Et après ses voyages en Asie dans les années 1960, je suppose que l'Europe sera un jeu d'enfant pour lui. Il m'emmène chercher une tenue en cuir ce week-end.

— Elle veut un casque argenté, précisa Tom. On va devoir courir les magasins.

— Incroyable ?! Je ne pensais pas voir ça un jour ! s'exclama Imogène en éclatant de rire.

— On fera quelques étapes en traversant la France, dit Jan. Pour faire de ce voyage de vraies vacances. Après tout, ça fait longtemps qu'on attend la retraite.

— C'est une idée géniale, commenta Imogène.

— On va bien s'amuser, hein, Tom ? fit Jan en serrant la main de son mari.

Il hocha la tête, l'air ravi.

Imogène était contente pour eux. Mais elle ne pouvait s'empêcher d'éprouver une pointe de nostalgie, mêlée de regrets. Elle se souvenait de ce qu'elle avait éprouvé en quittant le pays avec Finn. Ce départ à l'aventure en Thaïlande avait cimenté leur relation. Elle en était revenue avec des dizaines de souvenirs heureux. Ils avaient peut-être la jeunesse, mais il leur manquait quelque chose, quelque chose que ses parents avaient maintes fois prouvé qu'ils possédaient : la capacité de durer.

— Sois prudente, recommanda Imogène à sa mère.

Leurs regards se croisèrent et Jan sourit.

— Ça fait bizarre, non, dans ce sens-là. Pour une fois, c'est toi qui t'inquiètes pour moi.

— C'est vrai. Quelque chose me dit que je vais devoir m'y habituer.

*

Imogène se trouvait dans le séjour, chez Lauren, quand son téléphone sonna. Elle sourit en voyant le nom d'Anna sur l'écran.

— Salut !

— Tu as l'air bien guillerette, remarqua Anna.

— Comme d'habitude ! Ça fait plaisir de t'entendre, voilà tout. Comment avancent les préparatifs ?

— Très bien. J'ai trouvé quelques modèles de robes de demoiselles d'honneur et je te les envoie tout de suite par mail… Voilà, c'est fait. Oui, c'était amusant de chercher quelque chose qui convienne à la fois à toi et à Bella, mais je crois que ça va te plaire.

— Quelle couleur ?

— Pistache.

— Estival et, en plus, c'est un de mes parfums de glaces préférés. Je suis sûre que ce sera parfait. Tu es au courant pour Papa et Maman, non ?

— Oui, Maman m'a appelée. Elle a l'air euphorique. On trouve que c'est une idée géniale.

— Après toutes ces années, elle doit avoir envie de voir ce dont Papa n'arrête pas de parler.

Anna éclata de rire, puis le silence se fit.

— Écoute, Imo, je t'appelle pour autre chose.

— Oui ?

— Bon, tu es ma priorité et, si ça te gêne, on laisse tomber, commença Anna d'une voix dans laquelle Imogène perçut une certaine nervosité. En fait, Matteo se demandait si on pourrait inviter Finn au mariage. Si ça te met mal à l'aise, on oublie. Mais c'est un des meilleurs amis de Matteo au Royaume-Uni, et on aimerait bien lui faire signe.

La poitrine d'Imogène se comprima. Elle se représenta Finn. Ses larges épaules, le sourire qu'auparavant elle voyait tous les jours. Et maintenant ? Elle ne méritait plus que ce sourire lui soit adressé. Il était juste que la décision lui appartienne. Aujourd'hui, elle prenait un nouveau départ, pour de bon.

— Bien sûr, dit-elle d'un ton qu'elle s'efforça de rendre léger. Tant que ça ne le gêne pas de me voir, ça va.

— Tu es sûre ?

— Tout à fait, assura Imogène avec nonchalance, en essayant d'ignorer son cœur douloureux.

Chapitre 46

Anna fit courir ses doigts sur le satin vert clair de la robe de Bella. La petite fille virevoltait en se regardant dans le miroir.

— Elle est magnifique, Elisa. Vous avez fait un travail formidable. Merci.

— C'était un plaisir. Elle est bien à sa taille, au moins ? Elle grandit si vite en ce moment que je n'étais pas sûre de moi.

— C'est parfait.

Les feuilles d'automne tombaient des arbres sur la place pavée. Le changement de saison, ajouté à la croissance et aux métamorphoses de sa fille, rappela à Anna qu'elle avait passé près de la moitié d'une année en Italie. Et dans moins de quinze jours, elle serait mariée.

— Et votre robe ?

— Je crois que ça va aller, dit Anna. La couturière que m'a recommandée Carolina fera le dernier essayage cette semaine.

Elisa joignit les mains, enthousiaste.

— Mon Matteo, et vous. Enfin, vous vous mariez. Ce sera une journée fabuleuse.

Anna savoura cet instant. La joie de sa belle-mère était communicative et, bien qu'elle ait dû être très tentée durant les préparatifs, elle ne s'en était pas du tout mêlée.

Bella tirait sur sa robe pour essayer de l'enlever, alors Anna se baissa pour descendre avec précaution la fermeture Éclair.

— Maintenant, on va la ranger jusqu'à la semaine prochaine.

Carolina passa la tête à la porte.

— Quelqu'un veut du gâteau ? J'ai un quatre-quarts au citron qui sort juste du four.

— Parfait, approuva Anna.

Elles allèrent dans la cuisine, et Bella s'installa avec elles à table, sur sa chaise haute.

Le gâteau provoqua des murmures appréciateurs. Bella, ravie, tapa sur la table avec sa cuillère.

— L'un des avantages d'être une invalide enceinte, c'est que ça améliore grandement mes compétences en pâtisserie.

Carolina se laissa aller contre le dossier de sa chaise, une main posée sur la légère rondeur de son ventre. Dans sa robe à fleurs sur fond noir, on la remarquait à peine, mais la jeune femme rayonnait.

— Encore une semaine et, avec un peu de chance, le médecin m'autorisera à refaire un peu d'exercice. Je n'en peux plus d'attendre.

— Vas-y doucement, Caro, l'exhorta Elisa. Nous avons eu de la chance de vous avoir encore tous les deux en bonne santé, je voudrais que ça continue.

— Tout ira bien, *mamma*. J'ai simplement envie d'aller nager un peu avant la cérémonie, histoire de me sentir de nouveau humaine. Je suis restée bien trop longtemps enfermée ici, à être un fardeau pour ce jeune couple.

— Pas du tout ! protesta Anna. On adore t'avoir à la maison, et puis toutes les deux, vous nous avez tellement aidés, avec la petite et la boutique.

— Et maintenant, vous vous en sortez très bien, s'extasia Elisa. Même moi, je dois reconnaître que votre sorbet orange-peppermint est un délice. En fait, c'est un de mes préférés. Ce sera difficile de convaincre le père de Matteo, bien sûr, mais il sera là ce week-end, alors il pourra goûter et juger par lui-même.

— Le mariage approche si vite, murmura Anna. Mais j'ai hâte qu'on soit tous réunis. Imogène arrive demain, et on prendra un verre ici, à la boutique, la veille du mariage, pour que tout le monde puisse se retrouver.

— Est-ce qu'elle vient avec son petit ami ? demanda Elisa. Ce beau jeune homme que nous avions rencontré à Noël ?

— Il sera là, mais ils ont rompu, hélas.

— Je suis navrée, dit Elisa.

— Je danserai avec elle, déclara joyeusement Carolina. Il vaut mieux être seule que mal accompagnée. Je crois que quitter Filippo est la chose la plus intelligente que j'aie jamais faite.

— Absolument. Je parie qu'il s'en mord les doigts, lança Anna.

— Pas vraiment. Il n'a pas perdu de temps pour lancer la procédure de divorce. Il veut épouser l'autre femme.

— Bon débarras, déclara Elisa. Il devrait avoir honte de lui.

— Il m'a rendu service, *mamma*. Et de toute façon, je suis prête. On doit tous les deux aller de l'avant. Et j'aurai une année bien remplie. Pour commencer, je vais regarder mon frère bien-aimé épouser cette femme géniale.

— Tu vas me faire rougir ! protesta Anna en riant.

— Je le pense, Anna. Tu as été avec nous dans les épreuves comme dans la joie. Et tu t'occupes si bien de Matteo et Bella. Il a de la chance.

Chapitre 47

Imogène descendit sur le tarmac, à Naples. Le soleil italien réchauffait ses épaules nues. C'était son second séjour en quelques mois. Mais ces vacances étaient bien différentes. Elle ne cherchait pas de réponses, cette partie de sa vie était révolue. Elle n'était là que pour le mariage de sa sœur, et elle avait hâte d'y prendre part. En attendant son sac devant le tapis roulant, elle consulta le blog de ses parents.

Douzième jour.

Nous quittons Vérone. Tom et moi sommes si tristes de partir ! C'était comme une seconde lune de miel. La cuisine et le vin étaient délicieux. On s'est même offert un hôtel ravissant. Une folie ! Mais aujourd'hui, remise en selle. Je m'y habitue. Et on a vraiment traversé la France à toute vitesse avant d'arriver ici.

Tant de merveilles nous attendent encore. Demain soir, nous arriverons chez le père de notre futur gendre Matteo, à Sienne. Nous goûterons les glaces d'une des gelaterie *les plus réputées d'Italie. Voici des photos !*

Jan.

Si tout allait bien, ils arriveraient la veille du mariage. Imogène passa en revue les photos postées par Jan de leur étape à Vérone. Elle sourit. Elle était si fière que ses parents partent à l'aventure.

— Tu es arrivée ! piailla Anna en voyant Imogène entrer dans la boutique.

— Imogène, le retour ! Viens dans mes bras.

Elles s'étreignirent, bientôt rejointes par Matteo et Bella.

— Tu trépignes déjà ? demanda Imogène à sa sœur.

— Mon Dieu, oui ! sourit Anna. Et puis je ressens aussi un peu de l'inévitable panique. Je n'arrête pas de penser à ce mariage, je le rêve, je le respire…

— Et tu le manges ! intervint Matteo. On a mené des recherches intensives dans ce domaine.

— Je suis tellement contente que tu sois là ! s'exclama Anna en serrant sa sœur plus fort.

— Et Papa et Maman sont sur mes talons, apparemment. Plus qu'une étape à Sienne chez ton père, Matteo, et ils arrivent.

— Génial ! J'ai l'impression qu'il reste tant à faire, soupira Anna. Je t'ai dit qu'on faisait une fête ici vendredi ?

— Oui. Ça, c'est simple. Je l'ai déjà fait.

Matteo emmena Bella, et les deux sœurs eurent un moment pour parler.

— Tu as l'air très heureuse aujourd'hui, Anna.

— Je le suis. Je n'aurais jamais imaginé me marier dans un endroit aussi beau, et encore moins y vivre.

— Tu as pris ta décision à ce sujet ?

— Nous avons décidé… qu’on ne pouvait pas se décider, déclara Anna avec un rire penaud. En tout cas, pas encore.

Elle lança un regard vers son futur mari.

— En tout cas, quoi que vous fassiez, vous savez que vous nous aurez toujours sur le dos, conclut Imogène. Ce n’est pas si loin que ça pour venir vous voir.

— Et je reviendrai toujours de temps en temps. Je dois garder un œil sur la boutique de Viviane.

— Bien sûr. C’est l’avantage, avec une maniaque du contrôle comme toi. Je sais que tu ne l’abandonneras jamais complètement.

*

Le vendredi, Evie et Imogène se retrouvèrent à la boutique. Anna s’activait à tout préparer pour la fête de pré-mariage.

— Bon, qu’est-ce qu’on peut faire ? demanda joyeusement Evie en se frottant les mains.

— Tiens, dit Anna en lui tendant de vieilles cartes de la côte amalfitaine. (Imogène fronça les sourcils.) Tu peux y découper des cœurs pour la décoration ? Et toi, Imogène, tu pourrais aller chercher des pots à confiture dans la cuisine et y mettre des bougies chauffe-plats ?

Evie et Imogène se mirent au travail en bavardant gaiement.

— Tu es là depuis une semaine, moi je suis arrivée il y a trois jours, et je t’ai à peine vue, constata Imogène. Je suppose que c’est bon signe.

— Oui. Luigi et moi n'avons pas arrêté de courir partout.

— Vous vous entendez bien ?

— Oh oui, on s'est tout de suite mis à discuter, à se raconter nos vies.

— Tu as l'air vraiment heureuse, Evie.

— Tu sais quoi ? Je crois bien que je le suis. Et c'est à toi que je le dois.

— Ce fut un plaisir. Encore que je ne puisse pas m'attribuer tout le mérite. C'est Viviane qui avait mis les choses en branle.

— Oui. C'est sans doute son œuvre. Cette femme, même de là-haut, se mêle de ma vie amoureuse.

Elle leva les yeux vers le ciel d'un bleu sans nuages.

— Tu comptais beaucoup pour elle, Evie. Et elle a toujours été romantique. Elle aurait pu insister, mais elle avait raison, non ? Toi et Luigi, vous deviez avoir une deuxième chance.

— Oui, elle avait raison. Comme toujours. La plupart du temps, ça me rendait folle, mais là, je dois admettre que je lui suis reconnaissante.

— Alors, comment s'est passée la rencontre avec la famille ?

— C'était merveilleux. Mieux que je n'osais l'espérer. On est allés voir sa fille à Naples la semaine dernière, et hier, on a rendu visite à son fils et au bébé, à la campagne. Au début, j'hésitais. Je ne voulais pas m'imposer à un moment aussi important. Mais ils m'ont vraiment bien accueillie. C'était une journée parfaite. Mon italien revient doucement, et j'arrive à discuter un peu avec eux maintenant.

— C'est génial ! Tu devrais en parler à Anna. Elle aussi, elle s'y est mise sérieusement.

Anna passa la tête à la porte et consulta la pendule murale.

— Imo, tu sais où en sont Papa et Maman ? Ils devraient déjà être là.

Elle vérifia ses messages et le blog, qui situait toujours ses parents à Sienne, à des heures de route.

— Ils vont arriver, affirma-t-elle en feignant l'assurance. Ils se font désirer, c'est tout.

*

Ce soir-là, la famille et les amis de Matteo et Anna se rassemblèrent pour déguster des cocktails à l'amaretto, du prosecco et des canapés.

Imogène circulait entre les invités, faisait les présentations et remplissait les verres. Elle voyait Anna regarder autour d'elle, cherchant leurs parents. Imogène les avait appelés trois fois, sans obtenir de réponse.

— Luigi, on dirait que vous avez besoin de carburant, remarqua-t-elle en remplissant son verre.

— Oh, ménagez-moi. On a toute une journée de fête qui nous attend demain, et je suis grand-père, à présent.

Evie passa son bras sous le sien.

— Ne l'écoute pas ! conseilla-t-elle à Imogène. Il peut encaisser. Et puisque tu le proposes si gentiment…

Elle tendit son verre en riant. Imogène le remplit. Leurs regards se croisèrent et elles se comprirent, sans un mot.

En tournant la tête, Imogène aperçut le comptoir. Finn… Il avait dû arriver sans qu'elle y prenne garde.

Il leva les yeux et la salua d'un hochement de tête, puis reprit sa conversation apparemment captivante avec Carolina, comme s'ils étaient de vieux amis et non de vagues connaissances. C'était un peu douloureux, mais elle n'avait plus le droit de s'en formaliser, ni de dire quoi que ce soit. Imogène ne voulait pas détourner l'attention du grand jour d'Anna.

Un rugissement de moteur s'éleva sur la place. Anna se précipita, Bella dans les bras. Quand elle reconnut les nouveaux arrivants, elle se retourna vers l'intérieur et annonça aux invités :

— Ça y est, ce sont eux ! Mes parents sont là !

Tous sortirent tandis que Tom et Jan garaient leur moto. Jan retira son casque. Ses cheveux habituellement impeccables se dressaient dans tous les sens. Rayonnante d'exaltation, elle ne parut ni le remarquer, ni s'en soucier.

— On est arrivés ! s'exclama-t-elle.

— On s'est attardés dans un restaurant merveilleux, mais j'espère que vous saviez qu'on ne manquerait ça pour rien au monde, dit Tom en serrant contre lui sa fille aînée.

La grande famille de Matteo enveloppa les nouveaux arrivants avec des saluts, des baisers, des mains secourables pour prendre leurs bagages et leur apporter boissons et canapés.

— Salut ! fit doucement une voix, près de l'épaule d'Imogène.

Elle se retourna. Finn était là, en jean, avec un tee-shirt gris qui dégageait ses bras, bronzés d'avoir travaillé en plein air tout l'été.

— Salut.

Elle souffrait d'être si près, sans pouvoir le toucher, l'embrasser, se blottir contre lui comme elle en avait envie.

— Ils ont réussi leur entrée ! commenta-t-il.

— Oui. Et ils se sont fait désirer. Je me suis inquiétée toute la soirée. Après ce qui est arrivé à Carolina…

— Elle vient de me raconter.

— Oui, fit Imogène en se mordant la lèvre pour essayer de réfréner sa jalousie. Elle est très courageuse.

— En tout cas, tout le monde est réuni maintenant.

Imogène mourait d'envie d'effacer la distance qui s'était creusée entre eux, de défaire ce qu'elle avait fait, de tout remettre en place.

— C'est bien que tu aies pu venir. Je sais qu'Anna et Matteo tenaient à ce que tu sois là.

— Je ne voulais pas manquer ça. Même si je savais que ce serait dur de te revoir.

Imogène hocha la tête. Elle avait envie de pleurer. Ils se turent un moment, puis il tendit la main pour essuyer les larmes sur la joue d'Imogène.

— Ne pleure pas, murmura-t-il.

— Je me suis conduite comme une idiote.

Finn se tourna vers l'assemblée un moment. Puis il la regarda.

— Je ne te contredirai pas sur ce point.

Le silence s'étira entre eux, et malgré le bruit de la fête, tout parut calme.

— J'ai gâché la meilleure chose qui me soit jamais arrivée.

— Non, corrigea Finn en secouant la tête.

— Mais, après tout…

— Chut, souffla-t-il doucement.

Jan et Anna se frayèrent un chemin entre les invités jusqu'à la boutique.

— Ton père et moi, on est vraiment emballés par tout ça, dit Jan.

Elle regarda autour d'elle et admira la décoration.

— Cette boutique… Je comprends ce qui t'a attirée ici. C'est magnifique !

— Je suis contente que vous soyez arrivés en un seul morceau. Et dire que tu étais la seule personne qui ne m'avait jamais causé d'inquiétude…

— Je ne me suis jamais lancée dans aucune aventure, c'est pour ça. Enfin, à part fonder une famille, ce qui est une sorte d'aventure. Mais maintenant, avec ce voyage à moto… Ça m'a ouvert les yeux, Anna. On a rencontré des gens passionnants, et ça nous a fait un bien fou de visiter tous ces endroits romantiques.

— C'est génial. C'est spécial l'Italie, non ?

— Oui, très. Et le père de Matteo nous a fait visiter avec beaucoup de générosité. Lui et ton père se sont entendus comme larrons en foire, bien mieux qu'à Noël.

— Super ! (Anna baissa la voix, bien que le bruit dans la salle soit suffisant pour couvrir ce qu'elle allait dire.) Il faut un moment pour apprécier leurs bons côtés, mais ce sont de très braves gens.

— Je le vois bien. Et je vois aussi ce qui t'a poussée à venir vivre ici.

— On a eu des hauts et des bas, mais je suis contente que nous soyons venus.

— J'espère que vous reviendrez, bien sûr. Mais si vous choisissez de faire votre vie ici, tu sais qu'on comprendra tous les deux.

Anna la prit par le bras et l'attira contre elle.
— Merci, Maman.

*

À la fin de la soirée, tandis que tous regagnaient leurs pénates, Matteo et Anna restèrent devant leur boutique, à agiter la main en signe d'au revoir. Bella était montée avec Carolina quelques heures plus tôt, après avoir passé l'essentiel de la soirée de bras en bras.
— Et demain, ça recommence, soupira Anna.
— Demain, on ne fera pas seulement la fête. On se mariera aussi. Est-ce que tu l'as oublié ?
— Pas du tout ! C'est la partie que j'attends avec le plus d'impatience. Alors voilà, on y est. Notre première nuit séparés en plus de deux ans.
— Ça va faire bizarre, hein ?
— Je me suis habituée à te voir dans les parages, déclara Anna en hochant la tête.
— Ce ne sera pas long. Qui l'aurait cru ? Nous deux. Après deux boutiques de glaces et une petite fille, nous voilà sur le point de nous marier.
— Tu n'es pas en train de te dégonfler ? s'inquiéta Anna. Parce que si c'est le cas, je vais avoir une quantité astronomique de tiramisu à engloutir toute seule demain…
— Ne te fais pas de souci.
— La mairie. Midi. Pas de retard, même si c'est une tradition méditerranéenne.
— J'y serai.

Chapitre 48

Anna se tourna vers Imogène qui arrangeait une des fleurs blanches dans ses cheveux.

— Voilà. C'est parfait.

Anna, Imogène et Bella se tenaient devant la porte de la mairie, au centre de Sorrente. Les boucles brunes d'Anna tombaient en cascade jusqu'à ses épaules, en dehors de deux mèches, torsadées et retenues en arrière par des fleurs. Son maquillage était léger – l'été à Sorrente avait déjà donné à sa peau un chaud teint noisette. Imogène avait simplement ajouté quelques paillettes, du mascara et une touche de gloss. Sa robe en satin ivoire à fines bretelles s'arrêtait juste sous le genou. Des escarpins assortis mettaient en valeur ses longues jambes hâlées.

— Tu es magnifique, dit Imogène.

— Merci. J'ai envie de pleurer.

— Pas question que tu fasses couler ton mascara, s'indigna Imogène. Bon, tu es prête ?

— Oui, répondit Anna d'une voix un peu tremblante. Je crois.

Imogène baissa les yeux vers sa nièce. Dans sa robe de satin pistache, avec son large volant, on aurait dit une version miniature d'elle-même. Imogène serra sa petite main.

— Et toi, Bella ?

La petite fille désigna la porte entrebâillée.

— Papa, s'exclama-t-elle en apercevant son père qui attendait.

— Je crois qu'on ferait bien d'y aller, sinon elle va te coiffer au poteau, remarqua Imogène en riant.

— D'accord, dit Anna en inspirant à fond. On y va.

— Oui. En route.

Imogène et Bella suivirent Anna dans l'allée centrale, devant les deux familles. Imogène gardait les yeux rivés sur sa sœur et entraînait Bella qui voulait jouer avec tous les membres de sa famille qu'elle apercevait.

Devant l'estrade, Imogène prit dans ses bras sa nièce qui s'agitait, puis regarda Anna et Matteo échanger leurs vœux. Et voilà. Tout changeait. Anna, sa sœur aînée, qu'elle adorait et idolâtrait depuis toujours, officialisait son engagement envers Matteo et leur petite famille. Elle était assez près pour distinguer les larmes d'Anna, et les siennes se mirent aussi à couler. Matteo, avec son sourire facile et sa capacité à affronter sereinement les hauts et les bas de l'existence, était l'homme qu'il fallait à Anna, et un père génial pour leur fille. Les voir se promettre d'être toujours là l'un pour l'autre, quoi qu'il advienne, n'avait rien d'un compromis de l'un ou de l'autre, ni d'un sacrifice. Cela paraissait la chose la plus naturelle du monde.

Quand ils échangèrent leurs anneaux, l'assistance les acclama et Bella bondit dans les bras de son père.

Imogène contempla les invités : Jan et Tom, qui applaudissaient et criaient, Carolina, bras dessus bras dessous avec ses parents, qui arboraient tous deux un large sourire, Martin et Clarissa, enlacés. Et là, au troisième rang, Finn. Elle tenta de ne pas laisser son regard s'attarder trop longtemps sur lui.

Quand Matteo et Anna s'écartèrent l'un de l'autre, Imogène attira sa sœur contre elle.

— Félicitations !

— Ça y est, on l'a fait, Imo. On l'a fait !

Après la cérémonie, une procession de voitures menée par Anna et Matteo dans une Fiat 500 blanche prit la direction d'un village sur les hauteurs, à grand renfort de klaxons. Là, tous allèrent s'agglutiner sous la tente de réception, devant le bar installé de façon à offrir une vue à couper le souffle sur la côte.

Imogène admira les maisons pittoresques aux couleurs pastel sous le soleil, et la route côtière qui serpentait à perte de vue. Les jeunes mariés riaient et bavardaient. La brise marine agitait doucement les cheveux d'Anna, qui serrait fort la main de Matteo. C'était bien mieux que de regarder un mariage sans y participer, se dit-elle.

— Tu rêves ?

Imogène se retourna et découvrit Carolina. Dans une robe bleu marine de coupe Empire, ses boucles brunes rassemblées en chignon lâche, elle paraissait élégante et sereine.

— Sans doute. Ton frère et Anna ont l'air très heureux, tu ne trouves pas ?

— Matteo a très bon goût, sourit Carolina.

— Anna aussi, bien sûr. Tes parents sont contents ?

— Oui, tout le monde a passé une merveilleuse journée.

Tom fit tinter un couvert contre son verre, et annonça que chacun devait prendre place pour le dîner. Les yeux d'Imogène balayèrent la foule et se posèrent sur Finn, qui emmenait Bella vers la table centrale.

— Tu devrais lui parler, tu sais, dit gentiment Carolina.

— Je ne suis pas sûre. C'est compliqué.

— Il y a quelque chose de spécial dans les mariages, affirma Carolina en lui faisant un clin d'œil. Les règles sont différentes.

Anna et Matteo ouvrirent le bal comme le soleil plongeait dans la mer.

La piste se remplit. Tom y entraîna Jan, Evie et Luigi se balançaient doucement en rythme, et Carolina faisait danser Bella avec des éclats de rire sonores. Elisa et Giacomo étaient là, eux aussi. La mère de Matteo s'était débarrassée de ses talons hauts et les avait posés sur le côté. Son mari la faisait tournoyer. Carolina avait raison, se dit Imogène. Quand tant d'amour se rassemble en un seul endroit, quand tous s'unissent sans se soucier des liens du sang, les règles ne sont plus les mêmes.

Elle vit Finn au bord de la piste, un verre de vin à la main. Elle rassembla son courage et le rejoignit.

— Tu as une minute ? demanda-t-elle.

Il sourit, perplexe.

— Je crois. Je n'ai rien de spécial à faire.

Elle lui prit la main et l'entraîna à l'écart, vers la mer. Ils s'assirent sur un banc.

— Tu m'as vraiment manqué, déclara-t-elle. Je sais que quand on s'est croisés, j'ai fait comme si tout allait bien, mais ce n'est pas vrai. Je pense toujours à toi, à ce qu'on avait, tous les jours. C'était vraiment stupide de ma part de mettre tout ça en danger en te faisant des cachotteries.

Finn la regarda, puis détourna les yeux.

— Ne dis pas ça si tu ne le penses pas vraiment, Imogène. J'en ai vu de toutes les couleurs cette année et je ne crois pas que j'en supporterais davantage.

— Je suis sincère. Et la seule chose que j'ai toujours voulue, c'est être avec toi. Il ne s'est rien passé avec Luca, et il sait qu'il ne se passera jamais rien. Tu es le seul avec qui j'aie jamais voulu être. C'est juste que… que ça m'effrayait, je crois. L'idée de se marier, de s'installer.

— Ça, je l'ai compris. Et on n'était pas pressés. Vraiment pas. J'aurais simplement voulu que tu me laisses une chance de te le dire à ce moment-là. Je ne peux pas changer ce que je ressens, j'étais si pris par mon amour pour toi que je ne pouvais plus attendre pour te demander en mariage. Mais j'ai toujours su que tu n'accepterais peut-être pas. Je ne voulais pas qu'on se marie juste pour me caser, mais parce que j'aimais chaque journée avec toi et que je ne voulais pas qu'un jour les choses changent.

— Et au lieu de ça, c'est ce qui nous a séparés.

— Ouais. J'aurais peut-être dû m'en douter. J'ai toujours su que ce ne serait pas simple d'être avec toi. Mais tu sais quoi ? Je m'en fiche. Je me fiche que ce soit facile ou pas. Je tiens à toi.

— Je t'aime, Finn, déclara-t-elle, les larmes aux yeux. J'ai compris la leçon, vraiment… (Les mots se précipitèrent, elle ne les contrôlait plus.) Si tu me donnes une autre chance, je serai honnête, à cent pour cent.

— Promis ?

— Promis.

Il tendit la main et l'attira contre lui. Elle savoura la chaleur de sa peau.

Elle se mordit la lèvre, les larmes aux yeux.

— Je veux la même chose que toi, Finn. Je sais que je ne l'ai pas montré clairement. Mais je veux être avec toi. Pour un sacré bout de temps.

— Tu le penses vraiment ?

— Évidemment. Je ne serais pas là à te supplier sinon, s'exclama-t-elle en tendant les mains, qu'il prit dans les siennes.

— Attends un peu… Tu dis supplier ? Je crois que je n'ai pas entendu cette partie-là, la taquina-t-il.

— Je t'en prie, singea-t-elle, je t'en supplie.

— Bon, d'accord. Reviens t'installer à la maison. Parce que, tu sais quoi ? Tu m'as vraiment manqué. La maison est vide et silencieuse, et je ne trouverai jamais d'utilité à la chambre noire. Je suis nul en photo.

Elle se mit à rire, puis s'approcha de lui. Il lui toucha doucement les cheveux, ramena une mèche égarée derrière son oreille. Leurs regards se croisèrent et il la serra contre lui pour l'embrasser.

Des bribes de musique leur parvenaient dans l'air nocturne. L'Italie avait beaucoup appris à Imogène cet été-là, mais ce qu'elle attendait avec impatience, plus que tout, c'était de rentrer chez elle.

Remerciements

Il y a trois ans, avec Jo Dickinson, mon éditrice, nous nous sommes mises à parler du plaisir des crèmes glacées. De là est née l'idée de *La Merveilleuse Boutique de crèmes glacées de Viviane*, puis de cette suite italienne. Merci, Jo, pour votre soutien, comme éditrice et comme amie.

Merci à la magnifique équipe de chez Simon & Schuster : Carla Josephson, Sara-Jade Virtue, Rumana Haider, Eleanor Fewster et Matt Johnson.

Merci à Caroline Hardman, le meilleur agent du monde.

Merci à ma mère, Sheelagh, experte à la fois en garde d'enfants et en traque d'incohérences romanesques, et engagée inlassablement dans ces deux activités.

Merci à James. Nous avons traversé ensemble le tourbillon de cette année… Merci pour ton amour, pour ta patience et pour tous nos éclats de rire.

Enfin, merci à mon fils Finn. J'espère que ça ne t'ennuie pas de figurer dans ce roman. Tout finit bien pour toi.

Composition et mise en pages
Nord Compo à Villeneuve-d'Ascq

Imprimé en Espagne par
Liberdúplex
à Sant Llorenç d'Hortons (Barcelone)
en juillet 2018

N° d'impression : 68895
S27573/02